回忆革命诗人朱子奇

朱维平　朱宁生　编

作家出版社

朱子奇（1920－2008）

独特风采　独特贡献

（代序）

　　贺敬之叔叔和我们的父亲都是从延安走出来的诗人，在那风云变幻的年代，他们始终并肩战斗，他们是亲密的战友，知心的朋友。贺敬之叔叔今年已经96岁高龄，感谢贺敬之叔叔为本书题写书名，但因身体欠佳，他已不能提笔为这本书写序，在征得贺敬之叔叔的同意后，就以他在1997年11月3日用毛笔写给父亲的信作为本书的代序。

子奇同志：

　　为众多的诗友、战友和读者关心的你诗文近作集《心灵的回声》即将编好付梓，我感到很高兴。这是一个令人欣喜的好消息，我衷心向你祝贺。

　　你是早于我的一位"老延安"，是半个世纪以来矢志不渝、永葆青春的人民的诗人、革命的诗人。你的诗反映了自抗日战争起几个历史时期的时代风貌，充满高昂的革命精神和战士情怀，体现了革命的诗学原则和艺术性。特别是全国解放后多年来，写国际共运和世界和平运动的斗争和历史回顾的诗篇更加闪耀异彩，它以特有的思想和艺术的力量，为革命战士"沧

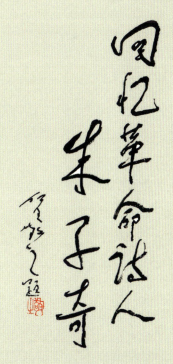

▲贺敬之叔叔为本书题写书名
"回忆革命诗人朱子奇"

▲ 1999年，朱子奇与贺敬之在朱子奇家中合影

海横流，方显出英雄本色"提供了诗的范例。

你的整个生活实践和创作成果表明：你这位有着独特风采和独特贡献的革命老战士和老诗人，在中国新诗发展史上，是占有不可或缺的重要位置的。

现在，"革命"这个字样在文坛上已不大被提起了。有的人想的和做的是"告别"即否定革命。但是，革命是永存的，革命诗人是永在的。固然，我国在推倒三座大山、完成三大改造之后，早已进入和平建设和改革开放的新时期，含义为武装夺取政权和大规模阶级斗争的革命已经过去，革命的阶段性任务已经改变；但是革命的最终目标没有也不应改变，革命的科学理论和指导思想必须是在发展中坚持而不是抛弃。作为社会主义的文艺工作者，特别是党员作家和诗人，革命精神不能丢，革命的世界观、人生观和艺术观决不能丢。

正是基于这种认识，我过去、现在以至将来，是永远对革命之诗和革命诗人怀有憧憬和崇敬之情的。正因为如此，对近年来在多样化发展中能有王怀让、浪波、易仁环等许多中青年诗人的成功之作不断问世，对你的《心灵的回声》以及其他老诗人的近作或选集能够出版，是无法抑制我兴奋的心情的。

子奇同志，我过去从你的诗中汲取过力量，学习过不少东西，今后仍然如此。我这样说，自信是同时表达了众多中青年同行和广大读者的共同认识的。

祝你身健笔健！

谨致

革命敬礼！

贺敬之

1997 年 11 月 3 日

◀ 2020 年 11 月 1 日，朱维平、朱宁生去看望贺敬之叔叔

贺敬之：1924 年出生，山东枣庄人。曾任文化部副部长、中宣部副部长、中国作家协会名誉副主席，诗人、剧作家，中国文学艺术联合会第十届荣誉委员。1945 年，和丁毅执笔集体创作我国第一部新歌剧《白毛女》，获 1951 年斯大林文学奖。

贺敬之给朱子奇信原件：

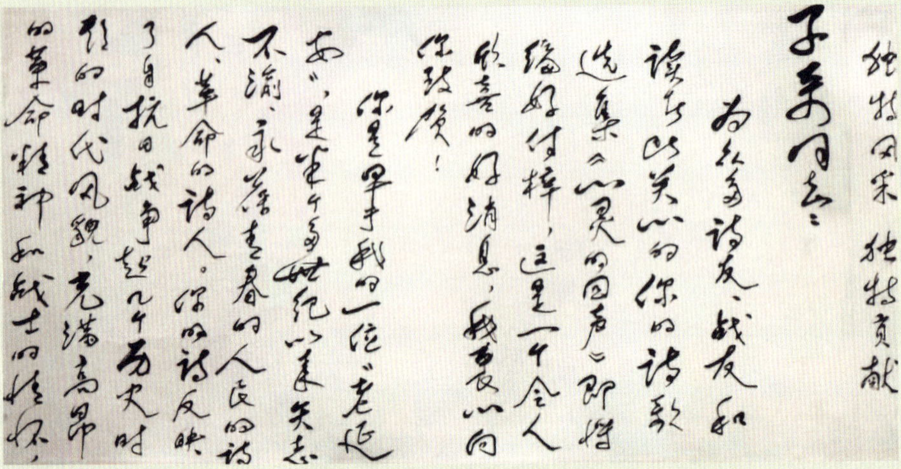

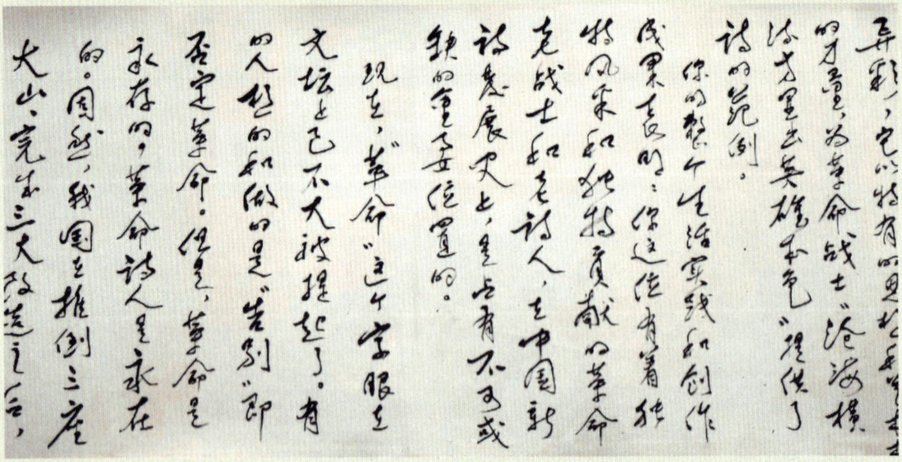

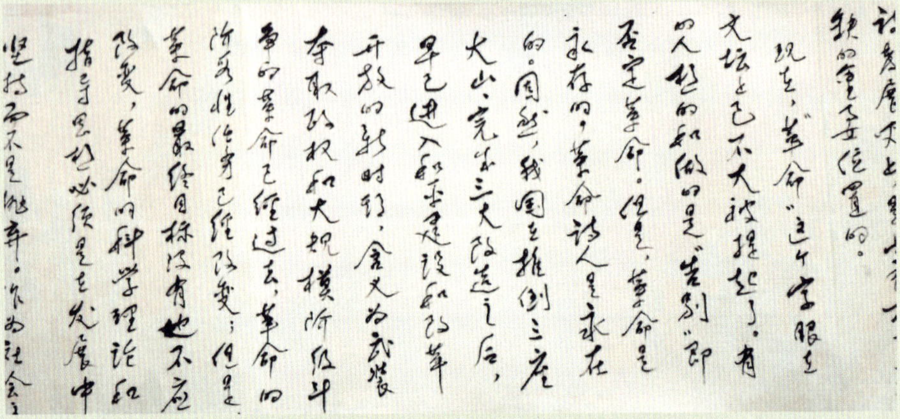

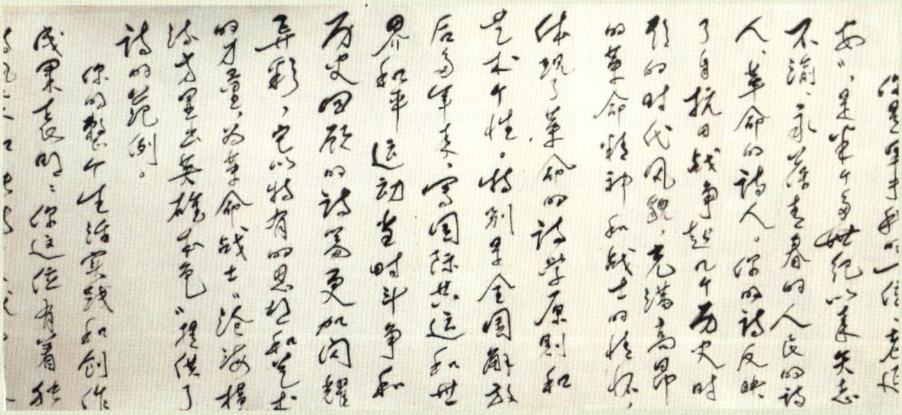

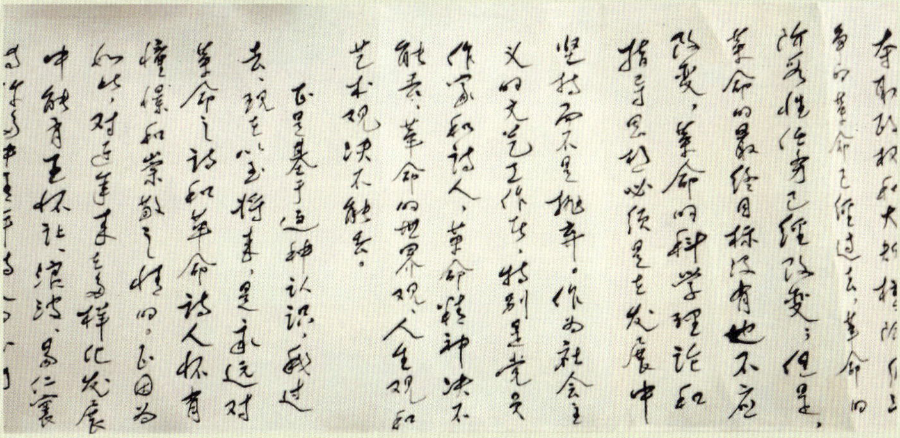

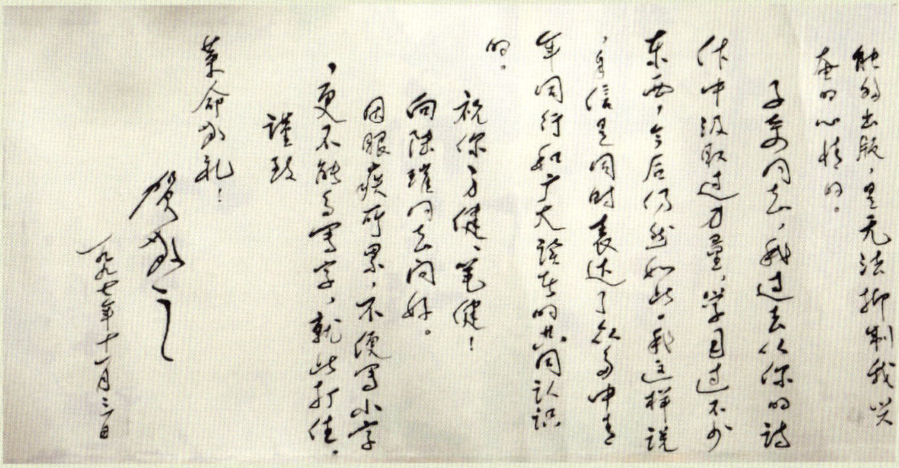

▲ 2020年贺敬之叔叔96岁生日，我们晚辈给他祝寿。

前排左起：朱维平、贺敬之、朱宁生；

后排左起：魏平（魏巍的女儿）、李新志（魏巍的女婿）、班永吉（中央党史文献研究院第七研究部副主任）、刘婷（贺叔家庭服务员）

中国作家网
"纪念朱子奇同志百年诞辰"活动

  2020年4月13日,是革命家、著名诗人、中国作家协会原党组副书记朱子奇同志100周年诞辰。为缅怀前辈,中国作家协会特发起网上纪念活动,由中国作家网推出"纪念朱子奇同志百年诞辰"专题,以视频、图片、文字等方式回顾朱子奇同志的生平与创作,邀请朱子奇同志的朋友、同事、同乡、亲属以及热爱诗歌的文学同道一同"云"集,共同缅怀这位文学前辈。

  朱子奇同志是伴随着中国革命进程成长起来的老一辈诗人,是非常具代表性的政治抒情诗人之一。无论在出生入死、戎马不歇的战争时代,还是在辛勤奔波、呕心沥血的和平建设时期,他的诗歌都以鲜明的时代主题、浓烈的爱憎情感、优美的节奏韵律,歌颂中国共产党,歌颂祖国,歌颂为共产主义运动和世界和平事业奋斗的领袖和人民,充满激情,以诗证史,深受人们喜爱。

中国文学艺术界联合会主席、中国作家协会主席铁凝高度评价朱子奇同志的为人为文，她写道：

> 回顾朱子奇同志的一生，出现在我们眼前的，是一位行进在烽火硝烟中的革命战士，是一位投身于新中国文化发展、致力于世界人民友谊与交流的文化活动家，是一位热情讴歌祖国与人民的卓越诗人。朱子奇同志的诗集《春鸟集》《友谊集》，散文集《十二月的莫斯科》《飞向世界》等，铭刻着中外文学交流的一段光荣历程，是新中国文学的重要收获。朱子奇同志的诗与人，始终秉持着坚定的信仰、燃烧着火热的激情。这种信仰与激情，将长久地感染并激励着今天的写作者和时代的后来人。

▲ 2007年春节，铁凝主席看望朱子奇、陆璀

中国作家协会副主席吉狄马加写道：

今年是中国共产党的优秀党员、著名的政治抒情诗人朱子奇100周年诞辰，同时也是他离开我们的第12个年头。我们怀念他，我们纪念他，我想很重要的一点就是朱子奇同志首先是个革命者。他年轻的时候就向往革命，年轻的时候就追求光明。他1937年奔赴延安，1938年进入抗大，并且加入了中国共产党。从那以后朱子奇同志就把他个人的追求，把他个人的命运与党的事业和人民的事业紧密联系在了一起。

朱子奇同志既是一个优秀的政治抒情诗人、革命诗人，同时还是一位优秀的翻译家。在延安的时候，他除了写出了他自己的代表作，那一系列的政治抒情诗，同时他也翻译了很多来自苏维埃俄国的优秀的文学作品，特别是优秀的诗歌、诗词，这些作品应该说无论是在解放区还是在国统区都产生了一定的影响。新中国成立后，我们可以看到朱子奇同志长期从事外事工作，他的作品具有广阔的国际视野也具有政治视野。可以说他的作品时时刻刻都关注着我们民族的命运、国家的命运，也关注着世界的命

▲吉狄马加在书房

运。他的作品气势开阔，特别是作为一个具有国际文化眼光的诗人，他的很多作品反映出了中国人民追求和平的这样一种信念，他的很多作品也表达了我们如何坚持共产主义信仰，如何更好地使我们的作品来服务于我们的国家、我们的民族。我们对朱子奇同志的纪念更重要的一点，就是学习他一生矢志不渝坚持共产主义的精神，追求我们的革命理想，坚定的信念，我想他给我们提供了很多东西。

这次对朱子奇同志的纪念活动应该让我们更多地去思考，我们诗人怎样处理好和人民的关系和时代的关系，也使我们今天的诗人能写出更多更好的反映这个时代，见证我们人民创造美好新生活实践的优秀作品。

儿女的话

2008年10月11日清晨，父亲坐在家中的沙发上安然睡去，永远地离开了我们。父亲一生对党无限忠诚，热爱祖国，热爱人民，热爱家乡。他以诗歌的形式热情歌颂中国共产党，歌颂祖国，歌颂人民，歌颂伟大的时代。他始终遵循他自己的原则：首先是共产党员，然后才是诗人、作家；提倡说真话，求真理，行真事。

父亲一生与老一辈无产阶级革命家接触颇深，并多次亲耳聆听毛主席的亲切教导。父亲曾经多次对我们说，一定要把这些珍贵的历史记录下来。2006年，当他用全部精力完成他最后一本书《朱子奇诗选》后，已经身心疲惫，精力耗尽了。父亲晚年时，手已经发抖得不能写东西了，说话也开始含糊了，只能由我们记录下他断断续续的回忆。然而，写到第六次见到毛主席的经历时，他便溘然长逝了。即使在他神志不清时，他口中还念念不忘："我还有很多东西没写呢。"并还想再看一眼天安门，宁生便陪着他坐车围绕天安门广场慢慢行驶了两圈，他疲惫的面容露出满意的微笑。

2020年是父亲百岁诞辰。翻开他留下来的文章、诗集和照片，展现在我们眼前的是他跌宕起伏的百年画卷。他成长于军阀混战、民不聊生的黑暗年代，在寻求救国救民的道路上，他曾迷茫绝望，最终找到了心目中真理的化身——中国共产党。在党的培养下，他成长为一位革命的诗人。他用手中的笔，激情澎湃地讴歌伟大的党，伟大领袖；讴歌党领导的伟大抗日战争，解放战争，新中国的建设；讴歌历史的进步，世界的和平！

虽然父亲已经离开了我们，但他生命的轨迹、追求理想的奋斗精神和宝贵墨迹，正是那个时代的缩影，也是老一辈革命家留给我们的宝贵精神财富。作为他的儿女，父亲用诗歌教育了我们。我们会永远怀念他，传承他的革命精神！

▲ 1972年春节，朱维平、朱宁生与父亲朱子奇合影

若能给牛儿马儿当饲料，
甘愿流血流汗把生命抛。
若被荒原野火烧成灰烬，
也乐意为土地加上肥料。
一生带着绿色的种子四海遨游，
只盼着世界早日生春草！

　　　　　　　　—— 朱子奇

你的手在微微的抖动，不想放下手中的笔，
我知道你还要写
写出胸中的歌。
……
如今你平静地离我们而去没有痛苦地安睡了，
带着一颗战士的心，
带着一颗诗人的心。……
也许在梦里你又回到了延安，
也许在梦里你依然在用笔高歌。……
亲爱的父亲　安息吧！

　　　　　　　　　　　朱维平　朱宁生
　　　　　　　　　　　2020年4月13日

目 录
Contents

第一章 故人远去 往事历历

1. 难忘的回声

翟泰丰（中宣部原副部长、中国作家协会原党组书记）

朱子奇同志走了，

他心灵燃烧着的神圣之火，却依然映红满天。

朱子奇同志去了，

他优美诗韵的回声，却依然回荡在中国的山川江河。

朱子奇同志仙逝了，

他坚定而又亲和的音容笑貌却依然留在我们身边。

朱子奇同志远行了，

我们的心却依然同挽于祖国大地，为中华民族伟大复兴而高歌。

朱子奇的名字，将永远留在我们心中。

朱子奇的诗韵，将永远和我们在一起同吟。

2008年10月11日，我们大家不愿意听到的噩

▲2005年11月，翟泰丰与朱子奇在臧克家百年诞辰纪念会合影

耗还是传来了，又有谁，对失掉一团冲天燃烧的火，空前仅有的政治抒情诗大师，不潸然泪下呢？

在我面前，留下来的只有朱子奇著译的书目，这是我们的唯一慰藉。那是十部诗集、五部散文集、六部译集，汇成了山一般的著作，火一般的诗情，子奇同志创作的大作，在我们身边又一次响起了撼天动地的春雷，在我们眼前又出现了闪电般的"心灵的回声"。

这回声，是诗人心灵的呐喊，

这回声，是共产党人的脉跳，

这回声，是中华民族的奋争，

这回声，是人类高昂战歌的呼啸。

伴着这回声，我们和子奇同志永远在一起……

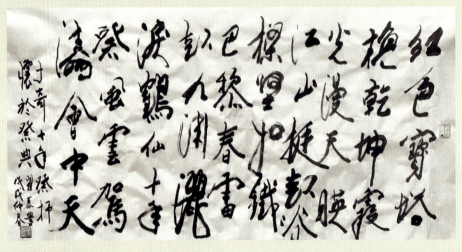

▲翟泰丰题字

红色宝塔挽乾坤　霞光漫天映江山　挺起脊梁坚如铁　巴黎春雷起九渊

洒泪鹤仙十年祭　风云驾涛会中天

子奇十年祭　抒怀于祭典　戊戌仲春　翟泰丰

2.无尽的哀思

吉狄马加（中国作家协会党组成员、书记处书记）

　　朱子奇同志是2008年10月11日离开这个世界的，得到这个消息时，我正在青海玉树海拔四千多米的高原上，那时候我只能望着北京的方向，拜托远去的白云送去我无尽哀思。因为有一项重要的调研任务，加之随行的人员是由多个部门组成的，我也就无法抽身赶回北京，去向他做最后的告别。为了表达我的悼念之情，只能委托中国作家协会代我敬献了一个花圈，还在电话中叮嘱他的夫人陆璀同志一定节哀，因为她也是九十多岁的老人了，从电话里听出她虽有哀痛，但仍然露出冷静和坚定。在这一点上，他们那一代人在面对生死的时候，总能表现出一个革命者所特有的果断和从容。还记得2006年春天，我由组织派遣赴青海工作，专程去他们居所辞行，他们都非常兴奋，为一个诗人能到地方党政主干线去工作而感到高兴，当然，他们同时也为我的身体是否能适应那样一个高海拔的环境，流露出一丝小小隐忧。作为前辈诗人朱子奇同志，反复叮嘱我一定要为我们诗人争光，并由衷地告诉我：那段经历将是你人生的又一个转折，一个真正的诗人应该有不同凡响的生命。他的每一句话都给我留下了极其深刻的印象，在后来的工作和生命岁月中，证明了他的那些赠言是正确的，青海的确是我人生的一块福地，在那里开阔了我的政治眼光、实践眼光和文化眼光，我获得了一个纯粹的诗人不可能获得的宝贵的行政经验。今天回想起来，与朱子奇、陆璀同志辞行时的情景仿佛还历历在目，我一直把他的那句赠言作为我后来工作所追寻的一个目标。

　　我说朱子奇同志是一位战士，那是因为他一生都保持了战士的品质。他告诉我，还是在延安时期，他就在毛主席和党中央的身边工作，还为我们党五大书记之一任弼时同志服务过。

　　有一次，他陪同任弼时同志去向毛主席汇报工作，到了中午吃饭的时

◀

1949年10月，朱子奇作为任弼时同志的秘书陪同他在莫斯科养病，任弼时（右三）、朱子奇（右五）

候，主席将他俩留下一块用餐，除了一盘红烧土豆之外，他们三个人的主菜就是每人一碗干辣椒，吃得津津有味，他们都是标准的湖南人，不吃辣椒吃饭就不习惯，一直到他晚年都在坚持着。他告诉我，他曾经向主席提出来想到前线去，主席告诉他，在后方工作也是一种战斗，特别是像他这样懂俄语的人，党的事业还有更需要他的地方。正因为有这样的革命战争和艰苦环境的考验洗礼，朱子奇同志一直以一个永不褪色的战士的品质要求自己。我们知道，他很长时间在从事世界保卫和平理事会的工作，在中华人民共和国遭遇帝国主义封锁，整个国际环境处于最险恶困难的时候，他根据组织的安排，到过许多国家开展对外交流活动，就是在最复杂的国际斗争中，他也从未丧失过自己的原则，正因为他所保有的这样一种战士的品格和情怀，从而赢得了许多国家和平人士的尊敬和喜爱。据我所知，他与捷克著名的超现实主义诗人、国际主义战士、国际和平奖获得者聂兹瓦尔就有过比较深入的精神和情感交流，还把他的长诗《和平歌》翻译成中文在中国出版。

朱子奇同志曾长期担任中国人民保卫世界和平委员会和中国驻会书记，在繁忙的外事工作之余，他创作了《丁香花之城——布拉格组诗》《加米拉——献给阿尔及利亚姊妹》《我的心在古巴跳动》和抒情长诗《沿着苏伊士运河》，这些优秀的作品也同样体现了他战士的情怀和诗人的本色，特别是他赞颂十月革命成功40周年，毛泽东主席亲赴莫斯科参加纪念活动的诗歌价值以及这些作品与时代和人民的关系。"任何伟大诗人之所以伟大，是因为他的痛苦和幸福的根，深深地伸进了社会和历史的土壤里，因为他是社会、时代、人类的器官和代表。只有渺小的诗人才会由于自己和靠描写自己显得幸福和不幸，但是只有他们自己才倾听他们那小鸟似的歌唱，而社会和人类是不愿意理会这些的。"从这个意义上而言，作为诗人、战士和革命者的朱子奇同志，他经历和见证了一个改变了中华民族命运的时代，同样他的诗也在那个时代发出了正义的声音，也正因此他将永远与祖国的山河和历史同在，他的诗歌、他的人格、他的风范和他的理想，都会长久地存活在他所追求的人类最伟大的共产主义事业中！

◀ 2005年11月，吉狄马加与朱子奇在臧克家百年诞辰纪念会上合影

3.诗歌星空的青鸟

王巨才（山西省宣传部原部长）

朱子奇在六十多年的革命征途中，不倦地为党和人民的事业奔走呼号，读他的诗文每每会让我们获得健康向上的感召和启迪。

1999年，朱子奇在家中与
诗友谈诗

他在诗歌《赶路谣》中写道："脚踏实地，头顶蓝天，穿越障碍，奔向
理想……""赶路的人哟，越来越多，脚下的路哟，愈走愈宽……"这
首诗朴实无华，节奏明快，语句铿锵，抒发了老诗人共产主义终将实现的
坚定信念，读后令人欣然于衷，产生强烈的共鸣。

朱子奇是一位在艺术上有着明确追求和创造精神的诗人。在六十多年
的实践探索中，形成了独树一帜的创作特色和艺术风格。他写音韵明快的
歌行体，也写长句排比式的欧美体，写阶梯式，也写汉俳式，既从中国民
歌和古典诗词中继承好的传统，也从外国诗歌创作中汲取养分。他走的是
一条民族化、大众化的创作道路，多数诗大气磅礴，激情澎湃，注重容量
和意境，又音韵流畅，朗朗上口，易读易诵，常常让人热血沸腾，振奋不
已，因而具有广泛读者和长久生命力。

子奇虽然离开了我们，但我的心目中，他是一只永远矫健地翱翔于诗
歌星空的青鸟！

4.心香一瓣祭子奇

张常海（《光明日报》原总编辑）

子奇同志离开了我们。天人相隔，我们再也听不到他谈诗论文那种爽朗的笑声了。但他的音容笑貌，他昂首挺胸、高声朗诵的姿态，却永远留在我的脑海中……

20世纪80年代，文艺战线"拨乱反正"的任务十分艰巨，朱子奇同志在这个时候调到中国作家协会担任领导工作。他以一个老共产党员的坚定性、灵活性，以诗人特有的激情勇猛地投入战斗。我也正是在这种时候和子奇相识的，特别是从艾青同志口中得知，子奇同志抗战时期在延安时就是个引人注目的青年诗人，更是对他尊重有加，从相识到相知，成为莫逆之交。

记得1987年7月，《光明日报》发表了丁玲的一首诗《歌德之歌》，约一万来字，内容是歌颂党的60岁生日。这可能是丁玲一生中所创作的唯一的一首长诗。就是这样一首热情感人的政治抒情诗，在当时却受到某些人的挖苦、讽刺……编辑部也承受了很大压力。子奇同志知道后，坚定地表示："《光明日报》发表丁玲的诗好得很，我举双手赞成！"他对我说：有些人总是用世俗的眼光看丁玲。认为她受了那么长时间的磨难，一旦平反应该一舒胸中积怨，多写"伤痕文学"才算正常，而她却一再"歌德"。子奇说，这些人一点儿都不了解丁玲，她这么做，恰恰反映了这位30年代"左联"老作家的人品、追求和胸怀。虽九死而不悔，这就是丁玲！

再有就是1986年6月，丁玲逝世不久，《光明日报》刊发了陈明交来的丁玲最后的遗作：丁玲于1984年写给党中央的信，对中央组织部"关于为丁玲同志恢复名誉的通知"表示发自内心的感激。而丁玲这封信却受到某些人别有用心的非议和歪曲。子奇知道后，明确坚定地说，这是无理取闹嘛，这是对丁玲的极大不敬和不公正。历史的误解，使丁玲蒙受的委屈最

1989年10月15日，
在邓力群家中
左起：林默涵、草明、
魏巍、张常海、
邓力群、朱子奇

大，时间最长。中央彻底为她恢复名誉，一切闲言碎语，一扫而光，怎不令丁玲和她的同志、朋友们感到无比欣慰呢。子奇同志就是其中最高兴的一位。

子奇同志，愿你在天国快快活活地生活吧！值得告慰你的是：你为之奋斗终生的我们亲爱的社会主义祖国，今天更加繁荣昌盛，昂首挺胸立于世界民族之林，向全球发出醒狮的吼声了！子奇同志，你听到了吧！

5. 子奇一次五台山之行

张承信（陕西省《大众诗歌》原主编）

1990年9月，朱子奇参加陕西省平鲁县中国散文诗年会。会中，朱子奇与老诗人、老作家徐迟、柯蓝、胡正、唐大同、丁芒等人及当地一些诗友到五台山采风。在显通寺无量殿内，只听诵经声不绝于耳，香火遮天蔽日。一位诗友听寺庙内的和尚说，给文殊菩萨叩头，可以免去灾难，不禁跪下双膝，叩起头来。一位女诗友看到此景，随口呵斥道："你还是人民的诗人吗？"虽然声音很低，周围的人仍然一愣。从庙里出来后，朱老和颜悦色地对那位女诗人说："你有自己的信仰很好，可以不信菩萨，但一定要尊重别人信奉菩萨的自由。信仰自由，人们相互尊重，才能和睦相处。这也是我们党的宗教政策嘛。”

回望五台山，云驰雾飞，白浪滔滔。朱老对我们说：“我见过苏武牧羊的草原、大漠。此刻，你们看五台山，偌大的牧场啊！若不是杨五郎在那里牧羊吧？……”

6.德高望重的老诗人
李春林（江西人民出版社原主编）

在《作家通讯》（2008第五期）刊物上我看到了一则消息：“著名诗人、作家、翻译家和社会活动家，中国作家协会党组原副书记、书记处常务书记、中国作家协会名誉委员朱子奇同志因病医治无效，于2008年10月11日10时10分在北京逝世，享年88岁。”得知德高望重的老诗人驾鹤西去，我眼前顿时浮现出他那虽已年高，却仍有着精气神的魁梧身影，他还活在我的心里，在指正我的诗作。我是在高中时，从课堂上读到过他的名字，那时他已是诗坛的名家和文坛的领导，不会想到日后我还能见到他，并得到他的亲自教诲。

我出版第一部诗集《枕流歌》时，很不自信。油墨芳香未干的薄薄样书从南京飞到手上，我不敢向别人展示，只在家中由我读小学的一双儿女，奶声奶气地朗诵。后来斗胆寄了一些给当时的名家求教，也不指望他们的回信，岂料，于我最没有交往的诗坛老将、权威好高的朱子奇先生，却给素不相识、初出茅庐的我回了信，他鼓励我说：“你的诗，文字流利清丽，内容结实有新意，希望继续努力多写点。”短短一句话给了我继续写诗的自信和勇气。

接着，全国各大报刊都有我的新诗作发表。我又接到了朱子奇先生的来信，他告诉我评论我的诗的主要意见。1995年有机会到北京，由诗人纪鹏做向导，我专程去菊儿胡同登门拜访了朱子奇先生。这是一个古老的胡同，古色古香的小院。朱子奇先生在厅堂接待我们，满面春风地同我们促膝谈心，谈兴很浓，精神抖擞。我将新出版的诗集《庐山梦》送他指正，他鼓励我要写主体生活的大诗篇，并说我有这种气质。我深为感激。这是我第一次也是唯一的同他的见面。

临别，他同我在厅堂合影，背景是郭沫若先生赠送的两幅特大的真系书法，格外耀眼。一是毛泽

▲1995年，朱子奇在家中给朋友讲解毛主席诗词

东的《卜算子·咏梅》，一是郭老的《卜算子·和毛主席咏梅》。毛泽东的诗句"俏也不争春，只把春来报，待到山花烂漫时，她在丛中笑"，正是我这个后辈写诗的人，对前辈老诗人朱子奇先生的真切感受。

7. 我佩服他的为人

郑伯农（中华诗词学会名誉会长）

子奇同志是我国当代著名诗人，也是享有国际声誉的文化外交家和诗歌著作家。从1937年发表处女作到2008年逝世，他在文坛耕耘了60多年，留下大量诗歌、散文、翻译作品，在几十年的文化外交生涯中，他走遍了亚欧拉非40多个国家，留下了大量国际题材的诗篇。作品被翻译成西班牙、阿拉伯等文字传遍全世界。

自从人类社会产生政治因素以来，政治抒情诗一直是诗歌大厦一根不可或缺的支柱。屈原、杜甫、陆游，都是政治抒情诗的大诗人。子奇同志的政治抒情诗有不少生动优美之作。他的处女作《怒吼吧，醒狮》就出手不凡。这样的诗激情澎湃，令人热血沸腾。很难设想，它出自一位17岁少

年之手。我喜欢子奇同志的诗章，也敬佩他的为人。起初我从歌曲中知道译者朱子奇这个名字，后来读到他创作的作品，但一直无缘见到这位著名诗人。直到我调到文化部政策研究室和中国文联研究室工作，这才有机会结识诸多文艺界老前辈。1989年年底，我经常向子奇同志请教，他家的门槛不知被我踏了多少遍。也认识了他的夫人——一二·九运动著名女英雄陆璀，一位有传奇般经历、富有文化素养的才华出众和蔼可亲的老太太。在二十多年的交往中，我深感朱老是一位言行一致、热情洋溢、坦率真诚的老战士，他的诗和他的为人一样，火辣辣的性格、火辣辣的诗章。

1998年3月，合影于菊儿小院
前排左起：朱子奇、林默涵、陆
　　　　　璀、孙岩、郭值京
中排左起：马萐伯、杨子敏、徐
　　　　　非光、程代熙
后排左起：郑伯农、张常海

8. 由延安诗人朱子奇　兼谈政治抒情诗
张玉太（作家出版社编辑、中国作家协会会员）

秋风已凉，正是怀人的季节。我，以及我的许多文朋诗友，又怎能忘记，今年10月11日，恰是延安诗人朱子奇十周年忌日。11日这一天，一些子奇的生前好友都络绎前来，缅怀他、悼念他。大家怀着同一心情齐聚一

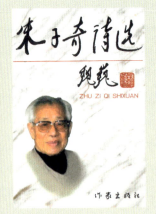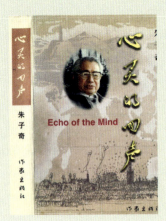

▲张玉太作为责任编辑出版的三本朱子奇诗集

堂，纷纷叙说朱子奇的诗品与人品。

深情的叙谈中，无不认为朱子奇忠于党、忠于人民，忠于自己的信仰，无不称赞朱子奇的社会担当与诗人情怀。还记得已故诗人臧克家曾十分称赞子奇的诗歌，认为他的诗作独树一帜，尤以政治抒情诗驰名于世。诗人贺敬之曾说，子奇是一位早于我的"老延安"，是一位永葆青春的革命诗人、人民的诗人。

曾经，我有幸作为《朱子奇诗创作评论选》的主编，《心灵的回声》《朱子奇诗选》的责编，有机会近距离地解读朱子奇和他的诗。在子奇十周年忌日这个特别的时刻，我心潮难平，有好多话要说。因工作的关系，我有幸造访的那个小院，曾经的嘘寒问暖、谈笑风生，曾经的娓娓交谈，至今仍给我留下极其亲切、极其温暖、极其珍贵的回忆。

朱子奇是革命诗人，也是爱好和平、传播和平的使者。他花费大量心血、精力为和平事业操劳奔忙，在莫斯科、维也纳、柏林，在伦敦的马克思墓，在法国的巴黎公社墙前，在布拉格、哈瓦那，每到一地，都印下子奇才思横溢、热情激昂的诗篇，那些诗句如鲜花一般，盛放在和平的星球上。

成为一个诗人不难，而成为一个有信仰有情怀的诗人却不容易。子奇穷尽毕生精力，以一支笔、一颗心，去抒写革命，讴歌人民，传扬和平与友谊。

我们纪念朱子奇，不能回避的还有一个重要的话题，那就是：我们今天还要不要政治抒情诗？我的回答是明确而肯定的：要！这理由也很简单，因为我们的国家、党和人民以及一切正义的事业，都需要大力赞颂与弘扬。我坚持认为，诗歌创作要有境界，要有激情，更要有博大的情怀，要"功夫在诗外"。我们要理直气壮地提倡文质兼美的政治抒情诗。借此机会表达我对政治抒情诗所秉持的坚定的自信。

▲ 2018年10月11日，朱子奇逝世十周年亲朋好友缅怀会
　　前排左起：凌焕、谢淑娟、张玉太、翟泰丰、金坚范
　　后排左起：叶建静（朱子奇外甥女）、陈明仙女婿、朱宁生、朱维平、徐东曙、朱承青（朱子奇侄孙）

9. 词作与译作

柴志英（解放军艺术学院音乐系专业基础教研室原主任、
音乐学硕士研究生导师）

我们敬仰的革命诗人朱子奇前辈是一位公认的"中国诗坛上最具代表性的政治抒情诗人之一"，人们或许不知道，在我们曾经耳熟能详的中外歌曲中，也有许多他的歌词创作和歌词译作。在纪念前辈100周年诞辰的日子里，我们也有幸重温他创作和翻译的歌词作品。

▲ 柴志英

词作：时代的脉搏

今天我们有幸读到朱老写作的歌词15首，这些歌词创作像他的诗作一样，也展现出老人家生活与创作的年代。

从1938年8月到1939年6月，18岁的朱子奇在延安中国人民抗日军政大学学习。

当时，抗日战争逐渐进入了艰苦的相持阶段。国共合作的民族抗日统一战线中出现了一股逆流。汪精卫叛变民族当了汉奸，蒋介石积极反共，与日寇正秘密勾结。我们党内，出现了企图放弃我党领导的"一切服从统一战线"的错误主张，国际上也出现了绥靖主义纵容日寇侵略的"新慕尼黑阴谋"。在这个对于中国人民抗日战争不利的形势下，年轻的诗人朱子奇听到毛主席和洛甫同志关于"团结抗战、反对倒退"等报告以后，和"鲁艺"音乐家向隅同志合作，写出了《反投降进行曲》。词中表达了根据地的军民谴责卖国投降的卑劣行径，"战则胜！不战则亡！"表明了坚决抗战的决心。歌曲由八路军总政治部印发全军，在各抗日根据地传唱。

白求恩同志是加拿大共产党员，从西班牙反法西斯战场辗转中国，参加中国人民的抗日战争。1938年，我们的诗人在抗大第三期四大队二队学习期间，曾经在抗大总部参加过白求恩大夫的欢迎会。在欢迎会上，他和同学们一起唱《游击队歌》《保卫马德里》。从西班牙前线来中国的白求恩听了歌，激动地向大家敬礼，并哼唱了西班牙的一首战歌。此后诗人和战友们经常见到白求恩大夫在延河边、街道上与中国百姓和战士相处的生活，对他充满了敬意。

当白求恩大夫逝世的消息传到延安，大家都沉浸在悲痛之中。1939年12月，作曲家郑律成从十里外的桥儿沟，来到延安城文化沟朱子奇住的窑洞，约写一首歌词，准备在追悼会上唱。诗人连夜赶写出来，几天后在中央大礼堂举行的隆重纪念会上演唱了这首悼念伟大友人的"永别曲"——"永别了，敬爱的白求恩大夫同志！"并刊登在中央党校门口的手抄墙报上。

读到毛主席《纪念白求恩》一文的战友们，也受着这首歌的激励。当年，诗人还和音乐家李焕之写过一首《三唱白求恩 —— 纪念白求恩》，曾受到萧三、成仿吾和毛主席的称赞。他还写过《延安医科大学校歌》的歌词，鼓舞着医科大学学子们为新中国的医疗事业努力学习。

1940年到1942年，朱子奇先后在八路军总后勤部政治部和中央军委直属机关政治部工作，兼任宣传队剧团团长。

1940年8月20日，为打击日寇侵略气焰和制止国民党顽固派的逆流，华北八路军出动了115个团40万人，向敌伪同时展开进攻，这就是著名的"百团大战"。经过三个月的激战，歼灭敌伪四万余人，使其交通线陷于瘫痪，收复了大片国土，加强了全国军民坚决抗战的胜利信心。为此诗人兴奋地写出了斗志昂扬的《百团大战进行曲》（向隅曲）：

> 我们要用新的姿态，新的精神，
> 新的战术，新的武装，
> 迎接敌人更疯狂的反扑，
> 我们英勇的八路军 —— 军威震天下
> 战绩更辉煌！

歌词表现了我八路军无畏的形象，后来被收入《世界反法西斯名作》。

1941年12月8日，日本法西斯侵略者发动太平洋战争，当月25日香港沦陷，世界反法西斯的战火在更广阔的战线燃烧。《解放日报》报道了重庆大后方郭沫若、田汉、冰心、老舍、艾青、何其芳等五十多位文化名人致信苏联诗人与人民，庄严声明："让我们抗战的歌声相互穿过世界的屋脊，让我们手拉手地打击人类的丑类 —— 那东方西方的野兽吧！"

1942年1月，延安文艺界就太平洋战争爆发展开更加广泛的动员，他们向美、法同盟国文艺界人士发出呼吁，发表宣言，组织了朗诵会、音乐会和街头墙报等多种活动。1月4日，延安文化俱乐部组织的晚会到会了数百人，参加朗诵的人有：艾青、柯仲平、高达虹、公木、天蓝、朱子奇、侯唯动和主持人萧三等，朗诵的内容是反侵略的中外新旧诗作，杜矢甲等音乐家还引吭高歌。大家情绪热烈，晚会延续到深夜。朱子奇在会上慷慨激昂地朗诵了萧三重新翻译的马雅可夫斯基的反法西斯的诗，这首当时还

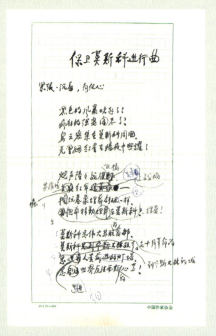

▲朱子奇手稿《保卫莫斯科进行曲》

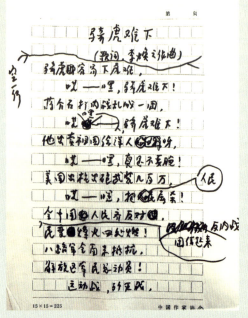

▲朱子奇手稿《骑虎难下》

在苏维埃卫国战争中鼓舞士气的诗有这样的句子："工人只有这样的口号/和法西斯谈话/用烈火的语言/用锋利的刺刀"。在这个群情激愤的日子里，朱子奇写了《反法西斯进行曲》（马可曲），宣称："站在反法西斯的前哨，我们是创造新时代的英豪！"歌曲在延安鲁迅艺术学院和延安部队艺术学校都进行了演唱，并得以传播。

我们一直把苏联人民的卫国战争和中国人民的抗日战争看成同一条战线的斗争，是反法西斯的东西战场，是紧密相连的，相互支援的，相互鼓舞的。那时，延安的人们时刻注视着苏德战场的形势，当德军打到莫斯科郊区时，我们的诗人创作了《保卫莫斯科进行曲》（1941年时乐濛曲），曲作者是延安著名的青年音乐家、指挥家，由延安鲁迅艺术学院音乐系教员、著名歌唱家唐荣枚演唱。

在这期间，我们的诗人还写了《新时代进行曲》（1940年马可曲），表达了战胜国内外反动势力的信心，展望了新的国家未来。

1946年至1949年，我们的诗人先后在内蒙古担任俄文翻译及苏军联络

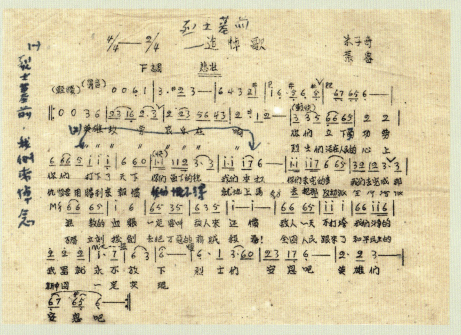

▲歌曲《烈士墓前——追悼歌》，朱子奇词，张鲁曲

工作，晋察冀边区《北方文化》杂志的秘书编辑，华北联合大学文艺学院秘书、创作组成员，华北大学青年团书记等工作。他在冀中写的《老蒋打内战骑虎难下》（1946年李焕之曲）描写了国民党反动派穷途末路的困境，他的《野战军进行曲》（1947年）作为《自卫战争大合唱》中的一首，是已经转入解放战争主动进攻阶段的一首斗志昂扬的战歌。

要奋斗就会有牺牲，诗人的《烈士墓前——追悼歌》（1947年张鲁曲）悼念在革命战

▲《从北京到柏林 —— 中德人民友谊之歌》，朱子奇词，李焕之曲

争中英勇献身的烈士，鼓舞人们继承先烈的遗志，把革命进行到底。令人欣喜的是，我们还读到诗人1948年在河北正定写的《解放工人歌》（李群曲）。歌中唱出了翻身得解放的工人阶级当家做主努力生产建设的满腔热情。这时期的歌词中，还有《参军打鼓闹得欢》（张鲁曲），边唱边表演地描绘出欢送青年参军打老蒋的场面。

1949年，中华人民共和国成立了。我们的诗人欢呼新中国的诞生，他写了歌词《新中国青年》（贺绿汀曲）：

人民解放的战旗高扬，青春的火焰燃烧在胸膛！
我们新中国的青年，前进在祖国新生的土地上！

对青年一代的幸福报以了热切的希望。

1954年至1966年上半年，我们的诗人朱子奇就任中国人民保卫世界和

平委员会秘书长，亚非团结委员会秘书长、副会长等职，担负起了团结各国人民反对帝国主义、殖民主义的国际主义任务。他不仅有大量的这方面的诗歌问世，也写作了《十月进行曲 —— 献给十月革命40周年》（李焕之曲）和《从北京到柏林 —— 中德人民友谊之歌》（李焕之曲）。从炮火硝烟的战争年代，到社会主义祖国建设蓬勃发展的时期，每一个历史发展的关头，都有倾注了朱老革命热情的词作。他的词作有同仇敌忾的战歌，有对革命形势的审视展望，有对先烈和友人的悼念，也有胜利时刻的欢乐。他的词作是革命与建设的宝贵历史记录，始终跳动着时代的脉搏。

战斗性的节拍

纵观革命诗人朱老的歌词创作，最醒目的是 —— 15首歌曲中有《反投降进行曲》《新时代进行曲》《百团大战进行曲》《反法西斯进行曲》《保卫莫斯科进行曲》《野战军进行曲》《十月进行曲》七首歌名被冠以"进行曲"的称谓。进行曲原是一种欧洲的乐器曲，采用A–B–A式带有再现的三部性结构，强弱相间的4/4拍子更有队列行进感，在部队中也称为"队列歌曲"。进行曲风格的歌曲，在结构上没有一定之规，但注重音乐节奏、节拍方面的行进律动，突出了军队的气质，是军队题材歌曲最普遍的形式。

朱老1938年在中国人民抗日军政大学学习，曾在八路军总后勤部、中央军委政治机关工作，又在内蒙古前线担任对苏军的联络翻译工作等，有着很多的部队生活经历。军事或准军事活动中令行禁止的指令性，整齐划一的集体性，兵贵神速的快捷性；还有战争年代军人时刻面临的生与死的考验，艰难困苦的体验和胜利的愉悦，

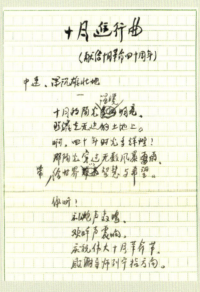

▲朱子奇手稿《十月进行曲》

以及由此而来的爱与恨的生发等，塑造了诗人的坚毅品格和军旅情怀。他写了这么多可以归结为"战斗性"立意的"进行曲"，不是偶然的。

我们读他歌中的句子："把那卖国的托派、汪派，从抗战的营垒中踢出去。""我们面向残暴的法西斯主义，面向全世界无耻的匪徒，用团结的力量，击溃他们血腥的统治……"是坚强的意志；"正太路上，展开了猛烈的破陆战，娘子关头，我们的战旗迎风飘扬！"有矫健的身影；"为了你们和我们的自由，携起手来，挺起胸膛，向前进！为争取世界和平早日到来，誓把人类公敌法西斯疯狗，坚决彻底，消灭干净！"是豪情的号召……展示了多样化的战斗性艺术形象。

在音乐中，音乐时值长短组合是"节奏"，强拍与弱拍的循环是"节拍"。《野战军进行曲》有朱老歌词中最具代表性的一段："炮手啊，瞄准！瞄准！炮弹飞，炮弹炸！大炮轰过步兵上，冲杀！冲杀！坦克啊，冲过去！冲过去！攻坚战又运动战，阵地战加歼灭战，决战！决战！"对偶句、叠词结合词汇中逻辑重音的运用，不仅在字里行间充满了激越的战斗豪情，还回荡着战斗的节奏和节拍，为作曲家的音乐表现提供了生动的造势基础。

歌唱性的韵律

作为革命抒情诗人的朱子奇老曾在他的译作《战歌与情歌》译者的话中，特别赞成他的战友、著名诗人和词作家公木的看法 —— 把先有诗作再谱曲、词曲共同协作和原曲填词的三类歌词创作统称为"歌诗"，即配有曲谱的，能唱的诗。朱老说："诗，要能唱；要求音乐性、韵律性；诗人与音乐家要密切合作。"

请看朱老《百团大战进行曲》歌词中的词句：

看！在那崎岖的山野里，在那广阔的平原上，我们八路军，钢铁的队伍多坚强，进攻的战线万里长。

在词中"在那崎岖的山野里，在那广阔的平原上 …… 进攻的战线万里长"展现了壮阔的图景，营造了壮美的意境，山野和平原也是对我钢铁八路军比喻的形象象征。一声气贯长虹的"看！"作为起兴之句，词句整体从排比句开始，逐渐以"上—军—强—长"的起承转合归韵，"十三辙"中的"江阳辙"在其中发挥了骨干作用，发音洪亮，韵味十足，十分易于歌唱。

词句整体从排比句开始，营造了壮美的意境。

朱子奇老的歌词创作，曾得到向隅、郑律成、李焕之、马可、时乐濛、林里、张鲁、贺绿汀、李群等著名作曲家的青睐，并与他们倾心合作，这是和朱老词作本身固有的歌唱性韵律分不开的。

译词

作为著名诗人朱子奇老，不仅有诸多抒情诗篇和歌词的创作，也有题材十分丰富的俄文译作。我们这里关注的，还有他的歌词翻译成果。朱子奇老的俄文歌词翻译早从延安时代就开始了。

▲《苏联歌曲选》第一集，朱子奇、李焕之合编，解放歌声社出版，1949年。《苏联国歌》萧三原译，朱子奇改译，李焕之配曲

当时延安的人们，一直把苏联人民的卫国战争和中国人民的抗日战争看成同一条战线的斗争，是反法西斯东西战场紧密相连，是相互支持相互鼓舞的。延安的人们，不仅时时刻刻关注着苏德战场的形势，也关心着苏联人民的歌唱。

延安的战友们不仅喜欢唱苏联历史上革命时代的歌，还唱卫国战争时代的歌，而且也唱苏联各民族的优美民歌。这些歌中，最流行的有《我们是红色的战士》、《假如明天战争》、《斯大林之歌》、《英雄恰巴耶夫》（即夏伯阳）、《快乐的人们》、《神圣战争》以及《喀秋莎》《苏丽珂》《伏尔加船夫曲》，等等。朱子奇和战友们从收音机中收听、翻译了《苏联国歌》等新的歌，把它们印刷出来，教给人们歌唱。苏联的许多歌，充满乐观、自信、激情、力量，鼓舞了战友们的抗日革命斗志，也给我们的诗人、歌者、作曲家以新的启示，影响了他们的灵感与创作。

歌词翻译硕果累累

朱子奇老早在1949年4月就与著名作曲家李焕之合作编译出版过《苏联革命歌曲选》，苏联革命历史歌曲《列宁山布尼骑兵队》《苏联国歌》《炮兵歌》等九首。

▲《炮兵歌》，朱子奇译词，边军配曲

歌颂中苏友谊的歌曲

反映世界和平事业的歌曲中有三首苏联红军歌曲，如《海港之夜》《青年近卫军》《喀秋莎火箭炮》等。当前我们所能见到的朱老翻译的歌曲共有49首。在20世纪60年代，颇受人们喜爱的《中外民歌200首》中，还有朱子奇老翻译的歌词《莫斯科—北京》《卡秋莎大炮》《世界民主青年进行曲》等。

海港之夜*

A.楚尔金

歌唱吧，伙伴们，我们明天就要启航，
航向那黎明前的海雾茫茫。
我们快乐地歌唱，让头发斑白的
战斗的老船长为我们伴唱。
　再见，亲爱的城市！
　我们明天就要出海远航。

▲《海港之夜》，A.楚尔金词，朱子奇翻译

关于《苏丽珂》

这首优美多情的格鲁吉亚民歌，十月革命前就流行于整个俄罗斯。据说是斯大林爱唱的歌。1941年，朱子奇在延安从一位苏联教员那里学会唱它。1945年夏，他随郭沫若、茅盾、廖承志等同志在黑海边加格拉时，听到当地一位歌唱家演唱这首歌。朱子奇得到了他唱的歌词全文，并把它译成了中文。

关于《和平颂》

这首歌的作曲者是著名音乐家肖斯塔科维奇。50年代流行在中国的歌词，是郭沫若同志从英文转译的。后来，曲作者在莫斯科送了一套原文的《和平颂》给郭老，郭老请朱子奇重新用俄文译出。朱子奇说："译诗，是一项艰巨而复杂的创造性劳动。要做到'神韵皆似'，要表达好原诗诗意，转译是不得已的、暂时的。外国诗，尽可能从原文直译。今天还做不到的以后也应努力做到。"

如前所述，朱子奇的歌词翻译创作中有反映苏联人民传统的，如《同志们勇敢地前进》这样的进行曲风格歌曲，有《喀秋莎》这样带有浪漫色彩的革命爱情歌曲，有《莫斯科—北京》这样表现中苏两国人民战斗友情的颂歌，更有表现当时社会主义阵营、表现亚非拉革命人民及世界和平进步人类团结的友谊之歌。他是一位革命者，是一位抒情诗人，更是一位世界人民友谊的使者。所有这些歌词译作，都显示出我们这位抒情诗人崇高的审美情趣和革命诗人的壮阔胸怀。

朱子奇前辈于1997年2月最后一次出版了他的《战歌与情歌——朱子奇译作诗集》。在这本译作诗集的"译者的话"中，他说"战歌与情歌，包含着为祖国自由解放而战，为世界和平与人类进步事业而战的激情之歌；也意味着对人民忠诚之情，对理想追求之情，对自己的爱人、亲人、朋友的眷恋和友爱之情，爱恋之情，诗与歌之情，是紧密相连和互相丰富的。战歌与情歌，可以说，是每个时代的两类不可分的歌，是一个战士一生唱不尽的歌。人们梦想过，战斗过，友爱过，把那个时代的某些声音留下来，读读那个时期的诗，唱唱那个时期的歌，对于回顾不可分割的历史，是有益处的"。

他的歌词创作与歌词译作，就是交集着战歌与情歌意蕴的唱不尽的歌，让我们唱着他这些"唱不尽的歌"，向这位战歌与情歌的崇高歌者致敬！

封面《战歌与情歌》是诗人艾青题写的。艾青说："我很喜欢这句话。"

▲《战歌与情歌》，1985年6月出版

◀ 柴志英（中）与朱宁生、朱维平2019年合影

10. 诗情挚友七十年

凌焕（《北京日报》《北京晚报》编辑、高级记者）

他们相识在中华民族最危险的时候。

1938年前后，在西安通往延安的百里黄土大路上，出现了一幅壮观的图景，来自全国各地的男女青少年，连绵不断地徒步朝着革命圣地前进。其中，有两位相差两岁的热血青年：来自湖南汝城17岁的朱子奇和来自江苏镇江年仅15岁的张沛。他们先后走进延安抗大报到。诗歌，这共同的爱好，使他们很快便熟悉起来，开始建立战友之情。

在可歌可泣的抗日年代，诗歌获得了前所未有的新生命。抗大和鲁艺的院子里和土屋的墙壁上，时常挂着学员们的诗作墙报。朱子奇和张沛当然都是积极分子。他们出了一个诗歌墙报《晨之歌》，贴在延安旧城的城门洞里。组织了战歌社抗大分社，编了一个大型的墙报《战歌社》。

他们自己写、自己抄、自己贴，吸引了很多人观看，成为最受欢迎的一个项目。当时抗大的罗瑞卿副校长非常重视和支持，还陪着毛泽东同志来看过这些青年创办的墙报。毛主席很高兴地鼓励说："好得很！抗大出抗日军人也出抗日诗人！"果然，几十年以后经过革命锻炼的大学生中涌现出了贺敬之、郭小川等一批著名的诗人。

1939年，著名诗人萧三从苏联回到延安，主编的《大众文艺》经常发表诗歌，他还

▲朱子奇手稿《战歌社》

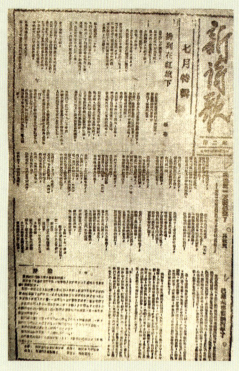

▲绥德《新诗歌》（第二期）复印件

带领学生们出了《新诗歌》诗刊，推动边区的革命诗歌运动，掀起了一个新的创作高潮。其中收有朱德总司令、董必武、叶剑英、郭沫若、田汉、艾青等老一辈革命家和著名诗人的作品，也发表了包括朱子奇和张沛在内近百名青年爱好者不大成熟的习作。

此后的四十多年，虽然经历艰苦岁月，战火烽烟，即使在"文化大革命"那样的特殊时期，张沛也始终珍藏着几份《新诗歌》。1981年的一天，他和朱子奇再次共议当年，谈起这份难忘

的刊物，依然心潮激动，不约而同萌发了一个强烈的愿望：如果能够把它收集起来重新出版那该多么有意义啊！初冬的一天，他们一起去看望萧三同志。令人高兴的是，在经历坎坷，受到不公正对待的漫长时期以后，萧三仍然精神饱满，见面就能叫出他们的名字。他俩的想法得到了萧三同志的大力支持。萧三家里也保存了五期《新诗歌》，于是张沛和朱子奇立即动手，重新集结编辑，定书名为《延安晨歌》。

出版前夕，他们想请萧三同志写序言，可惜老人家已经病危，有心无力了。他听

▲《延安晨歌》，陕西人民出版社出版，朱子奇、张沛编，1984年5月
封面设计：古元（中国美术家协会原副主席）

说这本小小的诗集就要面世了，十分欣慰地点点头，用俄文写了一个"好"字！非常不幸，1983年2月4日，这位他们敬爱的导师，没能够看到这本书奉献给读者，就悄然仙逝了。

20世纪50年代，我们两家都调到了北京工作，来往也越来越多。回忆当年他们聚在一起时，高谈阔论的都是文学诗歌、延安时代的趣事，他们从来没有谈到过名利地位、金钱私欲之类低级庸俗的话题。老八路的脑子里没有那些。

"文革"时期张沛和朱子奇先后被"拉下马"，"靠边站了"。70年代，朱子奇被安排住在对外友协院内的两间平房里，失去了工作的权利。记得有一年春节，朱子奇笑眯眯地来到我家，手里提着一袋大虾。他笑着忙着，亲自动手做了一盘香喷喷的红焖大虾。大家分外高兴，夸奖着、说笑着吃了个精光，老哥俩还喝了点酒。

▲ 2002年5月17日，中国作家协会召集首都文学界人士在北京中国现代文学馆举行座谈会，纪念毛泽东同志《在延安文艺座谈会上的讲话》发表六十周年。
图为五位延安时期的老作家在会上　左起：朱子奇、曾克、张沛、周而复、李清泉

2008年的初冬，我们意外接到一份讣告《子奇同志生平》。太突然了！后来，听孩子们说："没有预兆，没有病痛。10月11日清晨子奇同志坐在沙发上安安静静地飘然而去了。"这或许可以说是不幸之中的一种莫大幸

福吧!

收到这份老友的生平以后,张沛没有多问,他每天反复看了一遍又一遍,一个多月以后,他还在不停地看。张沛没有子奇兄那么幸运。他被病痛纠缠了十几年,最后卧床两年,已经不能讲话了,只能用笔谈。

张沛95岁时,有一天我问他:你想老朋友吗?他答:想。再问他想谁?他清清楚楚写了三个字:"朱子奇"!我非常感动,立即拍下来,发给了子奇兄的女儿朱维平。

这对延安时代的老战友和终生的挚友,相知70年,却没能在辞世的最后时刻相互告别,但愿他们俩已经在天上重逢,继续无忧无虑地携手高歌低吟,创作他们酷爱的诗歌。

▲ 2018年10月11日,朱子奇逝世十周年亲朋好友缅怀会
左起:凌焕、朱宁生、陈明仙女婿、谢淑娟、朱维平、叶建静(朱子奇外甥女)、翟泰丰

张沛(1922 — 2018):江苏镇江人。曾任陕甘宁边区绥德《抗战报》主编、《东北日报》社长、新华社东北总分社代理社长,后任《人民日报》总编辑室主任。

11.割不断的思念

陈第雄（湖南省政协委员、郴州市作家协会主席）

今年是尊敬的长者 —— 朱子奇老百岁诞辰。他虽已离开我们12个年头了，但往事绵绵，怎么也割不断我对他的思念 ——"朱子奇"这三个闪耀着光辉的签字映入我眼帘的时候，我虽然还只是个徘徊在文学门外的青年，但他的许多诗文，如《怒吼吧，醒狮》《十二月的莫斯科》《星球的希望》《和平胜利的信号》等名篇，早已深深感动了我，令我崇敬不已！特别是我得知，他是我们郴州汝城人，从小参加革命，是党员，是战士，是诗人，是作家，并长期从事保卫世界和平和新中国文学领导工作时，心中便油然升起了一股亲切感和自豪感，我是多么渴望一睹这位出自家乡，享有国际声誉的著名作家诗人、和平使者和歌手的风采啊！

有幸而又碰巧的是，好多年后的1989年金秋时节，已踏入文坛的我应邀出席在岳阳召开的"康濯作品研讨会"，会间已经七十多岁的他竟孩童般惊跳起来，一把握住我的双手使劲地摇来摇去，打着哈哈连声说："哎呀，故乡人，故乡人！你好！"

朱老是刚从苏联访问回国，就代表中国作家协会主席团匆匆赶来参加这次研讨会。当他步履矫健地走进会场时，他那魁梧的身躯、堂堂的仪表、翩翩的风度，立刻吸引住了大家的目光。在热烈的掌声中，他从容地与来自全国的三十多名作家、文学评论家侃侃而谈。他思路清晰，语言亲切，一口流利的北京话，不看讲稿，滔滔地从他与康濯的乡情、友谊和康濯的创作生涯，一直谈到康濯作品的艺术特色和国际国内影响。我听得如醉如痴，直到他的讲话结束，掌声响起，我才惊醒过来。

当天晚上，我们促膝长谈。其中他特别同我谈到了白薇，说我们家乡的白薇前辈是个很了不起的女性，虽然一生坎坷，但她的骨头很硬，为革命做出了很大贡献，受到了毛主席、周总理和鲁迅的称赞。她是我们家乡的荣誉和骄傲。他说，他不久前把白薇的事迹写成长诗《一朵湘江白蔷薇 —— 忆女诗人白薇》，《华夏诗报》在头版以整版版面发表后，在国内外引起强烈反响，纷纷写信要求他把白薇的事迹写成剧本，拍成电视剧。他还告诉我，邓颖超大姐很关心这事，她说："历史是不能割断的。要重视白薇曾经做出的贡献，要尊重她，宣传她，让青年一代了解她，学习她。"所以他这次回湖南是肩负双重任务的，除了开好康濯作品研讨会，还为了了却广大读者和邓大姐的心愿。他说到这里，忽然叹息道："可我年岁大了，没精力写剧本了。"也许是"乡情意满怀"，也许是作家使命感，我竟贸然表示愿意代劳 —— 接受"白薇"剧本的创作任务。朱老又高兴又激动地拉着我的手，连声说："好，好！散了会，我们一起去省里做工作吧。"朱老

▲
1989年，朱子奇与
陈第雄合影

说到做到，研讨会一结束，他就同我匆匆赶到长沙。我们刚刚住下，他就迫不及待地向来看望他的省文联、省作协领导开门见山表明来意，征求意见，请求支持。待形成了一个筹拍工作的具体方案后，又趁热打铁，同省文联、省作协的领导一同带着方案去找省委。当时分管文教的省委副书记刘正，省委常委、宣传部部长夏长赞热情接待了我们，对筹拍白薇电视剧给予了充分的肯定和支持，关于白薇电视剧文学剧本，同意省文联、省作协的推荐由我进行创作。省里的问题落实后，朱老不顾旅途劳顿，紧接着又风尘仆仆地同我赶回郴州。当时的郴州地委书记周时昌，副书记周明修、陶流贤领导同志热情地会见了朱老，他们对筹拍白薇电视剧很高兴，一致认为这是白薇家乡的光荣和骄傲，也是激励后代和宣传郴州的一件大好事，让我集中精力搞好剧本创作。朱老看筹拍工作进行得如此顺利，疲惫的脸上绽开了欣慰的笑容，他长长地嘘了口气说："终于了却了一桩大心愿，可以回报读者了，回报邓大姐了！"

朱老返回北京后，不断给我写信询问进展情况，鼓励我把剧本写好，还把他收集的有关白薇的资料和他创作描写白薇英雄事迹的长篇叙事诗《带枪的女作家》寄给我参考。还嘱咐我以作者名义给王震副主席写封信题写剧名由他转交，不久他便将王副主席亲笔题写的"白薇传"寄给了我。

▲朱子奇每出新书都签名寄给陈第雄留念

四年后的1994年，长篇电视剧《白薇》经过许多波折后，终于拍成，在中央一台首次播放，随后荣获湖南省"五个一工程"奖。可是，为了"白薇"剧殚精竭虑的朱老却未在"白薇"剧上留下自己的名字。为此，我一直感到深深的不安和愧疚！但我永远忘不了——没有朱老前辈的呼吁，并做了大量周全细致的实际工作，便不可能有"白薇"剧啊！朱老却豁然大度，毫不介意。他了却这桩心愿后，仍然没有忘记我这个文学晚辈，每有新著出版都不忘寄给我一册。

我去北京顺道看望他时，他更是高兴得如见亲人挚友，留我共餐，与我长谈，还兴致勃勃地领我观赏郭沫若、徐悲鸿、齐白石、傅抱石、吴冠中等许多名人大家赠给他的字画。他意味深长地指点着这些字画对我说："别看这些巅峰之作如此光辉灿烂，其实，他们都是作者用心血和艰辛一点一滴堆砌起来的。"我明白，这是前辈在含蓄地启发我，勉励我，寄厚望于我。而今，朱老不在了，世界和平失去了一位歌手，中国文坛失去了一位巨子，而我失去了一位良师，一位慈爱的乡亲长者。我虽然再也不能见他一面，再也不能聆听他的教诲，但他赠给我的名篇巨著将永远伴在我身边，给我营养，给我引路，给我激励，他和蔼可亲的音容笑貌永存在我的记忆里，而他那深厚浓郁的关爱，更是刻骨铭心地成了我永远割不断的思念。

2004月13日

12. 百年缅怀

陈明仙（中国作家协会对外联络部原副主任）

时间过得真的太快了，朱子奇同志生于1920年4月13日。他走的时间是2008年10月11日。对他的离去，我们都毫无思想准备，因为在我们的印象中，他仍然是那样充满活力，积极乐观，完全是生机勃勃的年轻人的样子。我们都认为他还会与我们共事多年的。当然世事难料，人都有最后这一天。在我们的脑海中，子奇同志能够永远保持着他那生动活泼的样子，也就很不错，可以说是弥足珍贵了。

▲ 1983年，陈明仙与朱子奇接待菲律宾著名女作家

我与子奇同志的认识，是在中国人民对外友好协会，与中国人民保卫世界和平大会（简称和大）合并成新的对外友好协会之后。1971年年底，我从干校回到北京，调到对外友好协会工作。那时因为缺办公用房，与外交部挤在一起。工作开展得很快，又缺足够的翻译干部。而"和大"业务没有了，却在王府井北京饭店对面，有一处闹中取静、花园似的漂亮办公场所，而且有大批经过锻炼的、高质量的翻译干部。两个单位的领导，各取所需……一拍即合，很快两个单位就愉快地合并了。这样我与朱子奇同志就同在一个单位工作了。

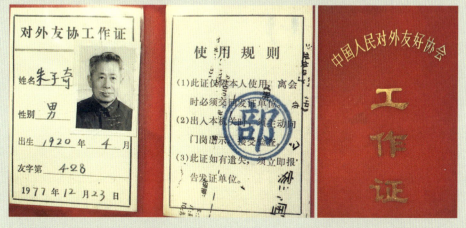

▲朱子奇在中国人民对外友好协会的工作证

在这之前，我与他就有一次偶然的联系。一次令人印象深刻而愉快的邂逅。那是1976年，柴泽民当会长。在苏联召开财经会议之后，国内兴起批判王稼祥同志的"三合一少"（后升格为"三降一灭"）。记不清是在哪里召开了一次正式的大会，我那时在国务院外事办工作室，由单位派我去做大会批判发言的记录。

与会的都是国际问题方面的名人、专家、领导。参与做记录的我记得还有"和大"的资中筠和田惠珍女士。我们记录完了，需要经发言者本人过目再抄送上报。我经手的就是朱子奇同志的发言。同时也还有别的几个人，其中有中联部的王力（"文革"中有名的"王关戚"之一）。令我印象深刻的，就是这两个人对记录稿截然不同的态度。王力退回的记录稿改得面目全非，这并非说明我的记录有何不当，或者缺失，而是他将会上没说的，又大段大段添加，说过的却大砍大删。我们只负责技术整理，对此毫无办法，只能按他修改的抄送上交。而朱子奇的那份可以说只字未改，很快签名退回。这也不是说明我记录的多好，而是反映出此人很痛快，不在小节上计较。更重要的是实事求是，对自己说的采取负责任的态度。那时候我虽然不认识他，但对此人产生为人单纯、朴实的好感了。

朱子奇同志作风粗犷，领导风格也是放手和粗线条的。他毕竟多年不在文学领域工作，有时难免出现记忆上的小差错，同时对复杂的意识形态问题有时处理略显估计不足，同志们都毫无顾忌地向他提意见，他都心悦诚服地接受。大家与他共事非常愉快。我与金坚范因为同他相识更久，提起意见来更加尖锐，不留情面。他更是诚心希望我们能够这样做。有时还专门请我们到他家去，充分听取意见。所以我们与他之间，除了上下级关系外，更是忘年的净友关系。

我认为最可贵的就是他爱国主义和国际主义的革命精神。他不是一天两天一年两年，而是自始至终，毕其一生都是用最饱满的政治热情来歌颂党和党的领袖人物，歌颂党的崇高事业。这是最难能可贵的，也是最值得我们大家学习的一种精神。尤其在今天，许多年轻人受不良风气影响，娱乐至死，成为一种歪风邪气。更加突显了子奇同志对党忠心耿耿的革命精神，我们不是更应该在全社会发扬光大吗？

　　不错，今年是朱子奇同志的百年华诞！

　　但是，说也奇怪，不管是一百年还是多少年，在我面前晃动的，从外貌上说，他依然毫无老态，完全是中年、壮年的样子；是那种单纯的、平易近人的、毫无城府的、热情澎湃的模样。这就是朱子奇同志！永远的朱子奇同志！

◄ 2019年7月，朱维平去看望90岁的陈明仙阿姨

13.炙热的情怀

班永吉（中央党史文献研究院第七研究部副主任）

2020年4月13日，是著名诗人、中国作家协会原党组副书记朱子奇同志100周年诞辰。中国作家网推出了"纪念朱子奇同志百年诞辰"专题，以视频、图文等方式缅怀前辈，来回顾朱子奇同志的生平与创作，在回望历史和启鉴未来中，不停前行之步伐，意义深远。

▲ 1999年6月，中国解放区文学研究会第九届学术研讨会与会代表合影
老将军李耀文（前排左四），文艺界老领导、老作家、艺术家林默涵（前排左五）、贺敬之（前排右五）、魏巍（前排中）、钱丹辉（前排左一）、胡可（前排左二）、曾克（前排左三）、陈明（前排右二）、雷加（前排右三）、朱子奇（前排右一）

诗声回响，诗情永远。我和诗人朱子奇同志第一次见面是在1999年6月。中国解放区文学研究会在北京北郊的石油干部学院召开。那时我还在部队工作，临时为研讨会做会务服务。魏巍同志是中国解放区文学研究会的会长，朱子奇同志应邀出席研讨会。那一天出席研讨会的文艺界的老领导、老作家、老艺术家们还有林默涵、贺敬之、胡可、曾克、钱丹辉、葛文、雷加、徐非光等，那是我与朱子奇同志第一次相识。听魏巍同志介绍，早在延安时，他和朱子奇同志一起办抗日诗歌墙头报，有战友情谊、革命

1999年6月，朱子奇（右二）与贺敬之（右三）、夏川（右一）在中国解放区文学研究会第九届学术研讨会上（班永吉　摄影）

友谊，是患难诗友。那次会后，我收藏了魏巍同志题写书名的《朱子奇诗选》、李琦同志题写书名的《朱子奇诗创作评论选》等书籍。后来我还参与了由朱子奇、魏巍、袁宝华、李尔重等同志任顾问的《人民领袖毛泽东》丛书编辑工作。

2012年10月12日至14日，我在朱子奇同志的家乡湖南汝城参加了《红旗漫卷诸广山》电视专题片的审片会。其间，我参观了汝城籍革命前辈朱良才、李涛、宋玉和同志故居，也走进了朱子奇故居。

在研讨会上，我结识了朱子奇同志的儿子朱宁生、女儿朱维平，后来我们也成了多年的好朋友。朱维平大姐还赠送给我一本汝城县编印的《红色记忆》画册，内有一则《半条棉被》的故事，深深感染了我。

▲ 由贺敬之同志题写匾额的朱子奇故居

故事讲的是我们党和人民群众的鱼水情。我为此曾撰写了一篇论文，题为《脱离群众是危险的》，后被收入我的一本文集里。

朱宁生兄回忆说，父亲小时候曾随祖母长大。祖母常教他父亲读诗词，背诵岳飞的《满江红》，唱《木兰辞》，可以说是对他父亲进行了爱国主义启蒙教育。朱德与陈毅带领部队路过家乡，播下了红色革命火种。他父亲曾两次偷偷离家出走，去寻找红军，都被家里用绳子捆了回去。朱宁生兄说，他父亲晚年重病缠身，神志模糊，要求再看一眼天安门。他便陪着父亲坐车围绕天安门广场慢慢行驶了两圈，他父亲疲倦的面容上露出满意的笑容。我想，朱子奇同志或许又在构思着《我在天安门前走过》这样一首长长的抒情诗。

朱宁生兄曾提到党的五大书记之一的任弼时同志因病在苏联疗养期间，朱子奇同志担任任弼时同志的秘书。朱子奇同志一生多次受到毛主席的接见，一直想把它写下来，但他颤抖的手已经拿不起笔来，朱宁生兄便在他父亲断断续续的述说中记录下了朱子奇同志记忆中最重要的六次。朱子奇同志的诗歌最突出的特点，是他始终把个人的命运和党的命运、祖国的命运和人民的命运紧密结合在一起。在光明与黑暗之间，他毫不动摇地站在歌颂光明、鞭挞黑暗，歌颂进步、反对倒退，歌颂真善美、批判假恶丑的立场上，体现出一个革命诗人始终不渝的情操与气节。开阔的国际视野，坚定的政治立场，真挚的爱党爱国感情，与党和祖国共命运的自觉意识，构成了他诗歌作品最主要的感情基调和思想特点。正是由于他这种始终不渝的立场和真挚纯粹的感情，使朱子奇同志长期保持创作的热情，用炙热情怀歌咏时代。

▲班永吉（左一）与朱宁生、朱维平2019年合影

14.我们汝城人

徐宝来（湖南汝城党史办原副主任）

朱子奇是湘南边陲汝城县城郊津江村人。乳名叫朱衍庆，字惠民，谱名朱忠禹。1920年4月13日，出生于津江村寿江对门范家，后来从范家又迁回了津江。和汝城大多数人一样，小时候都有个小名，朱子奇有个有趣的小名，屋场上大家习惯叫他"衍钵子"，用汝城方言说就是装饭菜用的钵子。父母希望儿子长大后勤奋劳动，自食其力，有碗饭吃；也希望他走向社会，像"衍钵子"一样，容得下任何东西——甜酸苦辣，冷暖软硬；更希望儿子保持农民本色，记住乡愁、乡情，不忘家风、家规。

朱子奇的爷爷朱上清，"赏戴花翎"，江西补用知府署理。福建永定县知县，调升闽侯知事。官至知事，朱子奇的奶奶欧阳氏也成为"诰封淑人"。朱子奇的父亲朱伯福毕业于湖南经国法政专科学校，担任过民国暂一师三围少校军需，后来长期在福建谋生。

汝城津江《朱氏总谱》记载："朱上清，廷禄四子，字则荣，号少英，赏戴花翎，江西补用知府署理。福建永定县知县，调升闽侯知事。生（1858）年11月24日，终于永定任内民国（1914）年2月27日，享年56岁，葬黄泥汉白皮轩。娶欧阳氏，诰封淑人。生咸丰己未（1859）年11月30日，终民国（1933）年11月22日，享年74岁，葬张家屋背黄竹坪，申兼甲庚。子二：宾祯，绍文。副王氏，生光绪己卯（1879）年5月27日，终民国（1921）年4月18日，享年42岁，生子三：绍武、绍忠、绍孝……"

朱子奇的父亲朱伯福生于1893年11

▲湖南汝城津江村的《朱氏总谱》

▲朱子奇爷爷之墓

月28日，终于1952年11月。母亲黄氏，生于1894年6月9日，终于1944年9月23日。一共生了七子女。朱子奇排行第四。最大的是姐姐，第二是大哥朱济民，排行第三的哥哥小时候夭折了，下面还有两个弟弟，一个叫朱拯民，一个叫朱泽民，最小的是妹妹朱晚霞。

由于父亲朱伯福长期在外谋生，朱子奇自小就跟随祖母一起生活。祖母是一位十分开明的知识女性，曾任汝城县女子职业学校校长。祖母对子奇十分疼爱，但管束也很严格。闲暇之时，祖母常教子奇读唐诗、岳飞词、唱木兰歌。祖母以曾国藩治家为例，教育子孙们要简朴务实，多读书明事理，求上进爱劳动。假日里朱子奇常和家里的帮工，到四拱桥去割茅草。

朱子奇七岁那年，祖母痛彻心扉的情景，春荣姑姑不屈的形象，让他心灵震颤，终生不忘。他问祖母，他们为什么要杀春荣姑姑，祖母告诉他，春荣是一位女英雄！

1951年4月，新中国诞生的第二年，朱子奇怀着对春荣姑姑的无限崇敬和无限思念的深厚感情，一气呵成《想起女英烈——我的春荣姑》。

我的春荣姑，

小时候常领我去河边捉鱼，

▲朱子奇姑姑朱春荣烈士雕像

去津江村广场观看舞"香火龙"，

给我讲岳飞精忠报国的故事，

还希望我长大做个保国的勇士……

呵，想起来那天！

我生命中天昏地暗的那天！

刽子手推着用棕绳捆绑的春荣姑游行。

女英雄，迈着大步走过街道，

女英雄，鲜血从她胸口往下流……

风，吹着她乌黑乌黑飘动的乱发，

风，传送她铜号般嘹亮的声声呼喊。

年轻的女共产党员朱春荣，

从容地倒在血泊中……

1951 年 4 月

七八岁的朱子奇，有天清早在储能小学门口看见一列列整齐的队伍，迈着矫健的步伐，心想：我也要像这些军人一样，杀尽万恶的土豪恶霸，让穷人有饭吃，有衣穿，有书读。1927 年 11 月 19 日，朱德率领部队抵达汝城。为了保存南昌起义军这支珍贵的革命队伍，朱德在汝城与国民党军第 16 军军长范石生谈判，获得了巨大成功，建立了反蒋统一战线，革命军得以生存和壮大。朱德利用这个极好机会，在汝城城南的衡永会馆和津江村秘密召开了衡阳所属粤北各县中共县委负责人会议，策划湘南起义，史称"汝城会议"。

▲湖南汝城"汝城会议旧址"

▲汝城津江村的"朱氏祠堂"

津江村的朱氏长老们，想请朱德题字"朱氏一家"匾额，挂在"朱氏祠堂"以壮族威。

朱德说，我们革命就是为了天下穷人谋求翻身解放，便书写了"世界一家"四个刚劲大字，落款"朱德题"。为感谢朱德部队的盛情，村里准备了酒席为部队送行。朱德还把一匹高大的枣红马和一架望远镜送给了县委，人们称匾额、骏马、望远镜为朱德送给汝城人民的三件宝。

1932年，国民党第15师师长王东原所属侯鹏飞旅开到汝城，与地方反动武装胡凤璋相勾结，在汝城大修碉堡，阻击中央红军，镇压革命运动。一天，该旅一个连长带着数名士兵到津江村寻找建碉堡的材料，发现了这块匾，气势汹汹地将匾砸了。

1992年，朱子奇的菊儿小院，来了几位津江村兄弟。全国解放以后，津江村的人们格外怀念朱德和他题赠的那块匾。全村群众决定重新制作匾

◀
朱德为津江村题字"世界一家"，这是1994年重新做好的匾额

额，便委托朱中渠等特意来到北京朱子奇家中，请求找到朱德墨迹。朱子奇感到责任重大，家乡兄弟回去后，他不顾年逾古稀，冒着酷暑，来到国家博物馆、国家档案馆，终于零散地收集到朱德"世界一家"手迹字样，寄回家乡。

▲朱子奇并为此题字

村民根据朱德墨迹和老人的回忆，精心复制匾额，重新挂在津江村的朱氏祠堂里。

1930年，朱子奇考入津江储能高小就读。后来祖母去世，父亲在外地工作，母亲管不了他，1934年冬天，趁叔叔朱仲川回家之际（叔叔在国民党黄埔军校第四期毕业后，历任湖北省保安处少校副官，驻南京的陆军156师93团中校），他跟着叔叔去了南京。叔叔因工作缠身，就将子奇交给当时在南京谋生的小叔叔朱绍孝看管（小叔叔在国民党中央军事政治学校第六期毕业，先后担任南京首都警察厅一级督察长、东区警察局局长等职）。小叔叔还未成家，工作流动性大，实在没办法照顾子奇，便把他送进了教会办的孤儿院。这样一来，子奇就成了一名有父母的"孤儿"。

1934年到1935年间，朱子奇在南京夫子庙西湖小学四年级读书。在那里认识了从安徽合肥私塾转至西湖小学读书的王继衡。王继衡的儿子王林2019年5月16日在给朱宁生的信中这样写道：

据说，朱伯伯由于受自家一个已为革命牺牲了的姑姑的革命精神影响，决心去寻求真理。当时朱伯伯和我父亲，还有一个同学叫方志民，他们三人很要好，学校里的爱国老师经常对他们灌输革命思想，并组织他们干一些革命的活动。比如发传单、送信等，张贴反对国民党消极抵抗，打内战的传单。组织他们参加了地下党领导的秘密读书会……这期间朱子奇如饥似渴地读了鲁迅、高尔基等一大批著名进步作家的作品。9月18日，是"国耻日"。他和几位爱国老师一道，组织、发动学校师生跟校方就"国耻日"降半旗问题展开了斗争。朱子奇勇敢地爬上旗杆，把校旗降到一半，受到学校老师和同学的热烈拥护。事后不久，朱子奇却被学校当局开除了。从孤儿院，到南京夫子庙西湖小学，几经周折，1937年6月朱子奇从江苏省立农业专科学校毕了业。

1937年抗日战争全面爆发后，时年17岁的朱子奇，从江苏农业学校毕业后，党组织指示朱子奇回到故乡湖南汝城参加抗日救亡运动。当时汝城县地下党范旦宇、朱琦、朱秋在汝城县的南门太平街上开了一间星光书店。书店对外公开出售官方许可的中小学教科书，秘密出售上海《大众生活》、开明书店出版发行的进步书籍和报刊，如《新华日报》、邹韬奋主编的《大众生活》周刊以及毛泽东的《论持久战》等小册子。领导建立汝城县"青年巡回剧团"成立民族解放先锋队，宣传革命理论，培养革命骨干。在汝城地下党的领导下，朱子奇积极参加抗日救亡宣传活动，朗诵抗日诗歌，演出抗日剧目，表现得非常活跃。汝城石印刊物《烽火》还发表了朱子奇的处女作《怒吼吧，醒狮》。

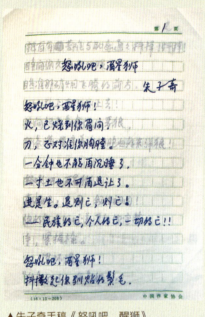

▲朱子奇手稿《怒吼吧，醒狮》

怒吼吧，醒狮！

火，已烧到你眉间，

刀，正对准你胸膛。

一分钟也不能再沉睡了，

一寸土也不可再退让了。

进是生。退则亡，则亡！

——民族的亡，个人的亡，一切的亡！！

之后，县委书记朱琦找到朱子奇，对他说："你去延安吧，那里是全国抗日的希望，任你发挥自己的特长！"朱子奇的父亲，非常支持子奇去延安。他担心路上遇到危险，便想到外甥，朱上清胞妹朱捧兰的儿子曹长久，特请他送子奇一程。朱子奇拿着县委党组织的介绍信和不久前刚完成的诗作《怒吼吧，醒狮》，与曹长久挑着担子一同出发了。

几天的长途跋涉，朱子奇来到长沙寿星街2号八路军通讯处，去找毛泽东的老师徐特立先生。徐特立一眼看见《怒吼吧，醒狮》五个字，一气读完说："没想到小青年竟然写出大气磅礴的抗日诗歌。"给朱子奇开了去延安的介绍信，并给他20元路费。从此朱子奇便以另一种方式投入抗战第一线。

2019年5月11日，笔者两次去了卢阳镇曹家，访问了曹长久之子65岁的曹五星。曹五星说经常听父亲提起这件事，他父亲还说朱子奇很重感情，写过信，寄过钱和书给他。记得1994年寄给曹长久200元，还送了朱子奇的一本诗歌，都是通过朱子奇的妹妹晚霞转交的。

1989年，朱子奇回到家乡汝城作诗《咱们汝城人》。

▲汝城县政府将诗词《咱们汝城人》刻在石碑上

◀ 1989年10月，朱子奇在
故乡与1937年的县委老
书记朱琦合影

▲欢迎朱子奇同志回故乡一九八九年十一月十六日
　　前排左起：毛寒琪（政协副主席）、蒋桃生（县长）、邓训贤（人大主任）、朱琦（1937年汝
　　　　城地下党委书记）、曹宜生（政协主席）、欧阳杰（县委书记）、罗湘朝（县委副
　　　　书记）、杜茗瑞（人大副主任）、前排中间朱子奇
　　后排左起：左一宋孝纯（文化局副局长）、左五范儒庭（组织部长）、左六宋华品（县委办主
　　　　任）、左八赵巨魁（副县长）、左十一郑仕忠（纪委书记）、左十二彦红熙（副县长）

▲汝城温泉"热水"

汝城县境内有个远近闻名的温泉，古代称"灵泉"，水温高达90摄氏度以上，汝城人称它为"热水"。

1989年10月，在县委副书记罗湘朝的陪同下朱子奇来到热水。罗湘朝兴致勃勃地告诉诗人，县人民政府投入专项基金，建了几个水塔，将温泉水抽上水塔，使当地的村民都免费用上温泉水，他们用温泉水洗澡、煮鸡蛋、温水酒，还向游客出售温泉产品，增加收入。朱子奇听了非常高兴，他曾经作为和平使者，访问了非洲、拉丁美洲等四十几个贫穷落后国家，很多人饱受战争痛苦，饥寒交迫。看到热水温泉给人民带来幸福，触景生情，感慨万千，便欣然题写了：

"愿天下都像热水，成为温暖的世界！"

这难道不是一首抒情诗吗？难道不是一位世界和平诗人的崇高境界吗？难道不是朱德"世界一家"刻在幼年的朱子奇心里的烙印吗？

1989年10月的一天，汝城县津江村储能小学忽然热闹起来，大家围着一位个子高高、鼻梁高高的白发老师，他穿一件灰色风衣，戴一条浅色围巾，笑容满面地来到花丛中，与孩子们欢声笑语。孩子们听老师说，这是一位著名的诗人，是

▲朱子奇给"热水"题字

▲朱子奇与储能小学孩子们

▲朱子奇给母校题字

从北京来的，同学们欢欣雀跃，一双双小手整齐有力地拍起来，朱子奇风度翩翩地走进教室。

朱子奇激动万分地说："同学们，储能小学是我的母校，同学们就是我的同学。储能小学是光荣的学校。八十多年前，津江村父老乡亲非常重视教育，朱氏董事会筹资兴建了储能小学。储能的寓意是为国家培养人才，储备能人。'八一'南昌起义前，朱德、范石生等来到储能小学，就在这里，召开了'朱范会议'，从而挽救了中国革命的火种。同学们，大家说，储能小学光荣吗?""光荣，光荣。"同学们异口同声地回答。

朱子奇最后鼓励大家："希望同学们好好学习，将来成为为人民服务的优秀人才，建设伟大祖国的栋梁之材！"

离开储能小学时，朱子奇应邀题写激动人心的八个大字：跑遍世界，心在母校。是啊，这是朱子奇对母校、对家乡的涓涓之情，也是鼓励同学们走出储能学校以后，无论走到哪里，都不忘母校，要回报母校，回报家乡。

朱子奇有两个妹妹，亲妹妹叫朱晚霞，另一个是妻妹叫叶琳珠（白皓的妹妹）。这两个妹妹都是朱子奇最关心的。她们先后在汝城读完了濂溪高小，那时女孩子读高小是很稀罕的。1952年秋，朱子奇在百忙中专程回到家乡，为的是接她俩去北京继续学习。在新中国成立之初，百废待兴，正需要有文化的知识青年，尤其需要有知识有教养的女青年。可是，当朱子奇郑重其事告诉两个妹妹准备好去北京继续学习时，给朱子奇的却是意外的结果：因家中生活困难不能继续学习，她俩都已经嫁人。

▲ 1989年，朱子奇回故乡与妹妹晚霞一家、白皓妹妹叶琳珠一家合影。后排左三为叶琳珠、右三为朱晚霞

白皓（1919—1942）：朱子奇的第一个妻子，她是湖南汝城县城郊乡锦堂叶家村人。父亲叶星聚曾任黄埔军校文牍，先后担任汝城县资兴督学，是一位有正义感有爱国思想的教育工作者。1940年病逝。母亲朱好述，是一位温顺贤良知情达理的家庭妇女。白皓曾经在汝城成教女子学校就读，而校长正是朱子奇的祖母欧阳慧。朱子奇与白皓在这里相识。白皓在朱子奇去延安之后，于1938年上半年也奔赴了革命圣地延安。

《汝城英烈》一书中这样写道：

1941年春，白皓在延安女子大学毕业后，为响应党中央知识分子下乡的号召，在刚结婚的爱人朱子奇的赞同和支持下，积极报名下乡。她在下乡申请书中写道：斯大林说过，人生的快乐是在人生的苦难生活里面。尤其当这个抗战的时候，我们更应该从抗战中锻炼成一个吃苦耐劳的

▲汝城县党史办1990年出版的《汝城英烈》

百折不挠的青年，将来为抗战前途负一番救亡工作，为复兴中华民族解放担上一份责任，为争取胜利，这是我们每个青年应具有的态度，也是应负的责任。1942年秋，白皓已有身孕，且她患有严重的肺病。她从四区所在地，雨夜过无定河，突发急病，经359旅旅长王震及夫人王季青安排，送359旅医院，但抢救无效，不幸去世，年仅23岁。1981年5月，朱子奇深情地写道："虽然她为党工作的时间短，但在那重要的短暂的年代里，她发出的光彩是闪亮的，出色的！应该为后人纪念和学习的。她是我们故乡

◀
2019年7月2日，本文作者徐宝来（后排）与朱宁生、朱维平一同去拜访贺敬之老人

汝城在革命圣地延安最为有成绩的一位党的儿女，也是我们汝城人民的光荣……"

　　俺汝城人
　　俺山风吹大的汝城人，
　　骨头架子历来就是硬，
　　当年打鬼子闹革命是这样铁心，
　　今个建新家乡俺是这个模样。
　　谁不知道在风雨里一身豪兴，
　　谁不知道在烈火中炼一颗丹心。
　　不过，俺气量大的山里人，
　　一向就这样厚实宽宏。

笔者就以此诗句作为本文的结束语吧！

15. 一封四十年前的家书见证八十年前的生死爱情

宋春晖（汝城县食品药品监督管理局原局长）

　　1979年3月间，已逾耄耋之年因病躺在病榻上我的外婆收到一封来自北京的信，略通文墨的外婆打开信，当看到落款为"朱子奇"三个字时，满是皱纹的双眼不禁露出泪花。外婆的脑海里，仿佛又出现了40年前的1938年送别女儿白皓去延安的情景，从此母女天人两隔，盼了40年的女儿归，送回的是一张"烈士证书"。

▲朱子奇一直保存着白皓母亲的照片

朱子奇与白皓1941年上半年在延安结婚，他1952年回故乡时第一次与外婆见面后，又匆匆一别，出于历史上的原因，之后近20年失去了联系。这是朱子奇写给岳母大人的第一封也是最后一封书信。因为外婆收到这封书信后不久就去世了。在这封家书里，流露出朱子奇对他岳母的挂念和感激之情，对亡妻白皓深沉的爱，见证着一段20年前的生死爱情。

1979年朱子奇写给白皓母亲的信：

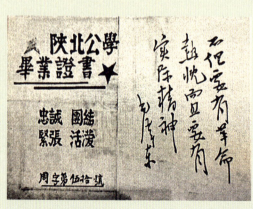

白皓就读于成教女子学校，校长欧阳慧就是朱子奇的祖母。当时朱子奇的父母在外面工作，他随祖母在成教女校生活，在这期间，他们相识。1936年，白皓在长沙参加了"长沙学生歌咏团"的抗日救亡宣传活动，积极投身于抗日救国的滚滚洪流中。1938年初，白皓与朱子奇约定后，于1938年7月启程离开湖南奔赴延安。

1938年8月初，白皓抵达延安，经组织安排在陕北公学分校学习。1938年12月上旬加入中国共产党，1939年5月毕业，毕业后安排在中国女子大学继续学习。

在中国女子大学学习期

▲陕北公学的毕业证书

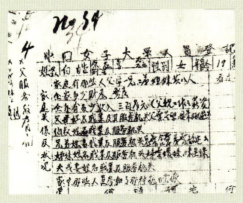
▲白皓在中国女子大学填写的入学登记表

间，抱着共同的理想，来自一个故乡，白皓和朱子奇开始相爱了。在留下的珍贵资料里，仿佛看到了他们在延河边牵手的身影，窑洞里昏暗的灯影下，她在为他缝制衣服，延安城的小饭馆里用每月2元的有限生活费，改善一下生活。

1941年1月，白皓从中国女子大学毕业，分配在中央妇女委员会工作。1941年4月，朱子奇与白皓结婚，在中央妇委会所在地杨家岭的窑洞里举行了一个简单的婚礼，时任中央妇委会主任蔡畅和她的同事们参加了婚礼。

1942年因白皓工作成绩突出，升任绥德特区四区区委书记。这时她已怀有身孕，因缺医少药，积劳成疾，患上严重的肺病，但她仍夜以继日、废寝忘食地工作。1942年秋，她从四区所在地冒雨过无定河，向特委汇报工作的途中，突发疾病，经359旅旅长王震同志安排送往359旅医院抢救，但抢救无效，不幸去世，年仅23岁。她去世后，绥德特委为她举行了隆重的追悼会，高度评价她："白皓同志是响应党的号召，第一批来我区的下乡青年中，表现最出色，提拔最快的优秀共产党员。"追认她为革命烈士，授予她"中共模范党员"的光荣称号。她的遗体安葬在绥德的无定河畔，新中国成立后迁入绥德革命烈士陵园。

▲绥德革命烈士陵园

白皓牺牲后，朱

子奇赶赴绥德，来到她的墓前，表达了对妻子深深的思念和哀悼。看着爱妻留下的物品，想起他们朝夕相处的日子，想起那母腹中的孩子，不禁悲痛欲绝。在白皓的遗物中，有她的两张照片，后来在解放战争转战陕北时遗失了，朱子奇在晚年想起没能留下一张白皓的相片是他一生的遗憾。

朱子奇怀念妻子白皓，她是他的初恋，曾经爱得刻骨铭心，在他晚年时饱含深情地写了一首诗，追忆和纪念白皓：

忆明珠

我的爱人叶明珠，你真是一颗夜明珠。

唤醒了我的少年梦，伴随我吟唱延安歌。

我的亲人叶明珠，你真是一颗夜明珠。

暖我少年的诗心，慰我惆怅的诗情。

我的亲人叶明珠，你真是一颗夜明珠，

虽然你离我而远去，却永远在心中红袖伴我读书。

▲朱子奇同白皓的妹妹叶琳珠与爱人宋绍纯1990年在北京中山公园合影

前排左起：叶琳珠、朱宁清

后排左起：朱子奇、宋绍纯

16. 他是你亲叔叔

朱崇德（朱子奇大哥朱济民的儿子）

我记得那是1952年的一个秋天，我母亲叫我去津江菜市场买菜。我家离菜市场不远，我正走到我们津江宗祠门口时，就碰见了一位身材高大又好威武的人，他骑着一匹白马，身后还有几位随行人员，直向我们津江村走来。

我买菜回来时，那匹大白

▲ 2009年，朱维平回湖南老家和崇德哥哥合影

马就拴在我家院内（益道村范家），路上碰见那些人都在我家屋里坐着。

这时候我母亲拉着我的手，走到那位高大的人的面前说："叫叔叔，他就是你亲叔叔。"我当时就站个立正，叫声"叔叔好"，同时还行了个礼，也向其他几位工作人员行过礼。我父亲生前就是这样教导我的，家里来了长辈和客人都要向他们问好行礼。

叔叔拉着我的手，抚摸着我的头，半晌没有说话。这时我看到叔叔的眼圈发红了。我与叔叔的这种亲情，是无法衡量的。接着叔叔问我多大了上几年级，我回答说我今年12岁，上三年级了。叔叔又说要好好念书，长大后要做个有用的人。叔叔还向我的母亲问寒问暖，劝慰我母亲忘记过去，他说困难是暂时的，带好儿女，以后有好日子。这个时间，北京来了电报。我叔叔在津江只待了三天就返回北京了。

当年县领导李昭容接见我叔叔，谈起我父亲之事。说我父亲是因为逃走他们才开枪的，令人无法接受。我母亲后来说，在1948年至1949年之间，经常有汝城老乡以做生意为名，来到我家（郴州县警察局），来的都

▲益道村范家

是汝城叔叔。当时我真的以为我有这么多叔叔。其实他们都是中共地下党，是我父亲掩护他们在泉州一带进行活动，展开工作。所以我父亲认清形势，就这样暗地里协助他们一直秘密进行工作。虽然他当时是郴州县警察局局长。1949年10月21日，我父亲在郴州县华塘昌铺组织所属人员向郴州县人民办事处缴械投诚。之后我父亲带着我们全家返回汝城津江村安居。谁想到回汝城后发生了这样的事情。

　　1984年，落实政策的时候到了，县里将我父亲的原判决给予了纠正，是属于错判，同时撤销汝城县人民法庭1951年对我父亲的刑事判决，恢复我父亲的投诚人员名义。1985年5月9日，中国人民解放军广州军区发给我父亲《起义人员证明书》。

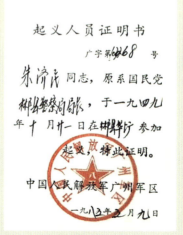

▲中国人民解放军广州军区给朱济民颁发的《起义人员证明书》

　　1986年1月12日，我叔叔来信说，他知道了我父亲的冤案平反了，我父亲本来就是光荣的起义人员，并一直保护革命同志，秘密为革命做了很多工作，平反证明党的政策英明伟大，深感欣慰。叔叔还说，他虽然远离故乡，但他心里总想着故乡。

　　那个时候接近过年了，叔叔寄了100元人民币给我母亲。让我们大家过个愉快的新年。（见信）

▲朱子奇1986年给大嫂（舜英）的信

1989年10月，叔叔参加工作以来，这是第二次回故乡探亲。还特地到了永丰破石界山区来看我们，我们全家非常高兴。只是我叔叔看上去老了一些，交谈时却更加温和慈祥，叔叔说现在党的农村改革政策很正确，生活正在发生很大变化，日子会越来越好，你们要听党的话，好好靠勤劳起家。今后要搞好邻里关系，好好做人，要走正道，一切都会好起来的。我叔叔的这番话，我句句都记在心中，永远都不会忘记。

17.二哥引我走上自立之路
朱晚霞（汝城第六中学教师）

我叫朱晚霞，1933年10月19日出生，是家里的满女。我有四个哥哥，大哥朱济民，二哥朱衍民（入抗大时改名为朱子奇），三哥朱振民，四哥16岁夭折。大姐26岁就去世了。印象中我的童年一直备受父母宠爱、哥哥们疼爱，上上下下不是父母照看就是几个哥哥轮番照顾着。二哥投奔延安那年我五岁。我七岁开始上学，到初小毕业这段时间，一直都是在无忧无虑的环境中度过的。

◀ 2001年，晚霞来北京看望哥哥合影

1944年我母亲因病去世，家里只剩下我和体弱多病的父亲相依为命。当时，三个哥哥，二哥远在延安联系不上；三哥外出学艺，没办法照顾家里；我和父亲只能靠在郴州谋生的大哥大嫂寄些钱回来维持生活。实在交不起学费，只好辍学回家，在父亲指导下看看书，写写文章，学学应用文写作。

1950年，父亲年迈，大哥又死了。我在父亲的劝说下，没办法选择了结婚成家，准备将自己的一辈子交给丈夫，做相夫教子的家庭主妇。

1952年，二哥跟家里取得了联系。并且经批准，决定回家探亲。投奔延安参加革命14年之后第一次重回家乡，面对物是人非的家庭变化，二哥在家的几天很少说话，也很少应酬。要么忙上忙下伺候老父亲，千方百计哄老人开心。要么轻声细语与三哥交谈，盘算家里的生活安排，稍有空不是到我婆家看我，就是把我和丈夫接回娘家陪他，十分细致地了解我们的生活想法和现状。

临走前，他专门跑到我婆家，把我、我丈夫和婆家父母叫到一起，商量道：我跟着毛主席、共产党革命，离家十多年，亏欠家里很多。我是个无产者，也没办法弥补。但我们国家一定会让大家过上好日子、好生活。妹妹自小聪明伶俐，现在还很年轻。原来我想带她去北京，但她结婚成家了，去北京肯定不行了。希望长辈和妹夫

▲ 1989年，朱子奇与弟、妹在津江村老屋前合影留念
左起：弟弟振民、弟妹、朱子奇、妹妹晚霞、妹夫

能让她继续上学。多读点书，响应号召，争取以后能参加新中国的建设。大家经济上不宽裕，妹妹的学杂费就由我来出。

二哥的劝说、支持，得到了我婆家、娘家两头亲人的认可和赞同。在大家鼓励下，我报考了汝城县中学。由于我没上过高小，考试除作文得了高分，其他科目成绩都不行，只被录取为"备取生"。入学后，二哥书信交代我丈夫、交代三哥要时常关心我的学习，每一封家书都要汇报我的学习情况。由于我本身个性就比较要强，加上不敢给二哥丢脸，因此我学习非常发奋，非常努力。1955年，我终于以优秀的成绩完成了初中学业，考取了郴州师范学校。1958年，我顺利从郴州师范学校毕业，分配回汝城任教，成为一名新中国光荣的人民教师，由一个家庭妇女成长为一名自食其力的共和国建设者。

◀ 2016年，朱维平回汝城看望病重的姑姑，与姑姑和她的重孙女囡囡合影

（女儿叶建静整理）

18. 我的舅父

叶建国（地热研究所工人）

记得那是1981年腊月，我与单位领导出差路过北京。带着母亲写给舅父的一封信和一瓶家乡的豆腐乳，见到了和蔼可亲的舅父。他拿着豆腐乳

高兴地说："太好了，好久没有吃到家乡的味
道了。"

▲朱子奇外甥叶建国

我是初次见到舅父，他马上问我家里情
况："家乡都好吧，你在哪个单位上班……"
我一一作了回答。告诉他我在家乡的"热水"
工作。他说："好啊，我们老家也有温泉，我
有时间一定去你们单位，看看你们的地热利
用成果，看看家乡的变化。"

当他得知我是坐的士来见他的，话音一转，严厉地批评我："你们出差
办事，要坐公交车，不要坐的士。国家的钱，人民的钱，不要乱花。"说完
便拿出十元钱给我，要我不要回单位报账。再就是离过春节还有七天，不
要坐飞机，乘火车是比较辛苦，但是也可以省点钱给单位搞科研。

▲1989年，朱子奇为汝城温泉题字

舅父语重心长的一番话，说得我
心里暖乎乎的。

时隔八年，舅父他老人家真的回
到了家乡，参观了我们单位地热利用
的情况，得知热水地区长出的水稻很
出名，鼓励我们要培育优良的杂交稻
种，为全国、全世界提供好品种，造
福人类。

那天他特别题词：愿天下都像热
水，成为温暖的世界！

他是老革命、老共产党员，心里
想着的都是国家、是人民，也想到全
世界。

第二章　湘南小山城

1.我属于这条江河

朱子奇

▲朱子奇在长沙

我问自己，你真的老了吗？

匆匆跑，匆匆写，半个世纪匆匆而过。惊回首，已满头是霜，只希望心灵不生白发就好。去追时光，去赶生活，去爱世界，再跑点，再学点，再写点儿吧！

——朱子奇

我生在湖南汝城，是从那里走上革命道路和文学道路的。我发表的第一首诗《怒吼吧，醒狮》和第一篇散文《致醉生梦死的人们》，就是在故乡写的。虽几十年未归，但常想念故乡。

我的乳名叫朱衍庆，学名朱忠禹，又名朱智麒。湖南汝城县城郊乡津江村人，1920年出生于津江村对门范家，我家从津江村搬到这里，后来又迁回津江。

我小的时候，性格活泼好动，大家都很喜欢我，大哥给我做了一幅画像，标题是"生气勃勃的弟弟"，贴在我们书楼的墙壁上。

我排行老四，最大的是姐姐，第二是大哥，排行第三的哥哥小时候夭折了，下面还有两个弟弟，最小的是妹妹。我们家庭是一个知书达理的书香门第。我恰逢社会大变革时期出生，当时社会动荡不宁，但我们家庭却祖代传承，和睦安顺。由于父亲长期在外谋生，我自小随祖母生活，那时祖父朱上清先后在福建永定、闽侯任职知事，早年去世，祖母也就与我们一同生活。祖母是

▲朱子奇湖南汝城津江村老屋

一位十分开朗的知识女性，当时在本县女子职业学校任校长。祖母对我们十分疼爱，但管束也很严，常教我读唐诗，背诵岳飞词，唱木兰歌。因此培养了我唱歌的兴趣。日常中则以曾国藩治家为例，教育我们不许学少爷小姐，要简朴务实，多读书明事理、求上进、爱劳动、有同情心。我常和家里的帮工兄弟到石拱桥去割茅草，平日和弟弟去马湾岭水井抬水挑水，每天轮流扫地洗碗。

　　记得我当时年纪不大，个头小，每次割茅草，虽然挑不了多少回家，人却特别饥渴，经常要比平时多吃一碗饭。为此，祖母屡屡戏笑我割回来的茅草还抵不上饭钱。这些日常生活小事，虽然对帮助家庭作用不大，但却培养了我热爱劳动、吃苦耐劳的品质。我七岁那年，也就是1927年10月的一天，祖母带着我在门口玩，忽然听到一阵喊声和口号声，只见一个披头散发、遍体鳞伤的年轻女子用高昂的声音呼着口号："共产党万岁！打倒土豪劣绅！……"被五花大绑去游行，押赴刑场。这女子就是共产党员、我的春荣姑母。当时祖母差点晕倒，并大哭了一场，祖母痛彻心扉的情景、春荣姑母不屈的形象，让我的心灵震颤，终生难忘。后来我问祖母，蒋介石为什么要杀春荣姑母，祖母说，因为她是个女英雄！过去大家都不知道她是地下党，朱德、陈毅带领的南昌起义余部到家乡闹革命后，她公开出面积极参与组织革命，带领一批妇女进学堂、剪头发、放小脚、贴标语、游行，母亲、婶婶、姑姑都剪了发、放了脚。祖母也带领学生参加过游行。春荣姑母被害这件事的震动和家庭的教育印在心头，当时朱德、陈毅的部队带给家乡的红色影响，在我幼小的心灵中产生了革命的思想、种下了革

命的种子。

因父亲在福建漳州谋生（父亲经湖南经国法政专门学校毕业后，当时在国民党部队就职，曾任暂一师三围少校军需等）。我在漳州居住几年后，于1930年随母亲返回家乡，考入汝城储能高小就读。此时湘南暴动的余波尚在家乡震荡，井冈山红军的足迹也在故乡不断闪现，这一来，加上外面纷繁的世界吸引了我，我根本就无心读书，一心只想着要到外面去长见识、闯世界。因此我常常逃学，领着我们津江村在街上住的朱大乱、朱二乱，在邓家门住的朱香刚、朱洪刚以及范家的几个小伙伴，满街满巷地玩打仗、学武功、练身体。我甚至还想只身出去找红军。一次拿了平时攒下来的压岁钱当路费，一次是偷偷卖了祖父收藏的铜子弹壳换钱做盘缠，但是都被家里发现，用绳子捆绑回来。还有一次去南洞的姐姐家玩儿，正好他们村里传说有红军在不远的东边山、西边山活动，我便四处打听，吓得姐姐、姐夫赶紧把我送回家。

后来，祖母去世，父亲又在外地工作，母亲管不了我，家里其他人压不住我一心只想往外飞的念头，1934年冬，叔叔朱仲川（国民党黄埔军校第四期毕业后，历任湖北省保安处少校副官、156师中校团副等职，后因对国民党不满又不了解共产党，在重庆失踪了）利用回家探亲的机会，把我带到了南京，我看到叔叔家客厅的墙上挂着一副于右任先生题赠的对联"晓日庭前度，春风座上生"。我一直没有忘记。但他因工作缠身又把我交给了当时在南京谋生的小叔叔朱绍孝看管。那时小叔叔还没有成家，实在没有办法照顾我，不久小叔叔便把我送进了教会的孤儿院，并按孤儿院的规矩，为我改名为朱智麒。

1935年，在白色恐怖的南京孤儿院里，我过着贫苦和受歧视的生活。我们几个十几岁的穷学生，参加了一位进步的王老师组织的读书会。晚上常偷偷到他家听他讲抗日救国，讲红军也讲苏联。他说那里有一位了不起的人，当苦工出身，过流浪生活，只上过两年学。全靠勤奋自学，靠勇敢追求真理的精神，成了世界知名的大作家，他的名字叫高尔基。我当时想，高尔基少年时代的命运，不是与我们很相似吗！我们也要靠自己！——

这句话，这个思想，在我脑子里燃起了不灭的希望之火！

教会的嬷嬷不久推荐我进入西湖高小读书。学校里有好几位爱国老师，常常向我们讲些历史上爱国忠诚的故事进行爱国主义教育，我很爱听。后来老师帮我联系考取了江苏省立农业专科学校。这期间，我分别参加了地下党领导的秘密读书会和南京学联，接触到了邹韬奋主编的《大众生活》周刊，吸取了很多进步理论和思想，加入了党的外围组织——左联"磨风艺社"。

为纪念"九一八事变"五周年，我在学校公开主演了东北抗日话剧《未写完的一封血书》，并带头与爱国老师一起，组织发动学校师生跟校方就"国耻日"降半旗问题展开了坚决的斗争，我还勇敢地爬上旗杆把旗子降到一半，受到学校师生员工的热烈拥护，取得了最终胜利。事后不久，一些表现特别突出的学生包括我在内，却被学校当局开除，其中一位女教师，当晚竟神秘失踪。

几经周折，1937年我17岁从农校毕了业。毕业后我通过中共地下党、家族叔叔朱琦和北村朱秋两个人联系，到了长沙参加了湖南学生救亡服务团。同年10月，从湖南省政府主席张治中主办的"民众抗日骨干训练班"毕业。后经湖南民众训练班指导员范旦宇（中共地下党员），以及朱琦叔叔（后任中共汝城县委书记）的动员，返回家乡，参与抗日救亡宣传。

在范旦宇、朱琦、朱秋等人的带领下，我在汝城开办星光书店，以"星光书会"和青年巡回剧团为舞台，突出宣传中国共产党的思想和主张，宣传共产党抗日的抗战情况。在汝城小教场，我男扮女装，主演了《放下你的鞭子》《在松花江上》等新剧。

我在汝城石印刊物《烽火》期刊上，发表了自己的处女作《怒吼吧，醒狮》、

▲范旦宇（后任汝城宣传部部长）

▲朱子奇本家叔叔朱琦（后任中共汝城县委书记）

散文《致醉生梦死的人们》，揭露了胡凤璋（《毛泽东选集》中提到的汝城反共土匪头子）等本县地主恶霸及反动势力的一些罪行。

不久，本地恶霸胡凤璋将我和其他几个骨干关了起来，软硬兼施，要强制驯化教育改造我们，但我们谁也不吃他那一套。当胡凤璋问道我是谁的崽时，我理直气壮地说："我是爱国人士朱伯福的崽啊，我一人做事一人当！"胡凤璋发现我人比较机灵，胆子也比较大，加上我父亲从外地谋生回到家乡后，曾在本县任过商会会长、救济院院长，做过许多善事，在本地威望比较高，一听便有心拉拢我。于是胡凤璋找到我父亲商谈，要父亲把我送到他那里去，还说由他来培养我，将来把他的女儿许配给我，保我将来有出息。这可吓坏了我的父母。父亲急忙与朱琦叔叔等地下党领导商量，决定送我去延安，那里是全国抗日的希望。1937年，我带着党组织的介绍信和不久前刚完成的处女作《怒吼吧，醒狮》，经过在长沙的八路军办事处，我见到徐特立同志，他看到我的介绍信和诗说，没想到你这么年轻就能写出这么好的诗歌来。徐老亲自给我开了去延安的介绍信，并给我20元路费。

1938年3月，我们几个向往革命和

▲胡凤璋

追求真理的青年冲破重重阻碍，到了延安。有意思的是，到抗大报名的时候，巧遇时任抗大副校长的罗瑞卿同志在场接待。

他听说我的名字叫朱智麒后，半开玩笑半认真地对我说："小朱，你的名字既少新意又难写，我看不如改为朱子奇，寓意我们湖湘子弟多奇才，你看怎么样？"我欣然接受了这个建议，在抗大新生报名册上郑重写下了"朱子奇"，从此这个新名字和我以全新的面貌，全身心投入中国的革命、解放和建设事业，成为一名光荣的战士。

▲ 1937年时任抗大副校长的罗瑞卿

▲

朱子奇手稿：我的故乡湖南汝城津江村有着光荣的革命传统，祝愿它代代继承，发扬光大，为建设一个共同富裕的社会主义模范村，而团结奋斗，勇往直前

一九九八年春题于北京

（本文由朱子奇讲述，朱晚霞整理）

第三章　摇　篮

▲ 1940年秋，朱子奇因公去晋西北120师贺龙师长处，路经米脂军分区（张仲瀚将军　摄影）

1.延安青春岁月

朱子奇

延安，革命圣地，诗的圣地。

像梦一样，我们跨进了一个新世界，感到一切都是美好的，新奇的！

◀
1938年的延安

　　我和几位向往革命和追求真理的青年冲破重重险阻到达了延安。晚上睡不着觉，又是唱歌又是写诗。第二天天一亮，就跑到延河边，去喝一口香甜的延河水，用清爽的延河水洗脸。一位四川来的教师，激动地伏在地上，亲吻泥土，兴奋地喊着："自由的土地，我来了！我属于你了！"

　　几天后，根据我的志愿，我到"抗大"学习。毕业后留校做宣传文艺工作。许多抗大同学都喜欢写诗。1938年5月到年底这个时间，我们"抗大"军事大队一些年轻的爱好诗歌的同学魏巍、侯亢、胡征、夏雷、周杰夫、金斧、朱力生等和一些"抗大"的教员成立了"战歌社抗大分社"，主要活动是办了一个大型的诗歌墙报"战歌"。

　　大家自己写、自己抄、自己贴，贴在球场跑道宽阔而高大的墙壁上，每期都装饰得很美观，成为来"抗大"参观的人欢迎的一项节目。上面发表的诗作，有歌颂抗战的，有赞美延安的，有反映"抗大"生活的，也有写革命爱情的，内容丰富，形式多样，真是百花齐放。我当时用"西米兰"的笔名写了一些诗歌习作，如《我爱荞麦花》等。

"抗大"对诗歌活动很重视，很支持，要什么给什么。副校长罗瑞卿、政治部主任张际春、宣传部部长谢文翰等都来看我们的墙报。有的领导人还写诗投稿，要求参加"战歌社"，罗瑞卿同志还陪毛主席来看过我们的墙报。毛主席说："好得很！抗大出抗日军人，也出抗日诗人！"

▲朱子奇手稿《战歌社》

"战歌社"是当时延安成立最早的一个诗歌爱好者的组织，它的主要负责人是诗人柯仲平。柯仲平的许多诗，特别是为庆祝党的六届六中全会写的《告同志》，写的很好，同志们把他的诗抄得大大的，贴在当时延安活动的一个中心——府衙门墙壁上。那里经常围着一大堆"抗大""鲁艺"学生和延安各机关干部及过路的人。他们争着阅读，不少人把自己喜欢的诗句抄到小本本上。1938年4月，那时我在"抗大"第三期政治队学习，常在延河边沙滩上上早操。有一次，我们几个爱好诗的小青年认识了常来河边散步吟诗的"大胡子诗人"柯仲平。以后就常去请教他，或邀请他来参加我们的文艺活动，他总是热情答应。并且常常还是迎出窑洞，有时还送下山来，总是鼓励我们上火线去，下农村去，一面战斗，一面写诗，但不要写人民难懂的诗，不要写为少数人看的诗，写能朗诵的诗，这才是新诗的出路。有时天晚了，还送我们一人一根棍子，好在回家的路上准备打狼用。1938年夏天，延安清凉山上灯火辉煌，新华印刷厂举行星期六文艺联欢晚会，毛主席和中央其他领导同志兴致勃勃地在听柯仲平朗诵他的长诗《边区近卫军》。毛主席听完后把诗稿带走，批了"此诗很好，赶快发表"几个字。还亲自介绍给《解放》周刊，周刊破例全文刊登了这首诗。

2.我见到了领袖毛泽东

朱子奇

1938年我第一次看见毛主席。在一次积极分子会上，听陈云、李富春同志报告关于张国焘叛变经过和开除党籍的决定。有同学问：为什么职位这么高的领导人会如此堕落？这时有一位身穿旧军衣，满头长黑发的人从容站起来讲话，严肃、亲切又幽默，湖南音调，每句话都清楚。但我们的注意力完全没有记住他讲什么，只记得听众说：那是毛泽东！"一个人身上的脓包被割掉了，又流进了一股新血液，不是更健康吗？"他又高音调说："革命新血液，就是你们啰！"还幽默地笑着提高音调说："一个人走，一千个人来，一万个人来，不是划得来吗？"会场鸦雀无声后，一会儿发出一阵欢笑声和鼓掌声……

我回去后，兴奋得睡不着觉，起来写了一首《我看见了领袖毛泽东》的诗，发表在连队的救亡室墙报上，被指导员、长征干部吴新正看到

▲1938年的毛泽东

了，他鼓励我说"写得好"。这是我第一首写毛泽东的诗。内容记不清了，大意是：这是我一生最幸福的时刻，我一滴血液，要滴到革命胜利，要跟毛主席走到底。我的第二首写毛主席的诗，是几个月以后完成的。记得是

在"鲁艺"一个刊物上发表的，诗歌的名字叫《延河曲》。

延 河 曲

▲古元先生为《延河曲》作木刻

黄的水，青的山，
延河两岸是追求者的家。
延水穿过了多少山，
延水转过了多少湾。
呀嗬咿嗬咳！
……

1938年春

1938年3月，由于学习努力，表现突出，我获得抗大学习突击手的称号，并由我的队长丁秋生同志介绍加入中国共产党。

有一次，毛主席到抗大讲课，接见我们抗大学习突击手时，我勇敢地请毛主席题字，毛主席高兴地在我学习的笔记本上题了："打日本，救中国，青年在先！"这个笔记本我珍藏了许多年，可惜在解放战争时期，我军

▶

中国抗日军政大学政治部委任令政字209号
兹委任朱子奇同志为五大队政治处宣传股干事
主任张际春
中华民国二十八年五月二十一日

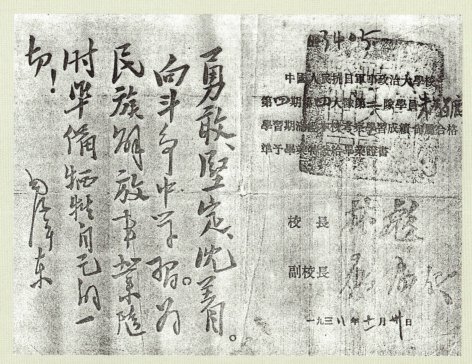

▲朱子奇抗大毕业证书：
中国人民抗日军事政治大学校第四期第四大队第二队学员朱智麒学习期满　经本校考察　学习成绩尚属合格　准予毕业　特发给毕业证书
校长　林彪
副校长　罗瑞卿
1938年11月30日

撤退张家口时遗失了。这也是我终生的一个遗憾！在毛主席的鼓励下，我更加努力学习，抗大毕业后，党组织又安排我参加了抗大第四期、第五期的学习。

在延安，安排我住的地方和毛主席住的杨家岭遥遥相望。从此，我在早晨起来的时候，经常能看到毛主席散步、种菜、和客人谈话。还记得，徐特立老因工作调回延安任自然科学院院长。一天，徐老骑着马去见毛主席路过我住的地方，发现了我高兴地说："小朱，你想见毛主席吗？"真不敢相信自己的耳朵，我兴奋地回答说："太想了！"徐老说："那跟我走吧。"

还叮嘱我把《怒吼吧，醒狮》带上。见到毛主席，徐老把我介绍给毛主席，并把我的诗拿给毛主席看。毛主席看后高兴地说："小朱写得不错呀。你真年轻，今后还要继续努力，要多写好文章，为抗日做贡献！"能得到毛主席的夸奖和鼓励，当时我的心情激动得不得了，心里暗暗下决心，今后一定要好好学习，写出更好的作品。

那时在延安，我们经常在周末晚上举办舞会。我们有一个十几个人的小乐队，我有时担任乐队指挥，有时担任吹笛子手。有一次，毛主席和中央领导人也来参加我们的舞会。因为毛主席来了，大家都很兴奋，乐队的同志们也格外卖力气。中间休息时，毛主席走到我身边，亲切地问我："小朱，你这个笛子哪里来的？谁教给你吹的？连外国曲子你也会吹？"我连忙回答："是李焕之同志用竹子给我做的，也是李焕之同志教我吹笛子。"毛主席高兴地大声说："大家快来看呀，谁说我们延安没有文化生活？小朱的笛子吹的多嘹亮呀！"同志们听了，都高兴地鼓起掌来。

3.萧三从苏联回到延安

朱子奇

1939年春，诗人萧三从苏联回到延安。这是延安诗歌文艺界的一件喜事。他带来了苏联革命文学和诗歌的新消息。他经常向我们讲高尔基、法捷耶夫、马雅可夫斯基等社会主义苏联的作家、诗人的情况。他还不时地讲毛主席的故事和毛主席支持诗歌运动和写诗的趣闻，我们听得津津有味。由萧三同志主编的铅印的《大众文艺》也经常发表诗。"大众文艺"这四个字就是毛主席亲笔写的，他还捐了自己的十几块钱给刊物。街头诗、朗诵诗也热火朝天地写开了，我们经常进城去看那些在墙上、大门上、石壁上贴着的诗。我们自己也提着糨糊小桶，去沿途贴一些自己的好诗。

4.公木的棉鞋

朱子奇

1939年10月，我在"抗大"政治部工作，公木担任全校的时事政策教育工作，我们也曾同住过一个窑洞，睡过一条土炕。每天晚上，我们坐在窗户都破了的寒冷的窑洞里，在昏暗的一根灯芯的小油灯下，埋头写诗。有时冻得发抖，就用一条旧毯子披在身上，用嘴哈着气，暖暖手，再写。有时他把我叫起来，亲切地说："小朱！来唱个歌，唱进行曲，唱军歌！"我喜欢唱，就放声唱起来。窑洞外，大风沙呜呜吹打着，窑洞内阵阵热流滚动着……公木在我的极为幼稚的手抄本的诗集封面上，写下几个大字：战斗的歌，尽情地唱！我想起那双厚厚的棉布鞋。我们在山上秋收时，我的脚被刺出血，公木就把脚上那双在延安几乎见不到的自己家人做的很厚的棉鞋，脱下来给我穿上了。我现在还记得那双新棉鞋多么暖和。我的脚正流血，穿着那双鞋，说不出话来。我忍着眼泪，看着自己穿的草鞋。后来我写过一篇特写《我们胜利了》，想不到在找我延安写的诗时，还找到了这篇特写，发表在1939年12月的

▲1985年10月，朱子奇与公木合影

《新中华报》上，还被选上参加陕甘宁边区报告特写优秀作品展览。1941年，在几千人的群众大会上，我指挥唱公木谱曲的《八路军军歌》。毛主席和党中央一些领导同志都在场。大家热烈地欢呼，再来一个！再来一个！

5.我的音乐老师郑律成

朱子奇

我和郑律成是在延安抗大相识的，他是教我唱歌的老师之一。音乐，曾引我着迷。一度，我每天天不亮就跑到延安山头上去练声，对着海涛起伏似的西北山峦，尽情地喊、唱，直到把高原的黎明喊醒，把东方的红日唱出来。律成夸奖我说："你可以独唱《群鸟歌》中的《岩鹰》了！"（郭沫若的《凤凰涅槃》中独唱曲之一，吕骥作曲）他的话给我很大鼓励。1939年年底，《永别曲》是我和郑律成同志在延安合作写的第一首有关国际题材的歌。那是一个灰蒙蒙的风雪黄昏，郑律成从"鲁艺"桥儿沟步行十多里，来到文化沟山上我住的窑洞里。他头戴草帽，手拿木棍，衣帽上落满雪花。

▲郑律成在延安

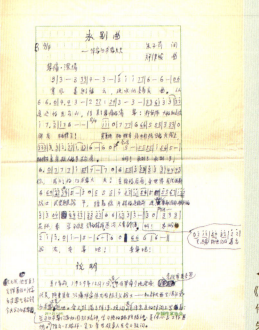

◀
《永别曲》，朱子奇词，郑律成曲（这份原件是1985年夏，中央档案馆的同志送给朱子奇，说是从延安撤退时带出来的）

一进门，不等拍去身上的雪花，就急切地向我说："你知道吗？那位我们尊敬的国际主义战士白求恩大夫，不幸在火线上牺牲了。"他沉默了一下又说："毛主席很关心他。过几天就要开他的追悼会，组织上号召我们写纪念他的歌，我来找你，就是想跟你合作，你看怎么样？"这个消息使我感慨万分。我马上说："开始。"我们坐下来一边喝白开水，一边提笔创作。我写几句，他唱几句。经过一些修改，半夜就大致写成了。几天后在中央党校大礼堂召开的追悼会上演唱了这首歌，同时又发表在党校门口悼念白求恩墙报的专刊上。和律成共同度过的青春时光，化为一种内在的力量，给人以激励。

郑律成（1914—1976）：出生在朝鲜，是中国近现代历史上继聂耳、冼星海之后又一位杰出的优秀作曲家，1939年正式加入中国共产党，1950年加入中国国籍。

6.我与向隅

朱子奇

　　1937年向隅带着他称之为"战斗武器"的一把心爱的提琴，冲破重重困难奔赴延安。他带来的提琴，是延安的第一把提琴。

　　他到延安后，参加了"鲁艺"的筹建工作，是音乐系最早的教员和系主任之一，还兼任延安星海音乐学校校长。我同他的爱人、著名声乐家唐荣枚同志（中央民族乐团团长）一起从湖南到延安。我经常徒步十多里，到"鲁艺"看望他们，向他们请教。在他们的鼓励下，我和向隅合作写了一些歌曲，我写词，他谱曲。有三首收入了《向隅歌曲选》，它们是《反投降进行曲》《百团大战进行曲》和《北风吹》。

　　　　钢铁是从烈火中锻炼出来的，

　　　　祖国在艰苦的斗争里成长壮大。

　　　　汉奸又开始了无耻的阴谋活动，

妥协投降的逆流泛滥在我们前进的道路上。

我们向汉奸和投降派斗争。

把卖国的托派汪派，从抗战坚固的阵线营垒里头踢出去！

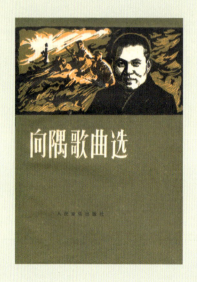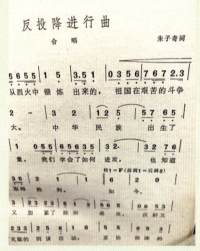

1939年抗战进入艰难时期，日寇极为疯狂，汪精卫当了汉奸，国民党顽固派阴谋投降，天空布满乌云。我们有些同志对前途产生悲观情绪。我们的党连续发出"坚持抗战！反对投降！坚持进步！反对倒退！"的三项伟大号召。我和向隅同志在听了张闻天同志的报告《动员起来与国民党搞投降阴谋作斗争》后，约定写一首歌。我把写好的歌词，步行十多里路赶到桥儿沟去交给他。他高兴地说："钢铁是从烈火中锻炼出来的，这句开头语很好，形象有力！"（这句话是张闻天同志报告中的话）他又到周扬同志那里去把中央有关文件拿来，对照作品检查。他说还要加一句："把托派汪派从抗战营垒中踢出去！"我很赞成，说"踢"字很有劲，他就动笔加写起来。我还记得，有时我们研究作品久了，荣枚同志就下山把小米饭和土豆汤端到山上的窑洞里来，天黑了就点亮小油灯，一面"会餐"，吃着香甜的小米饭，一面兴奋地共商创作。有时他们还送我下山，交给我一根"打狼棍"，好在路上以防万一，因为我要经过荒凉的延安机场才能回到城里"抗大"政治部。

　　我们写成后又征求了各方面的意见，并交"鲁艺"合唱团试唱，还特意送给八路军总政治部宣传部部长萧向荣同志审查。萧向荣同志立即批准印发各部队机关学校。这首歌就唱开了，流行到各个解放区。对反投降斗争起了很好的配合作用。后来还曾被选为开国典礼那天天安门广场广播的五首革命歌曲之一。中华人民共和国成立初期也广播、演唱过，很受群众欢迎。当时有苏联、罗马尼亚音乐家也称赞过它，认为这首歌有中国民族气派，战斗性强。

　　那雄壮优美的歌声多么亲切、感人，仿佛把我带回了延安，带回了艰苦而欢乐的、充满诗意的战斗年代。

向隅（1912—1968）：湖南长沙人，曾任上海音乐学院副院长、中央人民广播电台音乐部主任、北京电台音乐部主任及音协书记处书记等。

7.延安文化运动
朱子奇

　　1940年9月1日出版的《新诗歌》第一期创刊号发表了，上面写着：战歌社，山脉文学合编，并注明"每期五分"。《新诗歌》是萧三负责出版的一张八开纸的油印刊物，这是当时掀起延安诗歌运动高潮的一个标志。我的第一首国际题材诗《十月》就是在这个刊物上发表的。在它上面发表诗作的还有：萧三、柯仲平、公木、郭小川、塞克、张沛、胡征、贾芝、铁夫、罗夫、冯牧翻译的诗及刘御、吕骥合作的歌《边区工人曲》，也有我的几首习作《毛泽东》《野火》《号召》《小组会》。

▲1940年延安出版的《新诗歌》

1941年春，绥德的几位诗歌工作者高敏夫、张沛、郭小川，创办了新的《新诗歌》，出版了六七期。是在当时绥德警备区军政委员会主任王震将军和中共绥德特委宣传部邹文轩同志的关心和支持下坚持下来的。

▲1940年延安出版的《中国文化》创刊号

1940年召开"陕甘宁边区首届文化代表大会"，我是以中央军委直属政治部代表身份出席的，一个大型综合月刊《中国文化》就是这次会后创刊的。由当时的党中央书记处书记兼宣传部部长张闻天直接领导，哲学家艾思奇任主编。毛主席那篇历史性的文件《新民主主义论》就是在《中国文化》创刊号上首次问世的。

那次大会是在我住的文化沟窑洞对面，延河对岸半山腰的中国女子大学窑洞大礼堂举行的。会场上高挂着两条大标语，一条是毛主席的题词：为建立中华民族的新文化而斗争！另一条是：鲁迅的方向就是中华民族新文化的方向。毛主席抱病到会做了著名的《新民主主义论》，参加会议的有五六百人之多，很大一部分是文艺界人士。发言的人和讨论的问题，也是有关文化方面的多。中央主要领导同志都出席了，朱总司令、张闻天、凯丰、林老、董老都讲了话。大会选出的边区文协主任是当时的鲁迅艺术学院院长吴玉章，副主任艾思奇，秘书长丁玲、吴伯箫。大会在"为建立民族的、民主的、科学的、大众的中华民族新文化而斗争"的口号下，开得气氛热烈，情绪高涨，因为团结有了共同基础。

1941年，是严酷中最严酷的年代，毛主席形容它是"黎明前的黑暗"。在西方，德国法西斯兵临莫斯科城下，在东方，日本侵略军疯狂扫荡，实行"三光"政策。离绥德很近的黄河岸边的宋家川，不断传来轰轰炮声。在南北边境，都有国民党军队步步紧逼配合日军搞"铁臂合围"。我边区处境十分困难，粮缺衣单，喝稀米汤，穿翻补衫，点灯无油，写字无纸。人们唱："1941年呀，日子正艰难呀。"党中央发出备战备荒动员令。年轻诗人郭小川大声喊："我的延河，我是你的一条小支流呀，投向你！"18岁的诗人贺敬之写道："挺起胸，大步走在早晨的大路上，我唱着属于这条路的歌。"我们开荒、种地、纺线、挖窑洞，养猪种菜改善生活，支援抗战。我也写了诗："唱吧，同志！高声歌唱起来！这充满爱与恨的大地呀，是歌者的舞台！"

1941年春，我从延安去晋西北解放区执行任务，正遇上鬼子扫荡，我随120师司令部四处转移，全靠民兵带路，终于安全地到了李家沟，找到贺龙司令员和关向应政委，完成了任务。1941年7月9日的晚上，我坐在延河边写了寓言诗《飞蛾扑火的故事》：

> 夜晚，大地被蒙蒙烟雾笼罩着，
> 我们——夜行者知道，这是黎明前的黑暗。
> 飞蛾围着我们的路灯，傲慢地唱起歌，
> 夜行者笑着回答：飞蛾小虫呀，
> 请飞回污土中去吧，那里才是你的家。
> 灯火熊熊燃烧，夜行者的队伍，
> 在明亮的路灯照耀下，迎向远方的黎明。

我们在困苦中还不忘英勇奋战的苏联战友。在《新诗歌》第三期出版了《反德援苏特辑》，有萧三的《打疯狗》，公木的《希特勒的十字军》以及我的《反法西斯进行曲》。

苏联的新国歌，就是我与萧三同志一起在延安的窑洞里边听广播边翻译，及时把这首新国歌翻译成中文，在解放区流行！

不久，从大后方到延安又来了艾青、严辰等不少著名诗人。随着1942年延安文艺座谈会的召开，延安诗歌运动进入了一个全新的阶段。

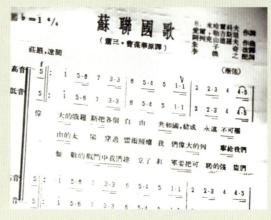

▲《苏联国歌》，李焕之配歌，朱子奇译词

8. 我在延安学俄文

朱子奇

1943年，我们许多人响应党的号召，报名离职学习俄文，我也报了名。我原来是在中央军委直属政治部做文艺工作的，说实话，这次学俄文主要是想读点儿俄国和苏联的原文诗，特别是高尔基、普希金和马雅可夫斯基的作品，工作上的目的性并不明确。后来，听到周恩来同志一次讲话（他和邓大姐每次从蒋管区回延安，都要向干部作报告。我们非常喜欢听他们振奋人心的报告）。他讲完大后方情况后，谈到革命形势发展时提出：我们需要加紧培养一批政治上强，作风上好，又有一定文化程度的外文干部。无论是目前，和将来胜利后的建设，都少不了国际方面的配合。又说同志们不要小看我们延安的土窑洞、山沟沟，这里有共产党的中央，有毛主席，是中国的希望。现在，国内外有见识的人都承认这个事实，外国人会来找我们的。我们还要进北平，解放全中国。那时，我们要在世界上打开局面。我们还有国际义务嘛！9月间，周恩来同志再次来校谈到，为迎接胜利，我们要准备办全新的中国人民当家做主的独立外交，要具有新风貌和气魄，不卑不亢，而不再是旧中国的奴隶外交一套。我们需要多少能干的国际工作干部呀……

周恩来同志具备的革命乐观主义精神和预见性的话，对学外文的同志，是个特别大的鼓舞，既有了明确目标，又得到了思想武装。不久，我们的中央军委俄文学校就扩大为外国语学院，新成立了英文系，人数大大增加。黄华、马海德、柯柏年等同志，都来校参加工作。

9. 延河入海流

柯蓝（曾任中国散文诗学会会长、[香港]中国散文诗
杂志社社长兼总编辑）

子奇同志这组标题为《延河入海流》的作品，我特别感到亲切和熟悉，因为那时我们已经很熟悉了。我们俩同是湖南人，同是徐特立介绍到了延安，又同是选择以文学作为抗日和革命的武器。我记起他和"鲁艺"音乐教员、作曲家，"延安第一把提琴"向隅（也是我的姐夫）合作创作了著名的《百团大战进行曲》，以及与其他作曲家合作创作的一系列歌词。如《延河曲》杜矢甲曲、《白求恩纪念歌》郑律成曲、《白求恩国际和平医科大学校歌》时乐濛曲、《新中国青年歌》贺绿汀曲等。如《飞蛾扑火的故事》《反法西斯进行曲》麦新曲，《保卫莫斯科之歌》时乐濛曲、唐荣枚演唱，等等。在《解放日报》发表后，还有一首长诗《我的心飞向莫斯科》，由萧三选送到苏联发表。这位19岁的年轻共产党员诗人，1939年写了一首《沿着毛泽东同志的指引胜利迈进》的歌词，杜矢甲曲，在庆祝六届六中全会大会上演唱，在延安流行。1940年，他创作了著名长诗《我歌颂伟大的七月——献给党的诞生二十周年》，主题都是拥护毛泽东为党的领袖，批判王明的先"左"后右路线，预示革命大发展的光辉未来，很受读者瞩目和欢迎，都显示了他最早的政治敏感和颇具远见。把这种大事件如此入诗，他可能是延安的第一位新诗人。

10. 诗如其人

林默涵（中宣部原副部长、文化部原副部长）

我和子奇同志相识于延安。他是延安抗大第三期和中央军委外语学校的毕业生。但当时我们很少来往。后来知道，他在少年时期就开始了诗歌的创作。

他的处女作《怒吼吧，醒狮》《延河曲》《飞蛾扑火的故事》《反投降进行曲》和一首长诗《我歌颂伟大的七月》等战歌，是他青年时代的成名作。这些诗是发自战士胸膛的呐喊，是吹响反击日本侵略者入侵的号角，是刺向敌人的投枪，是对刽子手们憎恶的控诉，是一曲人民战争的战歌！它是何等的悲壮，具有多么强烈的震撼力量！

子奇同志诗歌的代表作，有的写于炮火连天的抗日战争和解放战争的战场；有的写于新中国成立初期的火热年代；而更多的诗篇是出于中国人民迎来第二个春天的新时期。他的诗歌是报春的鸟语，是迎春的花香，是革命者胜利的喜悦，是理想与幸福的追求，是和平与光明的交响乐章。

1996年于西山合影
左起：魏巍、林默涵、
　　　姚雪垠、朱子奇

他说："西北高原上慈爱的母亲呵，她给了我真正的生命。我的歌唱是她教会的，我的翅膀是她给炼硬的。"他的诗歌表现了他对党与领袖和人民的爱戴之深切。子奇同志是一位执着的诗人，他把诗歌创作当作毕生的事业，把青春、生命与爱，献给了诗。

我爱子奇同志的诗，还因为他的诗注意诗的形式，具有民族特色，讲究技巧，读起来朗朗上口。他的新诗歌体，根据我国民族语言的特点、社会生活的变化和诗歌创作的发展，又学习借鉴了外国诗歌的优点，形成了他自己新诗歌的特点和风格。

11.赶路不忘终点的诗人

魏巍（曾任解放军总政治部创作室副主任）

我和朱子奇同志可以说是老同学、老战友，又是老诗友。他是湖南人，我是河南人，共同的革命目标使我们走到一起来了。1938年4月，我们同在那个伟大时代的革命大熔炉——延安抗日军政大学同一个大队，第四大队学习。我在四队，他在另一个队。同时，我们还是老诗友。那时候，我们为了追求真理，追求光明，到延安参加革命。我们共同的爱好，就是诗歌，对诗歌女神都颇为迷恋。那时候，无论在哪里，我们只要一看到诗歌，就一定要读，而且只要一有时间，也就一定要写诗。我们经常往狂飙诗人柯仲平同志那里跑，他也非常热情地欢迎我们。那时延安到处充满了革命友谊，处处相互照顾，同志之间的关系，很是纯洁，很是融和。我们至今都非常怀念那个

▲ 1994年，魏巍与朱子奇

年代。

不久我们参加了柯仲平同志组织的"战歌社",还办了一个手抄名叫战歌的诗墙报。我的印象,当时子奇同志比较瘦,中等个,长得很秀气,脚上穿一双草鞋,草鞋上还系着一个鲜艳的红缨子。我到现在还记得,他当时的一首诗里有这样几句诗:我爱荞麦花,因为它是红的,因为它红在延河边,红在我心里。

我们的诗墙报很受欢迎,很吸引抗大同学和工作人员,好多远近的同学都来参观,并踊跃投稿。我记得子奇同志是经常发表作品的一个。当时因为有点儿艺术水平,名叫胡秋萍的同学,把墙报装饰得很美,显得更有诗意。

▲魏巍为朱子奇、陆璀题字
1991年题写:书囊应满三千卷　人品当居第一流

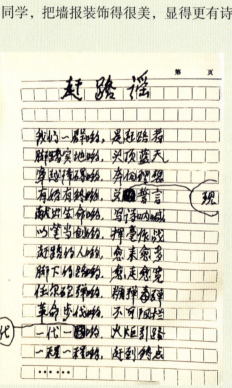

▲朱子奇手稿《赶路谣》

的确那个时代,正如子奇同志诗中所表达的,"我爱荞麦花,因为它是红的",现在有些人,对红色似乎厌倦了。而我,每当在天安门和在新华门,看到我们的国旗在晴空里飘扬,我仍然觉得红色是最美的。我们既是老诗友,也是老战友。因为我们都是那个时代的革命热血青年,从一个人生起跑线起飞的,是从一个出发点向前赶路的。子奇同志把自己当作一个赶路人。他在诗中常提到"赶路"两个字。在他的诗作《赶路谣》中写得很生动，很风趣。他赶路赶了六十多年了，从一个年少的小伙子赶到今天，已经赶到白发苍苍的老者了。

萧三同志告诉我们，要有始有终啊，子奇同志说，我们赶路要赶到终点，我希望以这两句话与子奇同志共勉，与我们大家共勉，不辜负萧三同志和其他革命老前辈的殷切期望。

12.延安娃诗人
王琳（中国作家协会云南分会专业作家）

朱子奇同志：

你好！

我特别要感谢你，这位当年的"延安娃诗人"。其原因也是许多同志都知道的。柯老说，你的成长和成就不是偶然的，并称赞你当年在延安，十几岁就发表了不少好诗。特别是关于十月革命和反法西斯的一些诗作，有的被萧三同志送到莫斯科去发表，你积极参加延安街头诗歌运动。

柯老多次对我说，延安青年诗人是一头头醒狮，这句话有远见啊！新中国成立后，柯老看到你发表一系列反映国际大事件的诗，常说："这位延安娃诗人前程远大呵！"你撰写的《不朽的狂飙诗人——柯仲平》等文，受到许多人的赞赏。

子奇同志，我们在云南就听说你的公正和勇气：你曾光明正大、理直气壮地为丁玲、萧三等革命老作家说话、写文章。记得上次（指1985年筹备在北京召开柯仲平逝世20周年纪念会议）你不仅据理批评了个别人压低柯老作品的不正确观点，而且你还对

▲1942年，王琳与柯仲平在延安

作协的某位领导人认为柯老的诗作影响不大的说法，当面提出异议。你用延安、中外诗文坛评论家高度评价柯老的大量事实，提出反问：这种影响够不够大?! 对方无话可答。

子奇同志，咱们八年延安生活学习，战斗，歌唱，多愉快! 多开怀! 不久将寄给你一本我执笔的《柯仲平传》。书中多次提到了你。再见! 诗人，故乡，等着你来做客!

1991年8月10日

柯仲平（1902—1964）：云南宝宁人，诗人，历任西北军文教委员会副主任兼西北艺术学院院长，中国作家协会副主席，第一、第二、第三届全国人大代表，第一届全国政协委员。

13. 我是子奇诗文的爱好者

吴冷西（曾任新华社社长、广播电视部部长）

我不是诗人，可以说与诗没有沾过什么边。如果要说我与诗沾过一点儿边，就是认识诗人朱子奇同志的时间较长。我们最早在延安相识。七八

年里，我知道他在抗大毕业后编《抗大生活》，在中央军委直属政治部编《部队文艺》。记得我们还在一起看过他写的《反投降进行曲》《百团大战进行曲》《延河曲》等歌，这些歌曲都是由延安"鲁艺"著名音乐家谱曲并在报刊上发表的。子奇同志1939年发表过一篇反映"抗大"生产运动的报道，受到了我们新华社的称赞和表扬。

中华人民共和国成立后，子奇同志长期做国际工作，我们更是在这方面有过不

▲新华社原社长吴冷西

少联系。他对党、对人民、对新中国有着炙热的感情、强烈的责任心，创作了大量诗歌和散文，献出了一篇篇充满激情的颂歌，很有感染力。我经常喜欢阅读他写的作品，从中得到很多新的启发，受益不少。我想，这除了个人友谊和爱好之外，也反映了新闻工作与国际工作、写作工作有着共同点和内在联系。

子奇同志活跃在世界和平运动和亚非人民团结反帝反殖，争取民族解放斗争战线上，身兼多职，常代表国家、人民发言，并在国际上广泛交友，为新中国的外交打开局面。他出访过几十个国家，而且都在那里留下了笔迹，工作创作都很有建树。

我要特别强调的是，子奇同志以诗参战，以诗证史。他发表了一系列涉及国际共产主义运动的大事件的诗，很突出，引人注目。大家所知，从1956年到1966年，在中苏两国和整个共运中，进行了有史以来空前规模的"十年论战"。子奇同志从两个方面，即：以活动家和诗人的双重身份，参

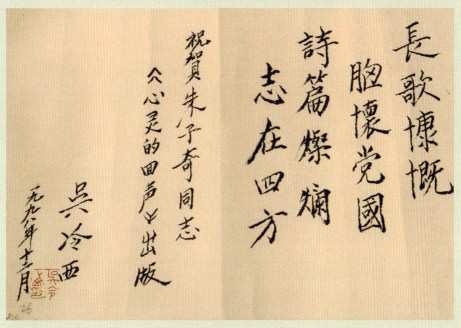

▲吴冷西为朱子奇新诗集《心灵的回声》题字原件
长歌慷慨 胸怀党国 诗篇灿烂 志在四方 祝贺朱子奇同志《心灵的回声》出版

与了这场战斗；另一方面，参与众多的各种性质的国际会议，面对面地激烈辩论，宣传我党的主张和观点，有声有色，受到包括毛主席、周总理在内的中央领导的称赞与鼓励。这可谓"动口之参战"，同时又进行"挥笔之参战"。"十年论战"是经得住历史的考验的。他出版了各种有影响力的诗文集。最近的新著《心灵的回声》编入了他的大部分精彩的诗歌作品。这些独特的诗作，将50年代至60年代国际上发生的许许多多重大政治事件，观点鲜明、形象生动地反映出来：如古巴问题、捷克事件、罗马尼亚问题、阿富汗问题、阿尔及利亚武装斗争问题、越南战争问题、支持几内亚坚持独立问题以及南斯拉夫问题，等等。我以为这在诗歌领域也实在是一个罕见的现象，不愧为一位老共产党员诗人的光荣业绩，是值得我们珍惜和感到欣慰的。

子奇同志从延安到晚年，激情火热，文采飞扬，一直没有变。要说变，就是越变越成熟、越变越深沉，我受到他的启发也更多更深了。

我向他这部新著问世表示祝贺。我向他，我的老友子奇同志表示诚挚的敬意，并祈祝他永葆青春！

14. 留下清楚宝贵的遗产
叶华（新华社摄影记者）

我是1940年到延安后认识朱子奇同志的。那时萧三同志在苏联憋了十多年，回国后到革命圣地感到如鱼得水，热情很高，尽自己的一切力量参加推动延安文艺运动的工作。我那时语言不通，许多事情比较糊涂，只知道萧三在编刊物，把青年诗人组织到诗社里来，自己也通宵达旦地写作。我不太容易记住中国人的名字，但是有两个诗人的名字常常挂在萧三的嘴边，我记住了：一个是公木，萧三说他很成熟，很有前途；另一个就是朱子奇，萧三说他很真诚，也很乐观浪漫。除此之外，朱子奇还会讲俄语，译诗。中间我离开中国有五年，1949年回来，萧三不论是在给我的信中还是谈话中，提到朱子奇同志时，总是用俄语说："我的青年朋友朱子奇。"后来，在中苏友协、和平委员会和作家协会，在莫斯科，在布拉格世界和平理事会，还有许多其他国内和国际场合，他们两个人的工作常常交织在一起，交往自然更多了，更深了。

　　同时从事国内与国外的文化工作，作为革命诗人，必须很好地把爱国主义和共产主义结合起来，这在当时难度很高。除了众所周知的困难以外，难点之一是：有的时候不容易得到国内一些同志的充分理解，甚至会受到某种误解。朱子奇同志知根知底，他的充分理解使萧三每到这种时候都感到欣慰，得到支持，更加坚定地闯过难关，把工作推向前进。总之，他们的工作是独特的，困难是独特的，因此贡献也是独特的。

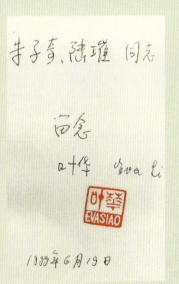

▲叶华送给朱子奇、陆璀的书

叶华（1911—2001）：出生于德国，犹太人，1930年毕业于德国慕尼黑电影学院。1930年在苏联与萧三相遇，次年结婚之后去延安，1964年加入中国国籍，后成为全国政协委员。

第四章　走进张家口

1. 人民的张家口
朱子奇

　　告别诗的圣地延安，我们骑着毛驴，步行一个多月，冲过重重封锁线，
走进刚解放的新生塞城 —— 张家口。
　　前进，张家口，人民的城市！
　　我们赶来为你贡献一份力。
　　城市，是战士用生命解放的，
　　解放者 —— 是它的主人 ……

1945年12月

◀
1945年，朱子奇在张家口

2. 特别联络员

张捷（社会科学院文学研究所苏联文学专家）

1945年冬，子奇同志担任中苏军方的"特别联络员"，做出过一次"不平常的贡献"，值得记述一下：

苏联红军于1945年8月9日对日宣战，突入中国内蒙古境内聚歼日军主力，但围剿顽抗的日伪残余时遇到了麻烦，请求我晋察冀军区紧急派去懂俄文的联络员。军区选派朱子奇同志担任"特别联络员"。接到命令，这位当年在延安"抗大"毕业三次又在军委外国语学院俄文系毕业的学生，立即换上军装，子弹上膛，单枪匹马地带着一个电报员，提着发报机，日夜兼程，穿过战火未消、冰天雪地的察北大沙漠，到达苏军司令部所在地，伪蒙首都"德王府"，并很快与我内蒙古骑兵团司令乌兰夫同志联系上了。而红军误用的、并使他们吃了苦头的几个伪满翻译官闻讯后迅速逃跑了。随后，中苏军队与我地方武装配合，发动最后一战，十几天就把敌伪顽敌剿灭光，汉蒙伪军特务也大部落网。战役胜利后，中苏战友欢呼拥抱。子奇同志带着苏联红军赠送的新出版的书籍，特别是文学诗歌作品，坐上吉普车，回到张家口。晋察冀中央局专门听取了他的报告，对他胜利完成任务，给予了肯定和表彰。苏联红军官兵的革命英雄主义和国际主义的精神给他留下了深刻的印象。他回忆了这段经历，说当时整个大草原为欢迎红军来共同杀敌"欢腾若狂"，部队里涌现出击毙了100名鬼子的神枪手科力尔，献出了一条腿的营长卡加里夫，为老乡输血中毒的医官谢尔金……他带回的一百余首苏联革命诗歌和反法西斯战歌，如苏联新国歌、《喀秋莎》、《喀秋莎火箭炮》、《青年近卫军歌》等，由向隅、李焕之、郑律成、周巍峙、杜矢甲等著名音乐家协助朱子奇编译配曲，很快唱遍各部队和各解放区。

1945年年底到1946年春，朱子奇同志从内蒙古前线苏联红军那里回来后，他在张家口工作期间，恰好苏联女作家华西列夫斯卡娅的中篇小说

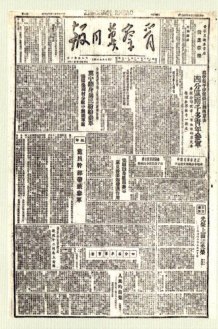

▲ 当年的《晋察冀日报》

《虹》的译本出版，他应邀写了题为《让胜利的"虹"光照耀世界》的散文，发表在《晋察冀日报》上面，受到丁玲、邓拓的称赞。根据《虹》改编的电影成功地在延安有组织地向干部群众放映。影片是周恩来从大后方带回延安的。党中央宣传部发出指示，号召学习《虹》，用苏联人民在卫国战争中表现的英勇精神，增强我们战胜日本帝国主义侵略者的信心与力量。1948年，他还在《冀中日报》上发表了他翻译的长文《俄罗斯农民怎样打败法国拿破仑侵俄大军》，颇受各方关注。

3.北方文化

朱子奇

　　1946年，我又接受了党分配的新任务，协助华北联大校长、文学老前辈成仿吾同志组建"北方文化社"，创办大型刊物《北方文化》。我担任秘书兼编辑，陈企霞任责任编辑，编委有丁玲、萧三、艾青、邓拓、萧军、沙可夫等名家。这段时间，我开始大量发表诗文学、翻译创作，同时，也是我翻译苏联诗作最早的时期。在《北方文化》上，我发表了《在草原上》《朝霞收红满天边》等文。

▲ 1946年出版的《北方文化》第二期

▲ 1946年第二期《北方文化》发表朱子奇的《在草原上》

1946年，毛主席的停战令下到晋西北，第一批民兵三十多人于1月25日从前线开回来，这天，整个县城都在欢迎自己的子弟兵归来，乡亲们高高地举着欢迎的小旗。一把铁锨、一把钢枪，战争让我们学会了生产打仗两不忘。我写了诗《民兵从前线归来了》。

有一天，成仿吾同志对我们说，延安传来消息，毛主席向美国女记者斯特朗发表了重要谈话。斯特朗向毛主席提出一个问题：如果美国使用原子弹呢？毛泽东自信地回答：原子弹是美国反动派用来吓人的一只纸老虎，指出帝国主义和一切反动派都是纸老虎，决定战争胜败的是人民，而不是一两件新式武器。这篇谈话来得很及时，很振奋人心，对当时的"原子狂人"和蒋介石们是当头一棒，也是对恐美、恐原子弹病人的一服镇静剂。思维敏捷、有编辑经验的陈企霞同志，立即主张写文章响应，并要我执笔。我赶写了一篇关于如何正确、清醒对待原子弹问题的散文，在《北方文化》杂志上发表。从此，我们总爱把毛主席的谈话、反动派是纸老虎、美国女记者斯特朗，连在一起

▲ 1946年出版的《北方文化》第一卷第一期刊登了朱子奇的散文《原子炸弹诸问题》

来谈论。

这期间，我还翻译了六十多首苏联及俄罗斯的著名诗歌。其中有多玛托夫斯基的《列宁山》、米勒的《我们是红色战士》、吉洪诺夫的《海那边，群山那边》，还有俄罗斯民歌《三套马车》，乌克兰民歌《我走遍了天涯海角》，西伯利亚民歌《为感谢贝加尔 —— 母亲湖》等广为流行的外国民歌，至今仍被人们传唱着。

我还翻译了一系列著名的苏联新旧革命诗歌，其中包括《英雄恰巴耶夫》《队长乔尔斯》，伊萨科夫斯基的《喀秋莎》和西蒙诺夫的《等着我》等。

4.《喀秋莎火箭炮》与《等着我》
朱子奇

1946年12月，我在内蒙古前线苏联红军中第一次听到他们唱《喀秋莎火箭炮》和《喀秋莎》。苏联卫国战争时期，《喀秋莎》这首诗歌赞美深爱着边防战士的女孩子，成了战士们心爱的姑娘的名字。红军战士们又把一种新式武器 —— 火箭炮取名为"喀秋莎"。

我根据一位苏联巡逻队队长的手抄本，把这两首诗歌译了出来。红军指战员对我说，德国人最害怕这种火箭炮，一碰上它，他们的"虎式"坦克也无济于事。这首诗歌伴着火箭炮，在攻克柏林的各次激战中起了重要作用，战士们唱着它直捣希特勒老巢。红军战士自豪地喊着："德国小子，让美丽的俄罗斯姑娘喀秋莎同你结婚吧!"

这两首关于喀秋莎的诗作者和曲作者，均获得了斯大林文艺奖和红旗勋章。我把《喀秋莎火箭炮》诗词译成中文后，由我国音乐家李焕之配上了谱（苏联著名作曲家萨哈罗夫作曲）。像《喀秋莎》那首歌一样，在国内很快就唱开了，受到了我国人民群众特别是解放军指战员的普遍喜爱。

这些爱情诗歌所起的鼓舞士气的作用广泛而持久。

苏联著名诗人、作家西蒙诺夫（1915—1979）1949年作为苏联人民的第一个文化友好代表团副团长访问我国，我参加了接待工作。西蒙诺夫告诉我："常常给部队的战士们念这首诗。他们聚精会神地听着，并借着煤油灯和手电筒的微弱光亮，在纸上抄写《等着我》。"

▲苏联反法西斯卫国战争中，前线战士们将苏联诗人西蒙诺夫的诗句"等着我，我会回来"写在战车上

由于这首诗如此广泛地引起人们的共鸣，促使我在半年后，把它送到报纸上发表了。谁知刚一发表，我就收到了数百封用诗来回答的信。于是我才明白，人们这样做并非因为我的诗本身有什么特别美妙之处，而是因为它表达了千千万万战士内心深处的思想感情：亲人朋友在等着他们，而他们又理应被等待。这种等待可以减轻战争对他们的重压，这种等待有时会挽救他们的生命……

5. 新中国青年

朱子奇

1947年1月，在解放区为配合反蒋内战进行的自卫战争转入大反攻阶段，响应党中央的号召，在冀中束鹿县小李庄与诗人艾青、贺敬之、李冰、贾克和我，合作创作了《自卫战争大合唱》歌词，我负责分写《野战军进行曲》《民兵歌》《骑虎难下》等。由李焕之、周巍峙、张鲁、边军等音乐家分别谱曲。后来，由华北联合大学文工团首先演唱。

▲1945年冬，朱子奇在华北联合大学工作时与俄文系的同学合影，前排右一朱子奇

　　1947年7月，我与陈企霞合作编过一本《中国解放区优秀小说诗歌选》，交给青年学生代表团出席在匈牙利开"世界青年大会"时做对外宣传用。

　　1947年冬，丁玲来到我们文艺学院驻地河北束鹿贾家庄。沙可夫、艾青、周巍峙、陈企霞等，我们几十个同志开会欢迎她。她同我们谈了好多关于"土改"的有趣事情，以及与农民"三同"的心得。我第一次听到深入生活"蹲点""落户"的形象说法。不久，我也报名参加了"土改"。两次在冀中束鹿县，编写了一些小歌谣，慰劳野战军，写参军花鼓，号召广大青年参军。并写了一些街头诗，贴在街头巷尾，支持贫下中农，打击恶霸地主。赞颂农民起来当家做主的新面貌。其中，有的小歌谣是与村干部合写的，《红石榴》就是其中的一首：一颗豆儿一颗心，一个碗碗一个名，贫农代表要选好人。

　　不久，敌人进犯刚解放的张家口解放区，我军从张家口撤退。我匆匆把这些歌词与文件埋藏起来，以后由于工作繁忙也就把这件事忘却了。新中国成立后，张家口的同志在一次挖掘中发现了这些歌词和手稿，专程派人送到我家里，当时真是惊讶与惊喜交融。

1948年7月，我当选为解放区作家代表，出席全国首届"文联大会""全国文学工作者代表大会"，1948年年底，加入中国作家协会。

1949年4月，我参加青年团大会。任弼时同志抱病写了这次大会的政治报告，并亲自到会宣读，由于实在支持不住，只读了一半，不得不由别人代读完。但他仍坐在一旁，带着笑容望着热烈的会场，望着会场上集聚一堂的全国青年团的代表们，好像辛勤的园丁，望着自己用心血培植的满园盛开的万朵鲜花。全场同志望着这老一辈的革命领导者，青年团的胜利旗手，心中充满敬意和不安。在报告中，他批评了以为革命胜利以后可以只顾安闲、享受，而不必再艰苦奋斗的不健康思想，恳切地告诫："要知道，建设比破坏要艰难多少倍啊！一个革命政党，如果只会破坏旧的，而不会建设新的，如果她不能建设起新的，确实使人民在政治上、经济上、文化上，比以往在旧社会里要过得好一些的生活，那人民会由不满而反对她的，而她终于要走向失败。"这段话说得多么深刻和有远见，今天读起来，还感到格外亲切可贵。

在这次团代会上，正式宣布了中国新民主主义青年团的成立，任弼时同志被选为青年团荣誉主席。中国青年运动进入一个伟大的建设社会主义的新时期。

1949年春，为中国新民主主义青年团的成立我写了《新中国青年》歌词，由贺绿汀作曲。

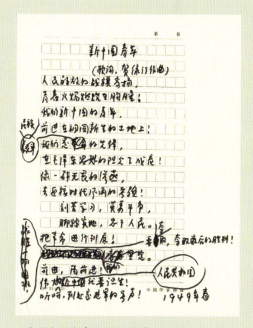

▲朱子奇手稿《新中国青年》

6.有缘相聚

朱维平

1946年，朱子奇与在华北联合大学文学系学习的周普文相识并相爱了。

周普文（1927 — 2013），原名邱自元，祖籍辽宁沈阳法库县大孤家子村，在北京出生。其父邱钟衡原在张作霖部队中服役，曾任少将旅团长、少将参谋长，在直奉战争后期提拔为中将师团长、北京警察署署长等职。曾在东北讲武堂学习，与张学良是同班同学。

1936年周普文在北京西直门大街小学读书，1944年在北京圣新教会女中读书并接受革命思想，开始做地下工作，由她的同学赵国英介绍到冀中解放区参加革命，

▲周普文于1947年

当年9月由白洋淀专区去阜平城工部刘仁同志处工作。1945年8月在阜平由任斌同志介绍入党。1945年做地下政治交通员工作，往返北京与北京城郊的温泉中学。1945年12月，由北平返回解放区途中在沙河镇火车站被国民党军94师282团的三营谍报组逮捕。因在她书包中发现有《共产党宣言》，怀疑她是共产党的交通员。于是对她严刑拷问，并多次用电刑拷问，她严守了党的机密，保护了党的交通线路。但在身体上留下了严重的后遗症，后押送南口国民党94师监狱。

1945年底由父亲出面，保释出狱。在

▲周普文1952年摄于维也纳

党组织的安排下她于1946年1月迅速撤离到张家口解放区，在冀中华北联大中文系学习。1948年她参加了察哈尔省妇女代表会及青年代表团。1949年在北京被服厂担任厂团总支书记、党总支委员，1950年调入文化部对外文化联络局工作，1952年在北京大学法文专业学习，后调入人民文学出版社工作。（历史资料由人民文学出版社档案室提供）

1949年，朱子奇29岁，周普文22岁，两人在北京自愿结婚。沙可夫、周普文的妹妹邱凤元等参加了他们的婚礼。

▲
朱子奇与周普文育有三个子女
朱宁生（右），朱宁清（中），朱维平（左）
1961年在天安门合影

朱子奇与周普文终因性格不合，于1953年年底离婚。2013年周普文因病去世，享年86岁。人民文学出版社在八宝山为她举行了追悼会。

7. 给马少波的信

朱子奇

少波同志：

那是1948年秋，我们是在炮声隆隆的解放战争时期相识的。我和新中国两位电影大家汪洋、苏和清同志，受华北文化界和老前辈吴玉章同志

▲1999年3月11日，朱子奇、陆璀在马少波（右一）、李慧中夫妇家中

（吴老是中苏文化协会的创始人和领导者之一）的派遣，去大连苏联红军司令部和华北局陈云同志处，路经胶东莱阳，受到你的热情接待。你那时是胶东文化协会主席，你还派武装护送，使我们顺利而巧妙地从石岛海面冲过美蒋海上封锁、追击，转危为安，完成任务。你又特别为我们专场演出了你的新作京剧《关羽之死》和《太平天国》，推陈出新，古为今用，使我们大开眼界。我们一见如故，引为知己。我们最难忘的，是永远感激胶东党组织和你本人的盛情照顾。

▲《闯王进京》1945年在山东省胶东抗日根据地演出。剧本最早由胶东新华书店出版发行

渡海到大连后，我又拜读了再版的你的代表作《闯王进京》，并把这部合时宜的大作和其他几部解放区优秀诗文集赠送给苏军政治部。这是较早送往苏联和走向世界的中国解放区的名作。我还要说的是，

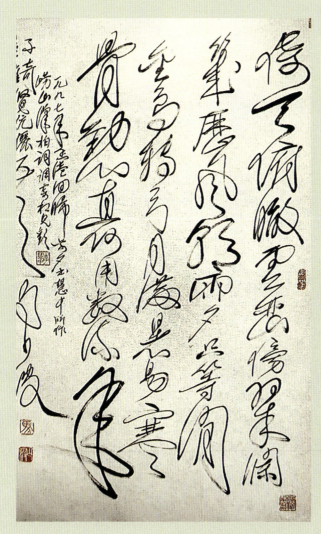

◀

马少波题字
倚山俯瞰云峦傍
翠澜笔磨风竹雨夕只等闲
金鸟持弓月满悬易
寒骨韧以直何用数多年

你做到了阳春白雪与下里巴人相汇融的雅俗共赏。你的艺术追求不减当年。1949年，我们又在北京一起参加全国文代会。

　　我们衷心祝你健康长寿，永葆青春！

1997年4月20日

菊儿小院

马少波（1918—2009）：中国杰出的文学家、文艺理论家，曾任中国京剧院党委书记、中国艺术语言研究会会长、中国戏曲学会副会长、中国戏曲学院名誉教授等。

第五章　新中国诞生

▲ 1949年10月1日的天安门广场

1.我漫步在天安门广场
朱子奇

十月的早晨，晨风吹动，杨槐树沙沙响，
宽阔的长安街上人声车声热闹喧嚷……
欢乐的人群来了！带着敬意迈入广场，
人们像波涛一样充满热忱涌进广场。

早安呵，我们伟大祖国的心脏北京！
早安呵，辉煌壮丽的人民宫殿天安门！

1950年10月3日

▲朱子奇 —— 1950年在莫斯科

2.随任弼时去莫斯科

朱子奇

1949年新中国成立前夕，苏联派了以著名作家法捷耶夫和西蒙诺夫为首的文化友好访华团，前来参加新中国成立庆典。我参加了接待代表团的工作，并在10月1日那天，陪同苏联友人站在天安门广场的观礼台上，在礼炮声中听毛主席宣布新中国诞生，仰望第一面五星红旗冉冉升起，这是我最兴奋的日子，终生难忘！

1949年10月的一天，我接到吴玉章同志的电话，说组织要我当任弼时同志的秘书兼翻译去莫斯科。当时吴玉章同志是中国人民大学校长兼校党委书记，我是中国人民大学校团委的负责人。11月初，我刚结束参加接待法捷耶夫为首的苏联友好代表团的工作，帅孟奇大姐又找我谈了话，我感到很光荣和兴奋。

我随任弼时同志去莫斯科的那些日子，虽然只有短短的五个月时光，但回忆却是丰富难忘的，是永远新鲜的。

我记得离开北京那天，弼时同志对我谈了很多重要的话。提到要正确看待苏联，苏联是列宁、斯大林领导的国家，是十月革命的故乡，要学习

◀

1950年2月朱子奇（左一）与任弼时同志（中）在莫斯科合影（另外三人为在莫斯科学习的中国革命者的后代）

他的革命精神和经验。但是，苏联也有缺点和不足，在卫国战争后，生活还艰苦，看到这些不要奇怪和失望。弼时同志这段话一直指导着我对苏联的看法。他还亲自从卧室里取出两件珍贵的礼物送给我，一件是介绍苏联革命的一本俄文书，另一件是延安时期陕甘宁边区政府发给他的一条三边毛毯。书与毯子都已旧了，看上面点点斑迹，它们好像告诉我，它们与主人经历过多少艰辛的战斗岁月啊！

火车离开北京的时候是1949年11月29日晚上9点钟，天空飘着雪花。到达莫斯科的时候，是12月9日晚上9点钟，那时银白色的雪已落满地。十天的时间，完成了这一万七千余里的长途旅程。火车在中国境内奔驰三天，在苏联境内奔驰七天。漫长的西伯利亚十天旅行中，阅读这本书时，使我感到格外亲切和愉快。在寒冷的西伯利亚风雪之夜，盖上这条毯子时怎能不使人觉得更加温暖和情意深长呢！

我记得有一次夜晚，我们在火车上聊天，当谈到奥斯特洛夫斯基的名著《钢铁是怎样炼成的》，弼时同志说像保尔·柯察金这样性格和遭遇的人，在我国革命队伍中有不少，可是没有成熟的作品描写出来。你还很关心正在苏联治病的我国著名劳动英雄吴运铎同志，要我去看他，了解他有什么困难，并建议作家把他的事迹写成小说，教育后一代人。

弼时同志，你对我的关心和帮助，是我永远难忘和感激的。

记得当我每次去向你报告国内外消息时，你总是很仔细地听，并深刻分析这些事件的政治意义。还亲自介绍我去联共中央举办的政治训练班听课，介绍我去列宁图书馆内部资料室借阅有关中苏关系革命史资料，安排我跟随毛主席、周总理在莫斯科进行一些参观访问，使我有机会看到了一些有历史意义的场面。

想起一件往事来。1950年春，我陪丁玲会见了法捷耶夫、西蒙诺夫等老朋友。他们谈到了社会主义文学必将以自己的特色在世界文坛上扩大影响，开阔眼界的问题。一位苏共中央负责人问我对丁玲《太阳照在桑干河上》的看法，他们听说，中国有权威人士发表了否定性的评论，如这部作品获得了斯大林文艺奖，会产生什么影响。我将他的意见转告了任弼时同志。弼时同志说，他很少看小说，但《太阳照在桑干河上》他却看了，认为是部好作品，反映了"土改"斗争的实情，写得生动有味道，也符合政策。至于有同志指出缺点、不足，是次要的。把次要点讲过分了，我看是不可取的。如果看一个干部，他主要方面是好的，就是好干部，就应大胆用。没有十全十美的干部，怎会有十全十美的小说呢？我把弼时同志这段话的大意，讲给那位苏联同志听，他表示很高兴，也很赞同。后来《太阳照在桑干河上》列入了斯大林文艺奖获奖名单，并在苏联报刊上广为介绍和评价。

▲朱子奇1954年出版的《北京 — 莫斯科》

我在《真理报》上读到毛主席2月13日参观了莫斯科州克拉斯诺戈尔斯克区的"光"集体农庄的消息，向你报告了。你让我通过苏共中央，再去参观一个以电气化养猪为专业的农庄。你说，曾与毛主席谈过，我们要发展农业，就要花力气搞"科学养猪"。农民要多吃肉，猪粪又是很好的农家肥。我和几个同志去访问了离城中心二十多公里的"十月社会主义革命三十周年"集体农庄。

1949年12月21日莫斯科的夜晚，毛主席在庆祝斯大林七十寿辰的大会上发表了重要讲话。第二天，你对我说，毛主席的声音，是中国的，中国人民胜利的声音，中苏人民的革命友谊很重要，毛主席与斯大林见面很重要，这些事件值得记录下来，反映出来。

在你的鼓励下，我写了《北京 — 莫斯科》《十二月的莫斯科》《毛主席在莫斯科》《苏联人民选斯大林》等散文，报道了两位领袖的会见，两国人民革命友谊的一些动人情景。

▲朱子奇1954年1月出版的《十二月的莫斯科》，中苏友好协会总会编，中华书局出版

毛主席十分关心弼时同志的病情，一到莫斯科，就多次向我驻苏大使王稼祥同志了解情况，并在紧张的访问日程中抽出时间亲自去医院看望弼时同志。主席紧紧握着弼时同志的手，没有多说话，只是久久望着他，观察他，当医生说，弼时同志的血压有所下降时，主席微笑着点头说："好得很，好得很，谢谢你们。"

1950年1月12日，一个灰雾蒙蒙的莫斯科黄昏，弼时同志要我换上新衣，梳理头发后，带我去毛主席住处，一起谈话吃晚饭。当提到国内建设规划时，你说，要集中力量加速培养一批有政治觉悟、有苦干精神的青年建设人才，并挑选一批优秀的送到苏联来学习。主席很同意，还讲了唐僧西天取经的故事，说："唐僧那时骑的是马，吃的是粗粮、野菜，还要与妖魔斗，与猛兽斗，与大自然斗，没有人欢迎接待，好辛苦啊！现在出国是坐飞机，吃面包黄油，还到处有人开会接待，请客吃饭，碰杯祝酒，舒服得很哪！"你很赞成主席的话，说："要提倡唐僧取经的坚韧精神，要学习孙猴子战胜一切困难的本领。"

几天后，毛主席在我驻苏使馆向在苏联学习工作的同志，发表了著名的《用唐僧西天取经精神，学好建设本领》的讲话。

毛主席还特地为你准备了中国式晚餐。他知道医生不让你吃盐，亲自吩咐厨师专做两样不放盐的菜，又准备了一盘有长沙风味的辣豆瓣酱烧鱼。但是当主席知道医生也不让你吃辣子，便伸手把那盘辣鱼向远处推开，使你的筷子夹不到，并风趣地说："要自觉遵守医生的规定呵！"主席又对我说了一声："你这个秘书也要监督好呵。"

晚上8点多钟，周总理兴致勃勃地走进屋来，好像屋里的电灯突然加亮

▲朱子奇手稿《莫斯科郊外的晚餐》

了。主席和弼时同志都放下筷子，抬头望着正在脱大衣的周总理。主席说："还没有吃晚饭吧，今天又谈了有八个钟头吧！"主席清晰的湖南音，把"八"字说得特别响。总理坐下来喝着热茶，三位领袖，三位亲密老战友一边吃饭一边交谈。总理同苏联领导人会谈了一整天，仍精神旺盛，毫无倦意。任弼时同志也越谈越起劲，病也忘了。主席发现已9点多钟了，站起来笑着说："医生要批评了，要回疗养院休息了。"主席和总理把弼时同志送出门口，见汽车开走了才回屋。

在莫斯科的日子里，从一些侧面的片段接触中，我有幸地看到和了解到，领袖们的革命战友之情，是多么深厚和融洽！

1950年1月底，毛主席派专车接任弼时到自己在莫斯科郊外姊妹河畔的住处，商谈国事，并共进晚餐。任弼时同志说："苏联是社会主义大国，全名叫苏维埃社会主义共和国联盟，他还是社会主义阵营的头头喽。我们走路也是有方向的，亮开社会主义的团结旗帜，也是有原则的。"

主席笑着一边点头，一边站了起来，慢慢踱着方步说："是的，是有目

朱子奇手稿《毛主席到过汝城》

标的。两个营垒中不能骑着墙，可以说服中间人士，广大人民群众容易想通。像湖南老表挑担子（主席摆出一副挑担子的姿势），左手按住扁担，右手紧抓绳，迈步向前走，就有自由了。"并说："你们看，我是主体，是我按住一头走，这样才能放心走，走得稳，做得好。你们都挑过担子喽！"任弼时同志说："朱子奇是湖南汝城人。"主席说："哦，我去过，那是个山高林密的好地方啊！"我说："主席，你去过两次。"主席想了一下说："哦，是的。"我说："主席，我小时候在家乡山坡挑水，给母亲烧饭，上山时，右手用力按住扁担的一头，才能平稳地上山坡。"主席说："就是这个道理，否则就会上不去，水桶也可能打翻的，就是要在前进中有所调整。但都要由我这个主体来视情况定酌如何调整。"主席伸直的两只手仍未放下来，仿佛一挑沉重的担子还在他宽阔的肩膀上压着。

我把弼时同志送回巴赫维尔疗养地。四周一片安静，窗外大雪纷纷，落在密密的树叶上的声音似乎都能听到。弼时同志平静地躺下了，对我说了一句："下雪了，路上滑，要司机开慢点。"

我回到莫斯科旅馆的第十四层楼149号房间，撩开厚厚的窗帘，回想刚刚映入脑海的伟人们的话，心情难以平静下来。我在本本上，只写了一句话：难忘的1950年1月28日，莫斯科郊外的夜晚。

1950年2月18日，毛主席第三次到疗养院看望任弼时同志。那天刚下

毛主席和任弼时同志
（朱子奇 摄影）

过大雪，天气寒冷。任弼时同志在院子里迎接毛主席。两个人心情非常好，在院子里说说笑笑，谈论国家大事。

任弼时同志见我站在旁边，就招呼我说："小朱，来，给我和主席照个合影。"我高兴地拿来照相机，在雪地里为这两位革命伟人，两位革命亲密战友拍摄了合影。

呵，我好像又回到30年前西伯利亚的火车上！敬爱的弼时同志，安详地坐在联共中央从莫斯科派来的专车上，正在和我们讲昨天的艰辛，讲今天的胜利，也讲明天的理想……

任弼时（1904 — 1950）：湖南人，中国共产党第一代中央领导集体的重要成员，中共第七届中央政治局委员、中央书记处书记。

3.毛主席在莫斯科

朱子奇

毛主席是1949年12月16日12时，乘火车到达莫斯科的。1949年12月15日 — 1950年2月17日，毛主席访问莫斯科这段时期，我正好在那里担任任弼时同志的秘书，因而有机会与毛主席有过一些接触，还参加过若干活动，并随他参观访问过，写过几篇东西，记录了一些实情和感想。

毛主席的到来，受到莫洛托夫、布尔加宁等苏共党政领导人和大批著名的斯达汉诺夫工作者的热烈欢迎。他发表了简短的讲话："我这次有机会访问

为光辉劳动 为持久和平

▲ 1949年，毛主席在莫斯科

世界上第一个伟大社会主义国家苏联的首都，是我生平很愉快的事。"莫斯科广播电台，用各种语言不断重复播送毛主席到达的消息和他的讲话录音。

　　那时，中华人民共和国刚刚诞生，帝国主义者威胁、封锁我们，妄图把新中国掐死在摇篮里。世界人民同情支援我们，苏联就是最先同我们站在一起的。我们两国人民有着传统的革命友谊。新中国需要苏联 —— 这个伟大邻邦，苏联也需要中国 —— 这个东方战线出现的革命新生力量。

　　在这个重要时刻，毛主席来到了莫斯科。这是轰动世界的大新闻，世界的目光都向这里集中。我看到了苏联举国上下隆重欢迎的盛况。各中央报刊发表了大量有关庆祝中国革命胜利和欢迎毛主席的诗歌和散文，有的还开辟"欢迎你，中国兄弟"专栏。这时，以法捷耶夫、西蒙诺夫为首的一个苏联文化友好访华团的作家艺术家们刚回到莫斯科。我在国内曾参加了接待他们的工作，与其中的一些人成为朋友。我收集了法捷耶夫、西蒙诺夫、吉洪诺夫、维尔什宁等诗人歌颂毛主席的新作。我还参加了各种庆祝会、欢迎会，欣赏了这些诗歌的朗诵、表演。一位外国领导人来访，出现那样多动人的人民保卫世界的诗篇，那样多群众性的朗诵，是历史上罕见的，很引人感奋和思索。当然这不是偶然的。

　　16日晚6时，斯大林就和毛泽东在克里姆林宫会见了，两只巨手终于历史性地相握了！斯大林一见毛泽东就称赞说："你真是了不起！对中国人

◀
12月21日，毛主席参加斯大林70寿辰大会（照片由苏联大使馆提供）

民做出了巨大贡献！你是中国人民的杰出儿子！"又说："中国革命的胜利，将会改变世界的天平，在国际革命中加重了砝码，我们全心全意祝贺你们的胜利！"

在此不久前，就是当年7月间，斯大林还对中共中央和毛泽东的代表刘少奇说过："以毛泽东同志为首的中国共产党是成熟的党，它有一批高水平的成熟的干部。现在革命中心从欧洲移到苏联，以后将要移到中国的。"斯大林还表示，因那时对中国情况了解不够，曾给中共出过错的主意，感到有些内疚。当时我们听后感到：斯大林这种谦虚态度和具有远见的洞察力，不愧是一位历史伟人。

12月21日晚，在庆祝斯大林70寿辰的盛会上，几十个国家的共产党著名领袖，在红旗和鲜花丛中，在主席台上站成两排，会场所有的灯光、目光，都对准其中这两位时代伟人。这是历史上激动人心的空前场面。当会议主持者宣布"请中国共产党领袖、中华人民共和国中央人民政府主席毛泽东讲话"时，会场上响起了热烈的有节奏的欢呼声："中国人民 —— 毛泽东！中国人民 —— 毛泽东！"毛主席的祝词简短而深沉，高度评价了斯大林和苏联人民所创造的伟大历史功勋。他还说："斯大林同志是世界人民的导师和朋友，也是中国的导师和朋友。"

"中国人民反抗压迫者的艰苦斗争中，深切地感觉到斯大林同志的友谊的重要性。"当毛主席代表中国共产党和人民祝福斯大林健康长寿，最后高呼"世界和平与民主的堡垒苏联万岁！"时，全场起立，高举双手，热烈鼓掌，并发出长久的欢呼声，斯大林紧握着毛泽东的手，使得这座古香古色、灿烂辉煌的国立莫斯科柴可夫斯基大剧院恢复了青春，发出人类最新的气息，久久沉浸在团结、胜利的欢乐气氛中，显示出它闪耀的新时代美与力的高点！会后，好些苏联和外国诗人、作家，书写了这个历史场面。如大诗人吉洪诺夫的诗句：

　　毛泽东平静的声音，
　　把辽远的东方人民的

呼吸，带进了会场。

恰似一股暖流，淌过人们心头，

多么舒畅，多么持久回荡……

当时，回到旅馆很难入眠，在激动中开始写一篇题为《十二月的莫斯科》的特写（发表在1950年1月的《人民日报》上）。我想起了1939年的12月21日，毛主席在延安各界庆祝斯大林60寿辰大会上的讲话。他说："同志们！一个外国人，相隔万余里，大家庆祝他的生日，还是破天荒第一回呢。这就是因为他领导着伟大的苏联，因为他领导着全人类的解放运动，帮助中国打日本。"

1月12日，毛主席比往日起得早。他穿上皮大衣，戴上高筒帽，去红场瞻仰列宁陵墓。他向列宁遗体鞠躬致敬，仔细瞻仰了伟人的遗容，并默默站了一会儿，才缓步走出陵墓，在红场举头观望了一阵，向围过来向他致意的人群点头微笑。在他送的花圈飘带上，写着几个端端正正的大字：

献给伟大无产阶级革命导师 —— 列宁

毛泽东　敬上

1950年1月12日

毛主席回来对几位同志说："列宁的形态还保存的那样真切，皮肤也仍然丰润……"他还表示：如不通晓作为马克思主义新阶段的列宁主义，就不能正确解决本国革命和建设的实践问题，还可能认不清帝国主义时代的本质，从而将会陷入机会主义的错误中去（大意）。他劝同志们多联系实际读列宁的书。

15日，毛主席离开莫斯科，去访问发动十月革命的彼得堡，即现在的列宁格勒。参观了博物馆、工厂，特别是十月革命和反法西斯卫国战争时期的一些遗迹与城防工程。他说："无论是尼古拉沙皇，或是希特勒法西斯，都靠大炮压迫人民，绞杀革命。但一旦人民也学会用大炮轰他们，他们就不神气了，就完蛋了。不过，革命力量还得注意他们重新'拿炮'。"毛主席还在这个"俄罗斯芭蕾舞之乡"第一次观赏了那里高超的芭蕾舞剧《巴亚吉尔卡》。他幽默地说："这些女孩子的本领，真比我们男人大哩，你瞧她们用脚尖踮起来跳舞转圈圈，我们能行吗？"逗得大家都笑起来。

我们还去莫斯科列宁博物馆、革命博物馆和普希金国家博物馆参观了从五大洲给斯大林送来的大量有意义的珍贵寿礼和贺信。在外国礼品展览室中，第一寿礼部就是中国耀眼的各种工艺品。在一面刺绣的五星红旗下，是中国共产党中央委员会赠送的一幅绿色寿章，上面是毛泽东签名的八个强劲、飞动的毛笔字：福如东海，寿比南山。

1950年2月6日，我随毛主席、周总理去参观苏联新式飞机制造厂。7日，又随他们去参观规模宏大的斯大林汽车联合工厂。毛主席坐的就是它的产品（吉斯）车。参观前，毛主席对几位同志说："这次来苏联，主要想解决一些对我国有实际需要的工业项目，可叫作搞点既好看又好吃的东西。"又说："特别是飞机与汽车工业。这天上飞的，地上跑的，我们都要花力气搞，要搞出自己的一套。"陪同参观飞机工厂的苏联航空工业部部长贺鲁尼切夫和厂长列什钦柯，亲自担任讲解员，机器房的工人，在岗位上站起来高高挥手向贵宾致敬。在斯大林汽车联合工厂的文化艺术宫里，有一个墙报，内容是"欢迎毛泽东"，有西蒙诺夫的长篇报告，引用了毛主席的两句名言：华尔街——我们的兵工厂，蒋介石——我们的运输队长。

另一个令人难忘的场面，是1950年2月9日晚，在莫斯科全苏艺术工作者大厦举行了隆重的"庆祝中国解放晚会"。会上首次朗诵了诗人维尔什宁的著名诗篇《莫斯科—北京》，然后，又由为这首诗谱曲的著名作曲家穆拉杰里登台亲自演唱。会场多次响起"苏中人民友好！""斯大林—毛泽东"的欢呼声。

当晚我把它译成中文。请示我驻苏大使王稼祥同志后，用电文发回北京中苏友协总会。经国内各报刊转载，再经广播、唱片推广，很快流行全国。周总理指示："积极推广，人人学唱。"这首诗与歌，均荣获1950年斯大林文艺奖。

ДРУЖБА НАВЕКИ!

Под знаменем свободы!
在解放之旗下前进！

◀
当时在国内《莫斯科—北京》歌曲的宣传画

　　2月14日，毛主席在米德尔伯里大旅馆举行告别宴会。斯大林破例率领全体政治局委员出席外宾在克里姆林宫以外举行的宴会。一位艺术家给我一首他的即席诗，要我转交毛主席。为表示对毛主席的尊敬，还请求同意他刚出生的儿子叫毛泽东（按苏联人的习惯，他们以为"毛泽东"三个字音是名字）。我后来把这件事报告毛主席时，他笑着幽默地说："那位艺术家的儿子就叫什么毛泽东斯基了！"

　　诗，是时代之声，是一个时代最敏感、最真实之声。它往往回响着历史的旋律，奏出对未来的召唤与启示。回忆那个时代出现的"诗的欢迎和欢迎的诗"，不是正可体会到诗的这种特点与内涵吗？它们穿越时空，留给后人以长久的回味、魅力与思索。

4. 我与C.米哈尔科夫

朱子奇

　　1949年毛主席在莫斯科举行告别宴会上，当斯大林看见毛主席注意到一个在远处挥手的高个子，就伸出指头示意他走过来，把他介绍给毛主席。他就是著名儿童诗人、苏联国歌词作者C.米哈尔科夫。毛主席对他说："你的面孔很像儿童，红润润的，希望你永远像儿童，为儿童创作！"米哈尔科夫兴奋地说："毛泽东同志，我一定遵照你的意见努力去做。"会后，他还特意邀请萧三同志和我为他的"幸运"干了一杯伏特加酒，他一下子干了两杯。后来他发表了大量诗歌、剧本、小说，获得过列宁奖金，他还荣获了苏联最高的社会主义劳动英雄称号。他77岁了，还担任俄罗斯联邦作协主席。

1985年，根据中苏文化合作计划，以C.米哈尔科夫为团长的苏联作家代表团一行四人来我国进行友好访问。这是二十多年来，苏联第一次派作家代表团来我国进行友好访问。10月11日晚上，我在北京与这位老诗人再次相会时，一见面就提起那段往事来。我说："经过几十年风雨，你还保持一颗乐观的童心，脸还红润润的，祝贺你！"他笑着说："这要感谢尊敬的毛泽东对我的鼓励。现在我来到中国了，真的返老还童了！"他们重视我们出版和再版苏联过去的诗歌，并表示他们也要这样做，要多介绍和出版中国的诗歌。我送他一本我的诗集《爱的世界》和一本我的译诗集《战歌与情歌》，对他说："里面有六十多首苏联革命诗歌，有好几首是赞颂列宁、

◀ 1985年，以米哈尔科夫为团长的苏联作家代表团访问中国，实现了他来中国的愿望

斯大林和毛泽东的，还有一首他的《苏联国歌》歌词，是40年代在延安窑洞里我和萧三边听广播边译出的。无论写的、译的，我都不改，更不丢掉，因为它们都是我的真心真情，这是历史。"他很感慨地说："对，这是历史嘛！"

1989年9月，我作为中国作家代表团团长应苏联作家协会的邀请，来到乌克兰。我和米哈尔科夫在莫斯科果然又见面了，继续谈在北京没有谈完的话。我还特别捎给他一份9月9日刚出版的《文艺报》，上面有一篇对他的访问记。我表示赞赏他的观点：我们否定的是过去的错误，而不是过去的辉煌成就。我们谈得很亲切，很愉快，但也同感忧虑和沉重。我们都认为，历史是不可割断的，清醒地看过去，更应清醒地看现在和未来。时代在考验人，也考验诗。一切真实事件，都迟早要恢复它历史的本来面目。

5. 我与米·维尔什宁
朱子奇

1950年2月9日，维尔什宁在全苏艺术工作者大厦举行的庆祝中国解放的晚会上，朗诵了他的新作《莫斯科—北京》，同时为此诗谱曲的著名作曲家穆拉杰里亲自登台演唱了这首歌。这首感情真挚、朴实无华的诗句深深打动了听众的心，全场掌声和欢呼声连成一片，经久不息。演出结束后，我和其他几位中国同志特地到后台去祝贺。维尔什宁表示，在这个历史时刻，作为献给苏中两国伟大人民友谊的礼物，创作了这一有意义的作品，是他一生中最荣幸的一件事。他对中国革命的胜利表示热烈的祝贺，并在诗的原稿上签名后将其送给我们作为纪念。这首时代的歌，诗句简短有力，曲调雄壮优美。在一次大型宴会上，我把维尔什宁介绍给毛主席。毛主席对维尔什宁创作了《莫斯科—北京》这样好的歌表示祝贺，并与这位诗人握手，称赞他"为中苏人民的友谊立了一功"，还表示欢迎他到中国来看看。

▲
《莫斯科—北京》,
米·维尔什宁词,
瓦·穆拉杰里曲,
朱子奇译词,周巍
峙配歌

维尔什宁后来还写过两首赞美新中国和苏中友谊的诗,也是我译的,在当时的《工人日报》发表。其中一首《2月14》是1957年2月14日为了纪念中苏友好同盟互助条约签订七周年写的。每到这个日子,他都要寄精美的彩色明信片给我,表示祝贺,一连七八年都这样做。

中苏论战开始后,两国关系恶化,苏联有人转而对中国采取敌对态度,对毛主席进行攻击和诽谤。而维尔什宁不改初衷,多年来始终拒绝写伤害中国人民和不利于苏中友谊的作品。他坚持这样的立场,直到生命的最后一息。他给子女留下遗嘱,要他们"不伤害毛泽东,不伤害中国人民",希望他们继承父亲遗志,为加强苏中友谊而奋斗。1989年我访苏时,带去他近几年写给我的九封信,最后一封是他女儿托人转给我的。这位26岁的女编辑在信中说,她决心继承父亲的遗愿,要为苏中友谊奋斗终生。她还说,在苏联有很多像她一样的人。可惜,因诗人已经去世,他家的新地址未来得及探寻到,只好又把九封信带回北京。

1986年,我在访问保加利亚回国途中路过莫斯科停留时,得知维尔什宁已在年前去世,心中感到不胜悲痛。车轮滚滚向前开,心绪却阵阵往回飞。在均匀的车轮声伴奏下,不断回味着。静的夜,热的情,不由得把我引入了梦乡:火车开进了莫斯科,第一位走过来拥抱我的,是我的老友维尔什宁。他像孩子似的对我滔滔不绝地讲个不停:他是怎样坚信我们的友谊的,是怎样曾拒绝写诗骂中国人的,当年毛泽东又是怎样与他握手的,称赞他创作了诗篇《莫斯科 — 北京》是"为中苏人民的友谊立了一功"!
他自豪地大声叫我:"亲爱的朱,我们的合作没有白费!"然后带着我走进
了当年举行晚会的全苏艺术工作者大厦……突然一阵轰隆声,把我从梦
中惊醒。这原来是车轮滚动的轰响。在这条漫长曲折的路上,昔日的歌,
梦的歌,又在耳边响起,随着这隆隆的车轮声,把我的心也带着向前奔去:

"莫斯科 — 北京,人民在前进!前进!"

苏联诗人米·维尔什宁1985年11月1日给朱子奇寄的最后一张明信片。祝他在为中苏两国人民的伟大友谊增光的创作中取得成绩

第六章　中国人民保卫世界和平委员会

1. 郭沫若与朱子奇夫妇的友谊
王廷芳（郭沫若的秘书，后任中国社会科学院考古研究所副所长）

郭老曾担任中国人民保卫世界和平委员会主席和世界拥护和平大会委员会副主席。20世纪整个50年代至60年代前期，子奇同志调到"和大"和"世和"工作，担任"和大"副秘书长、常委、党组成员，同时也是"世和"理事和书记处中国书记。郭老还是那时风起云涌的亚非民族解放运动组织的发起人和领导者，子奇同志是中国亚非团结委员会的副主席（主席是廖承志）兼秘书长，从此，他们之间就有了很多接触，关系更加密切。

▲朱子奇在中国人民保卫世界和平委员会的工作证

我记得郭老曾不止一次地对我说："朱子奇同志是一位和平鸽式的诗人。"子奇同志50年代初期，把自己的全部身心投入了拥护世界和平、保卫世界和平的事业中去，像和平鸽一样在世界各地飞来飞去，写了大量有

◀
1954年5月31日，参观柏林旧总统府的废墟
左起：郭沫若、朱子奇、陆璀、金仲华（上海市原副市长）

关世界和平的诗，像和平鸽一样传播和平的信息，高唱和平友谊之歌。郭老对我说过："子奇同志具有饱满的政治热情，他思想活跃，勤奋认真，在艺术上勇于探索创新，树立了自己的特色。"1954年5月下旬，郭老率代表团参加世界和平理事德国柏林特别会议。同行的有茅盾、廖承志、金仲华、李德全、马寅初、朱子奇、陆璀等。

2.周恩来总理指引

朱子奇

我感到很荣幸，我国际活动生涯的开始就得到周恩来总理的信任和指点：

那是1951年11月14日组织上找我谈话，决定要我去布拉格世界和平理事会书记处协助萧三同志工作，要作较长期的打算。还特别提到，这是周总理批示同意的。几天以后，廖承志同志也找我谈话，他也着重提到，派我去布拉格工作的决定，是周总理最后批定的。并说，总理在莫斯科认识我，与我谈过话，同意让我去锻炼，大胆沉着地开辟新天地。我听了心情很激动，表示感谢组织上和周总理对我的信任。我带着总理的"去锻炼，去开辟新天地"的指示与期望，于11月25日离开北京飞向布拉格，从此开始了我一生搞国际活动的生涯。周总理鼓励我做国际工作的时间，还可说远点。1950年1月在莫斯科（那时我是任弼时同志的秘书），有一次周总理对我们说："中苏两大国人民间的深厚友谊值得歌颂，但所看到的文艺作品，无论是中国的还是苏联的，多半只写苏联援助中国，而中国援助苏联则很少提，或不提。这不符合历史嘛，也不是列宁思想。"他要我去有关博物馆调查一下，并设法访问几位老战士。回国后，找阳翰笙等同志谈谈，可否物色一位剧作家写部电影。正好，苏共中央派人把保存了多年的几本中国同志的日记，送来给任弼时同志，说："原物应归还烈士本国的党组织。"其中，有的就是在列宁格勒或西伯利亚前线牺牲的烈士写的，也有的是在长征中进入苏联境内后病亡的指挥员写的。这些日记记录了大量生动的战斗友谊事迹，都是很珍贵的革命文物。

4月我回到北京后，遵照总理的指示，把日记本交给了中组部部长安子文。又特地向阳翰笙同志转达了周总理的意见及有关情况。翰笙老听后十分兴奋，表示完全同意总理的看法和建议。

还有一次，总理对我说："你喜欢文学，又学过俄文，有时间去拜访一下苏联的全苏对外文化协会，写个综合性的意见给国内参考。这个组织很有用，文化先行嘛！可以打开局面。"我经过调查后，写了一个关于苏联和东欧的对外文化工作情况报告。回国后，交给了陆定一同志。他回信说，这个材料很及时。

我从1945年至今，除了"十年动乱"时靠边站外，前后做国际工作二十多年。其中在伏契克的故乡布拉格，在施特劳斯的蓝色多瑙河畔维也纳，在古埃及首都开罗，我一共长驻了四年多。跑世界和平运动和亚非团结运动，并参加了历届日本反原子弹、氢弹世界大会和亚非作家会议等，还担任了一些国际组织的领导职务。荣幸地随郭沫若、廖承志、萧三、李一氓等老一辈国际活动家，走访了欧亚非等三十多个国家。我经常回国汇报工作，多次聆听过周总理的当面指示：作家、文艺家，有自己的优势和特长，应以重视，充分发挥其作用。有一次，我从国外回来汇报，遇见了总理，想不到他第一句话就说："你半年前给廖公的信我看了，可以考虑再调两个作家去工作，可轮流出国，一面活动，一面写作。"周总理这些原则精神和指示，是我做国际工作的依据和力量之泉，也是我写作的立足点与灵感之泉。

我还想起总理对我的两次批评，也可由细微处见精神。

一次是1963年8月，我们从日本参加反原子弹世界大会回来，正在向中央领导同志汇报。总理走进来说，这次会议开得好，说我在会上与苏联茹可夫关于禁止原子弹问题的辩论，中央认为讲得有力量，及时地把话说出去了，产生了良好的影响。同时指出我在发言中用了一句"可以举出100个例子来证明你们不顾人民利益，对帝国主义妥协投降"。其中，"百例"这个词过分了。如果对方真要你举"百例"，你就有点被动了。斗争的取胜靠真理，真理是科学的。总理又说，在国际斗争中，应说的话不说，是原则问题，是个错误，回来要检查；说过头了，过分了，是分寸问题，回来要总结经验。说我是属于分寸问题。总理还说，整个外交斗争策略，可归纳为两句话：坚持原则，掌握分寸，又两者相结合。瞧，总理讲的多么明确，又多么为干部着想啊。

第二次批评是1950年。我临时当周总理接见捷克伏契科娃的翻译。会见时，我只介绍了客人的身份，而没有介绍主人的身份。总理问我为什么不把他介绍给客人？我说之前我告诉过她你要接见，大家都认识你，她也认识你。总理说，在外交场合相见的第一句话，就是介绍双方身份，这是礼貌问题。要培养具有必要的礼节观念和习惯。

周总理还谈起过对毕加索的看法。他说，有人说毕加索的画"怪"，那个社会就是"怪"嘛，毕加索是用讽刺的画笔去反映。当然，我们的画家不必去形式地学他。他也创造了不少现实主义的画，如他的几只和平鸽，就画的很有神态，显示了和平运动的力量与发展。我当

▲毕加索为维也纳世界和平大会所画

时说,毕加索共画过四只和平鸽,第三只展翅高飞;呼唤胜利的是献给1952年维也纳世界和平大会的。

▲毕加索所画和平鸽象征着朝鲜战场上和平力量

毕加索在布拉格对我们说,鸽子那样丰满从容,主要是象征着朝鲜战场上和平力量战胜了战争势力。

1955年6月,中国代表团准备参加在芬兰首都赫尔辛基召开的世界和平大会,临行前周总理提出:新中国以什么样的面貌登上世界舞台,让世界人民了解中国的历史、文化、艺术、思想。

以齐白石领衔的14名书画名家潜心创作了一幅郭沫若题写的巨幅《和平颂》,参加了比赛。齐白石荣获1955年国际和平奖金,名列第一名,毕加索给予了有力的支持。毕加索喜欢齐白石的画。他是国际评委中唯一的美术家。毕加索还表示,他一直想有机会去伟大的中国看看,并会见这位尊敬的东方老画家。

▲毕加索创作的和平鸽

总理还说,应写篇文章介绍他。对一个人的作品,要做历史的全面估价,至于那些在重要时刻

▲齐白石91岁为朱子奇作画

▲毕加索让和平传遍世界的和平鸽

支持过中国人民的作家、艺术家们，我们更应当尊敬他们的友谊，不忘记他们的友谊。

3.朱子奇与傅抱石的友谊

王廷芳

1954年秋，子奇同志在郭老家中第一次见到傅抱石先生，大家谈得很投机。抱石先生提到他的女儿爱好诗歌，并读过子奇同志写的怀念姑母朱春荣的诗，他很感动，希望得到朱先生的诗集。子奇同志表示他的诗得到傅抱石先生爱女的喜爱，他很荣幸。不久，子奇和陆璀同志收到了傅抱石先生送给他们的一幅画，是根据他俩合写的诗"乌云消兮红日升，风暴逝兮青松明"的意境而作，实在令他们感动不已。傅抱石先生的次子傅二石对子奇同志说："我父亲生前只为三位诗人配过画，毛主席是第一位，郭老是第二位，朱先生您是第三位。"

▲

傅抱石为朱子奇诗句"红日与青松"配画，并书写"乌云消兮红日升　风暴逝兮青松明"。子奇先生属画即乞教　正丙申寒　傅抱石并记

4.友谊的见证

王廷芳

在子奇家客厅的一面墙上挂着郭老送给他们自己抄录的毛主席的词《采桑子·重阳》，在他们的另一面墙上还长期挂着郭老录毛主席的词《卜算子·咏梅》。这些墨宝相赠正是他们之间深厚友谊的见证。

郭老赠送给朱子奇的墨迹，高挂在家中小会客室的墙壁上，朱子奇说："真使我家蓬荜生辉。每天面对着它们，就如同见到郭老的亲切面容，似乎敬爱的郭老就和我们生活在一起。"

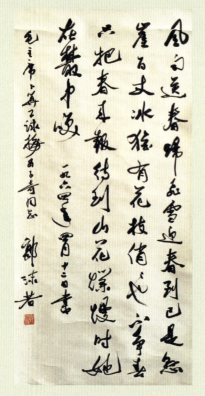

▲郭沫若录毛主席诗词《咏梅》赠朱子奇

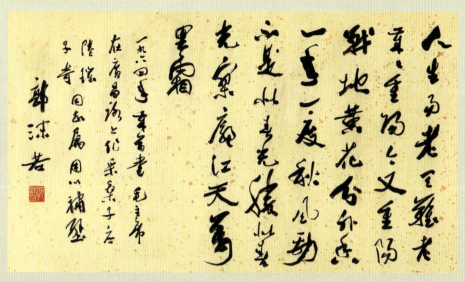

▲郭沫若录毛主席诗词《重阳》赠朱子奇

5. 郭老的厚谊

朱子奇

我曾游览过世上不少奇妙的山湖风光，里加湖这个大自然所创造的奇迹确实使我倾倒。何况我们又是随郭老来游，更使这次旅行充满诗意。郭老生动地描绘了这一段难忘的经历，写了一组题为《游里加湖》的系列诗词，并亲手用他秀丽、洒脱的小楷体为我们写了1.96米×0.52米的一条横幅。上面一共有22首诗，42行。诗的后面注有：一九五四年六月中旬同陆璀、子奇二同志游里加湖，成诗二十二首录此以为纪念。湖在山岭中，海拔千公尺，离黑海避暑地加格拉约90公里。郭老一生很少给人写这么小的字，字数这么多。这使我们更加珍重这份手迹，同时也毕生感念郭老的厚谊。

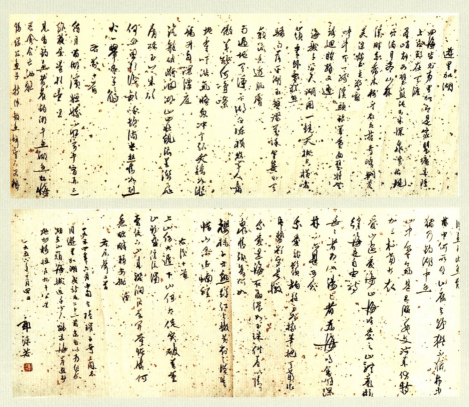

▲郭沫若题字《游里加湖》

6.郭老永远和我们同在

陆璀（中国人民对外友好协会原副会长）

离加格拉约90公里的地方，那就是位于厄尔布鲁士山脉千米高的群峰峡谷中的天然湖泊——里加湖。据说有200米深，被称为"世界最深的湖"。

天空似乎被雨水着意冲洗了一番，显得分外的干净，透亮碧蓝。趁着那碧蓝碧蓝的天，峰顶上的雪更加熠熠生辉。真使人神迷心醉。子奇和我一大早就到湖边散步。我把这个罕见的美景拍摄了下来，使之成了永恒。为了不惊动郭老，没有去叫他。不料我们没走多远，就看见郭老在后边缓步而来，他神态安详，似乎又在沉思，探索新的诗句。

　　我们忙迎上前去问他早安，然后一左一右地伴他在湖边散步。郭老幽默地说："这里是人间仙境，我左边是金童，右边是玉女，我简直成了神仙啦！"我们都笑了。这时，枝头的小鸟也婉转地鸣唱，似乎在和诗人应和。

　　这次和郭老同游里加湖的诗意之旅，是我们毕生难忘的。

◀ 朱子奇与陆璀在里加湖

7.白头偕老

朱维平

1954年，陆璀参加以郭沫若为团长的世界和平理事会代表团与朱子奇相识，改变了她的后半生。陆璀1951年与饶漱石离婚，他们1938年生有一个女儿陆兰沁。1955年5月与朱子奇结婚，没有生育子女。他们白头偕老，共同走完人生，在一起生活了53年。

2008年10月朱子奇因病去世，享年88岁；2015年2月陆璀因病逝世，享年100岁。

1938年，陆璀代表全学联出席第二次世界青年大会，被派往法、英等国进行国际宣传。1940年回国后，在中央华中局、淮南苏皖边区工作。1947年，代表解放区妇联任国际民主妇女联合会书记处书记。1949年7月，

◀ 1951年，陆璀在柏林召开的国际民主妇联理事会结束后举行的群众大会上讲话

任中华全国妇女联合会常
委、国际工作部部长、全国
妇联第二届常委、东城区委
常委。1967年"文革"时期
入秦城监狱，1974年出狱。
1977年任北京市政协常委。
1978年2月任中国人民对外
友好协会常务理事、全国妇
联第四届常委。1980年6月
离休。

▲ 1979年，朱维平和继母陆璀在人民大会堂合影

陆璀（1914 — 2015）：浙江湖州人，1931年毕业于苏州振华女校，1932年入清华大学社会系。
1935年她参加了一二·九运动，站到了与反动当局斗争的中国历史的舞台上。

8.和平歌
朱子奇

捷克斯洛伐克诗人维杰
斯拉夫·涅兹瓦尔的著名长诗
《和平歌》是50年代初那段历
史时期对和平的形象化的诗艺
术的概括，被公认是当时歌颂
世界和平的诗篇中内容丰富、
形式完美的最优秀的一部长
诗，受到进步国际诗坛的高度
称赞。1952年荣获捷克斯洛伐
克和平奖，1953年荣获世界和

◀
《和平歌》，作家
出版社出版，涅
兹瓦尔著，朱子
奇译，1951年
9月

▲ H. 涅兹瓦尔

平理事会颁发的国际和平金质奖章。

我是1952年在布拉格世界和平理事会工作时认识他的。在郭沫若、李一氓同志的鼓励下，并在作者的帮助下开始从俄文转译《和平歌》。1957年他写信告诉我他又有关于中国的新作，并要我将我写的组诗《布拉格》的英译文寄给他。可是，我还没来得及给他回信，他就离开了我们。

30年过去了，重读这首诗，仍然心情激动，眼前又出现这位热情的捷克斯洛伐克诗人 —— 我们的朋友的亲切面孔，出现我生活、工作过两年多的金色的布拉格和那里的友好人民。我永远怀念他们，怀念那情意深长的年代。

H. 涅兹瓦尔给朱子奇的信

尊敬的朱子奇同志：

此刻，我兴奋地在布拉格，向在远方北京的好友致意，问安！我荣幸地在我新生的祖国 —— 捷克斯洛伐克，结识了两位来自新中国的诗人和代表 —— 爱弥萧和你。

你们为保卫世界和平与国际正义，也为增强中捷友好，在这里生活工作了多年，做出了很大的贡献，不愧为和平与友谊的辛勤播种者。不久前，在这里举行的中华人民共和国成立三周年庆祝会上朗诵了你的大作《布拉格》组诗，受到热烈欢迎，其中有些段落，给观众以深刻的印象。

我喜欢里面的两段：

> 耳听远处有马嘶声隐隐传来，
> 将军吹着号角挥着刀，
> 战马飞过夜空，
> 四野腾起伴奏声和轰轰的回响声：
> "魔鬼哎哟，你能吞食我的眼睛，

　　但你吞食不掉我爱祖国的心！"

　　我还特别高兴的是，你很认真地从俄文翻译了我的抒情长诗《和平歌》，使伟大的中国人民能够读到它，而且还受到了广泛喜爱。为了便于中文读者的理解，我特别撰写了一些必要的注解。

　　向你表示真诚的感谢！

　　向伟大的中国人民致敬！

　　向伟大的毛泽东致敬！

H.涅兹瓦尔

1953年10月

9.和平胜利的信号

朱子奇

　　维也纳和平大会，是人类的伟大集会。诗人们把这个大会的具有历史意义的决议一致热烈地通称为《和平胜利的信号》。1952年12月19日午夜3点，在这个充满友谊和生命的世界人民和平大会会场，在这灿烂的"和平星星"聚集的地方，被多个国家的人民选派出来的代表正在通过大会决议，为这人类意志的统一表现而尽情欢呼，"和平万岁！""和平万岁！"，不绝的欢呼声在整个会议厅轰响着。

　　这次作为中国人民代表团团长宋庆龄和副团长郭沫若先生率领中国各阶层

▲《和平胜利的信号》，作家出版社出版，1954年6月

▲ 1952年朱子奇参加世界人民和平大会
在维也纳拍摄

的59位代表亲自来到维也纳参加人类
伟大集会 —— 世界人民和平大会。这
次大会历史性的胜利是美国侵略者被迫
在朝鲜签订停战协定。要求结束侵略印
度支那的肮脏战争的呼声，要求和平统
一德国，反对德国法西斯再起的呼声，
反对美国在日本建立军事基地，要求承
认中国和让它在联合国取得应有的合法
地位的呼声，汇成了高涨的、不可抗拒
的洪流。

宋庆龄先生带来了伟大的全体中国
人民对和平的热望和对大会的祝贺。

我们用什么赢得了广大世界友人
呢？主要是因为它的人民做了主人，是
既勇于战胜恶势力又善于辛勤建设
的人民，是伟大的毛泽东的人民。
还有一个重要的原因，是我们的人
民派遣了自己的志愿军到朝鲜打败
了最凶恶的美帝国主义。一位荷兰
的导演对我说："好呵，你们在东方
使美国侵略者大丢了脸！"我们每
个人都产生一种共同的感情，每个
人心里都重复响起一阵欢呼声：祖
国呵，我们作为你的儿子是多么光
荣！毛主席呵，我们作为你的人民
是多么幸运！我们清楚地感觉到：
更重的责任落在双肩。

在宁静的伏尔塔瓦河边，立着

▲ 世界人民和平大会招贴画之一
蔡振华作

一座雄伟而庄严的高楼。墙壁上飞着一只巨大的充满活力的法国大艺术家毕加索所作的飞遍全世界和象征各民族人民意志的和平鸽。那些用俄文、中文、法文、西班牙文写在这座高楼的门牌上的字：世界和平理事会。

▲1953年7月，朱子奇在世界和平理事会大楼前

　　各国爱好和平的朋友们从四处向这里汇集。他们带来了各族人民反对战争、争取和平的希望和要求。三三两两的、各国的男女朋友在这座高楼的大门里出出进进，他们谈笑着，歌唱着，好像一对对的兄弟姊妹回家了，又好像有什么喜事就要办、什么庆祝胜利的集会就要举行的前夕似的，不，胜利已在每个人的身边！

10.心胸似海的廖承志
朱子奇

▲廖承志与母亲何香凝

我爱海，
爱海的宽广深厚，
爱海的透明纯洁。
我爱廖承志同志。
他就是一位气度恢宏心胸似海的人。

　　　　　　—— 朱子奇

　　我是1949年11月初，在任弼时同志家里与廖承志同志相识的。当他知道我将随任弼时同志去苏联时，很高兴地对我说："这是学习的好机会。"还用俄文和我交谈了几句话，希望我不要忘了到苏联后要抽空写点东西寄

回来。他还说，任弼时同志在历史上有大功劳，又很关心人，并提到在长征途中，任弼时同志为营救他，起了重要的作用，否则他很可能被张国焘干掉了。任弼时同志在莫斯科巴尔维和医院养病时和我提到过这段经历，他说："小廖政治上坚定，聪明勇敢，有办法。国民党反动派和张国焘警卫队，对他都无可奈何。"

新中国成立后，我在廖承志同志直接领导下工作了14年多。50年代，我多次随他出国，马不停蹄。在莫斯科、布拉格、维也纳、华沙、柏林、斯德哥尔摩、赫尔辛基，在新德里、科伦坡等许多地方，我们一起参加为民族独立，为世界和平的各种国际会议和进行友好访问。他精通日文、英文，德文也好，还能讲些法语和俄语。他经常用不同的外语与各国代表直接交谈。许多国际会议的重要文件，也是在他参加下写成的。他往往是会议上最活跃、最吸引人的人。

▲
1960年在斯德哥尔摩，廖承志（左一）与"和大"同事朱子奇（右一）、田慧珍（左二）、刘云影（右二）、陈乐民（后）

50年代后期，帝国主义封锁我们时，他冲破种种阻挠，把比利时有威望的王太后动员来访问我国。毛主席、周总理会见了她，我荣幸地参加了会见，并陪同她去何香凝老太太住处家访，何香凝送了画给她。当她回到布鲁塞尔时，不顾美国政府的威胁恐吓，在家里举行记者招待会。这位王太后捧着毛主席的相片，对满屋的各国记者说："我从东方中国回来，那里的人民勤劳，通情达理。毛先生是个明智的人，这是我亲眼看见的，你们要放弃偏见。"这一新闻轰动了西方舆论界，认为是中国的一大胜利。

50年代末和60年代初，我曾三次去参加每年8月6日在日本广岛举行的反原子弹、氢弹世界大会。这个大会的主要领导是日本著名作家、日中文化交流协会首届会长中岛健藏先生。大会掀起的"禁止核武器世界运动"，对当年揭露两个大国核垄断、核讹诈，反对战争侵略和保卫世界和平的斗争，起了重要的作用。我们赴日本时，我总要捎去廖承志给中岛的亲笔信。中岛常说："当天空出现乱云时，廖先生总是吹来东风，使我茅塞顿开，从而信心倍增。"

何香凝将自己的一幅画作送给了70岁高龄的比利时王太后

1958年我从国外回来，对国内到处"大炼钢铁"和虚报数字的一些荒谬做法看不惯，提出批评和质疑。廖公及时提醒我："多看看，想想，暂时不要发表意见。"他还为我们这些在国外工作的人讲错了话解释。像1957年一样，由于他的善意保护，又一次使我避免了在运动中被当作"右倾分子"挨批斗。1966年6月，在北京举行的亚非作家紧急会议，就是在他直接领导下开成的。他日日夜夜和我们一起工作。他很重视老作家在国际文坛上的影响，在他的推荐下，巴金同志曾于1961年率代表团参加东京反原子弹世界大会，获得很大成功，受到毛主席和周总理的称赞。

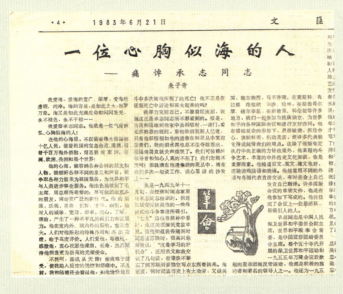

1983年6月21日《文汇报》刊登了朱子奇的《一位心胸似海的人 —— 痛悼承志同志》

▲1981年10月20日，人大副委员长廖承志（中间）会见日本亚非团结委员会主席坂本德松（右五），日本记者同盟会长、作家甲斐静马（左五）。朱子奇（右三）参加会见

廖承志（1908 — 1983）：广东惠阳人，他出身国民党元老之门，却在革命低潮时投奔了中国共产党，1959年任政务院华侨事务委员会主任，1978年任国务院侨办主任、党组书记，1983年6月在第六届全国人大第一次会议上，被提名为国家副主席候选人，廖承志为中日邦交正常化做出了突出的贡献。

11. 碧蓝碧蓝的宝石一样的海南岛
公木（著名诗人、学者、教育家）

▲古元为这首诗作木刻

《碧蓝碧蓝的宝石一样的海南岛》是朱子奇在50年代的作品。新中国的太阳喷薄升起，大地的东方光芒四射。背靠着新生的祖国，俯瞰蓝宝石般的海南岛，感觉到这个颜色，把握住这个颜色，于是放声歌唱，淋漓尽致，这歌声经得起历史长河的冲洗吗？为诗之道，正是从有限中找到无限，从暂时中找到永久。诗人既然这么深情地衷心地歌唱碧蓝碧蓝的宝石一样的海南岛，这不就是预祝它的腾飞吗？真实的诗，永远常青！

碧蓝碧蓝的宝石一样的海南岛

大风浪平了，大风浪平了，
乌黑乌黑的云团向四面散开！
碧蓝碧蓝的天，碧蓝碧蓝的海水，
碧蓝碧蓝的宝石一样的海南岛呵！

朝霞染红了海浪，染红了海浪，
那火球似的太阳浮在海面上。

海防战士吹响了晨号，

渔船结队驶出了港口。

碧蓝碧蓝的宝石一样的海南岛微笑着，碧蓝碧蓝的岛上的年
轻人的眼睛闪着光……

1954年3月朱子奇于海南岛

▲ 1993年，公木和朱子奇参加纪念毛泽东同志100周年诞辰活动留影

左起：魏巍、阮章竞、公木、臧克家、贺敬之、林默涵、朱子奇、张学忠

12. 东风压倒西风

朱子奇

　　1957年11月7日，全世界64个共产党代表在莫斯科参加庆祝伟大十月
社会主义革命40周年会议。这是毛主席第二次到访莫斯科，是国际共运中
各国首脑参加人数最多、规模最大，也是最后一次。会议的消息和情况传

出后，对世界人民是个巨大鼓舞。毛泽东以"东风压倒西风"开头，做了
著名的关于十月革命的光辉道路和国际意义的讲话，成了会议的主调。我
应约赶写了这首诗《高唱共产主义胜利进行曲》：

> 我高唱共产主义进行曲，
> 沿着我的延河向前走，
> 我吹起号来向在莫斯科再燃的明灯欢呼！
> 还有两位留胡子的文化旗手高尔基和鲁迅！
> 满眼红云飘动，那是人民升起的旗帜飞扬！
> 满耳礼炮隆隆，那是大地腾起的欢声轰响！
> 我要飞到那神奇的星球上去庆祝十月，请让我把梦的歌、心
> 的曲赠给每个星球！

1957 年 11 月 7 日

◀ 1954 年 6 月，朱子奇与汉学家、翻
译家尤拉（右一）合影

苏联《旗》文学杂志社主编柯热夫尼柯夫的来信：

亲爱的朱子奇同志：

　　正当热烈庆祝纪念苏联十月革命40周年大会和世界60余个国家共产党领导人，包括以毛泽东同志为首的中共代表团在内的聚会成功召开之际，收到你转来的一首宏大诗篇，如你诗中所说的是："节日的礼炮声"。我们十分喜悦和感谢，我应向《高唱共产主义胜利进行曲》作者致敬！

　　我们请汉学家尤拉同志把全诗大意翻译出来交给编辑部。我已写了评价，认为它传达了时代最强音，是我们的进行曲，是一切进步人们的共同心声，将会产生很大国际影响。

　　编辑部将随信寄去100卢布，以略表谢意与慰问。

柯热夫尼柯夫

1957年12月11日莫斯科

13. 沿着苏伊士运河

朱子奇

　　1957年12月23日，以郭沫若同志为首的出席亚非人民团结大会的中国代表团受埃及总统纳赛尔的邀请，乘汽车离开开罗去赛德港参加英法侵略军撤出该城一周年纪念的庆祝大会。苏伊士运河东岸是亚洲，西岸是非洲，它是两洲的分界。当

▲朱子奇在苏伊士运河上

时，英法侵略军在炮艇上挂着埃及和苏联的国旗在赛德港登陆，使那里的军队和人民受了骗。但不久，终于被埃及人民消灭在沙滩上。在途中沿着苏伊士运河跑了一百多公里，游览了著名的引人深思的苏伊士运河。这首诗，描写了我第一次看见这条英雄的运河的心情。

> 在远远的地平线上云雾散开了，消失了，
> 亮晶晶的河流在阳光照射下出现了，临近了。
> 那玻璃一样闪光的河水流动着，欢跃着……
> 我仿佛看见海浪里涌着非洲大刚果河的波涛，
> 也涌着我祖国为胜利而欢腾的黄河的波涛……
> 沿着这个玻璃一样闪光的苏伊士运河，
> 每个人都可以从这里航行到他亲爱的故乡。
> 一切争自由的河都要和你一起向前流去，
> 向渴望的乐园流去呵，亲爱的苏伊士！苏伊士！

1958年春于开罗

14. 十三陵工地

朱子奇

1958年6月，我刚从欧洲回来，修十三陵水库的战歌声把我催上火线。参战五昼夜，写了一组民歌，赞美激战中的英雄，参加修建十三陵水库的劳动队的队名，都是一些古今英雄的名字。

▲ 1958年6月，朱子奇从欧洲回来

> 到了十三陵，红旗云天飘。
> 奋战一昼夜，坝长三尺高。

离开十三陵，人离心不离。

想起十三陵，浑身是干劲。

毛主席铲土众人挑，

挑得这山河变新貌。

1958年6月于十三陵工地休息棚里

15. 非洲诗人
朱子奇

　　1958年，非洲苏丹著名诗人及活动家M.凯尔（1928—1987）在维也纳与我对诗。凯尔曾是苏丹共产党中央政治局委员、世界和平理事会书记处书记。我们在书记处总部维也纳和在北京共事多年。在北京同住在一个大院里，一同散步谈论诗歌，他非常喜爱中国的革命，坚决支持中国共产党的主张。1959年夏，他拒绝了好几个国家优惠的物质和地位的允诺，选定到中国。他写了多首诗歌赞颂中国、中国共产党和毛泽东主席，他的著作《火炬在中国点燃》是其中一首。他逝世于澳大利亚。根据他的遗言，刻写了他祖国的阿拉伯文和中文，墓地方向朝北，面朝着他生前热爱的中国。

▲1958年6月，毛主席接见亚非和拉丁美洲代表，第一排右一凯尔

▲凯尔译成中文作品《战斗之歌》

致中国诗友朱子奇

凯 尔

火炬在中国点燃，把亚细亚莽野
照亮。

他是被压迫民族希望的聚焦点，
他要把火光射透愚昧与昏暗！
我是非洲古尼罗河的儿郎，
为和平与自由来到多瑙河旁。
我选择了高举火炬的巨人之乡，
一切诱惑对我都是枉然，枉然！

1958年秋于维也纳

答苏丹诗友凯尔

朱子奇

点燃火炬在觉醒的东方，
亚细亚！阿非利加！拉丁阿美利加！
三兄弟伸出巨手打碎沉重枷锁，
高举自由的火炬火光冲云天！
解冻的滚滚黄河在召唤，
欢迎涌来的尼罗河水浪！
条条江河向终点 —— 大海奔去，
那是人类求解放的光辉理想，理想！

1958年秋于维也纳

第七章　歌声飞遍亚非拉

1.出访非洲

朱子奇

20世纪60年代初期，非洲反帝反殖民地国家民族独立解放运动风起云涌。以美国为首的西方集国仍把这些国家和中国排在世界大家庭之外，作为刚刚实现民族独立的新中国，坚定地站在非洲民族独立解放运动一边。1960年，我担任中国人民亚非团结委员会秘书长。为了开辟非洲工作，在周总理访问非洲之前，我在中央的部署下，带领一个代表团以民间组织的名义出访非洲。

在非洲访问期间，我们的代表团受到非洲各国的热情欢迎，他们热切地希望新中国对他们进行指导、支持和帮助，从心底里把中国革命胜利作为

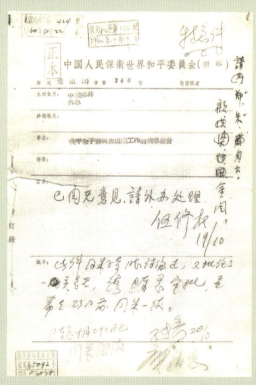

▲ 1960年10月19日，中国人民保卫世界和平委员会关于朱子奇同志出国工作的请示报告，伍修权批示

他们的学习榜样。但也有少数国家受西方国家的欺骗，对我们产生一些误解，经过我们的工作和行动，他们不但消除了戒心，还把我们当成知心朋友。不少非洲国家领导人要求到中国访问，还有不少非洲知识青年（他们当中不少人后来都成了非洲国家领导人和当地的重要政治人物）强烈要求到中国学习，到中国来取经。我和大使馆的同志经研究，共同开了一个名单，报到中央。周总理和毛主席亲自批准后，我带着他们乘飞机回到北京。

当时美国对我们进行封锁，苏联与我们的关系也很僵，在国际上我们显得有些孤立。我从非洲带来这么多的朋友，毛主席知道后非常高兴。周总理通知我说，毛主席点名要我去向他进行汇报。毛主席见到我高兴地说："你的工作很有成绩，你是个非洲问题专家！你用什么方法一下子带来这么多人？"我连忙回答："我哪里是什么专家，我用的都是您教给我们的思想和工作方法，只不过给他们介绍了我国革命成功的道路和您提出的我党的三大法宝：党的领导、革命武装、统一战线！"毛主席听了哈哈大笑。

1962年春，我以亚非团结基金会副主席身份，应亚非团结基金会主席、几内亚政府财经部长伊·杜尔邀请，赴几内亚科纳克里参加基金会会议。在欢迎会上，我写了一首小诗《红豆》，伴着西非古琴声在会上朗诵，受到主人的热烈欢迎和称赞：

> 颗颗红豆呵，颗颗几内亚人民的心呵，
> 压不扁，砸不碎，风吹雨打色不退！

1962年秋去阿尔及利亚。开完亚非团结大会后，参加了加米拉朗诵诗的晚会。加米拉是一位22岁的女游击队员。在全世界人民的抗议下，法国政府不敢执行对她的死刑。在会上我朗诵了这首诗：

今天，我踏上了英雄加米拉的国土，

▲朱子奇手稿《加米拉》

想起她的火焰迸发的誓言……
她挺立在故乡的土地上，
在她热血奔腾的心中，
只有"阿尔及尔"这句话！

1962年去过肯尼亚。

乔·肯雅达是肯尼亚的民族英雄，1963年任总统。我在坦桑尼亚与他相见对话，他说从青年时代起就向往革命的中国，他很佩服毛泽东的英明、明智。

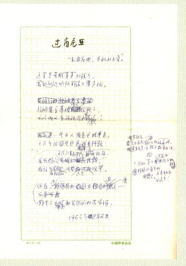

▲朱子奇手稿《过肯尼亚》

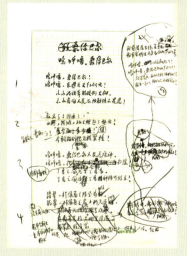

▲朱子奇手稿《呜呼噜，桑给巴尔》

1962年去过桑给巴尔。桑给巴尔现在与坦桑尼亚组成联邦。呜呼噜，是东非西瓦西里语"自由"的意思。

呜呼噜，桑给巴尔！
呜呼噜，东非云天红似火！
我曾降落在你芳香的土地上，
贴得多么近，我们跳动的心！
我在中国海边向东北遥望，
仿佛又在你芳香的国土上降落！

1962年10月—11月，是值得纪念的日子。人们被南美加勒比海吸引着、激动着。时而兴奋、叫好，时而焦虑、气愤，又时而热泪盈眶。听着天安门播送的古巴革命歌曲，我的心向远方飞去……我写了一首小诗《我的心在古巴跳动》：

▲

1963年5月2日《人民日报》：古
巴全国保卫革命委员会主席何
塞·马塔，在北海公园和中国朋友
一道欢度"五一"节
朱子奇（左一）、朱维平（右一）

我的心呵，

在古巴跳动，

怎能封锁得住革命者的心！

沸腾的日日夜夜呀，

我的心呵，一半回到北京，

一半留在火热的哈瓦那。……

2.最珍贵的礼物

朱子奇

　　1961年8月17日，星期四，《人民日报》第八版刊登了朱子奇的文章
《最珍贵的礼物》。几位非洲朋友要走了，要离开中国回到他们的故乡——

遥远的西非海岸去了，要回到那火热的反帝革命斗争前线去了。

我们为他们送行，带去衷心的希望和祝福，带去对非洲人民最真诚的友谊和支持，也带去三件小礼品：西湖龙井、天安门模型和英雄牌金笔。

朋友们一边向我们连声道谢，一边笑着说："我们还要感谢中国朋友送给我们另外的重大礼物。"当他们看到我们好像没有听懂这话的意思，便笑了起来。那位非洲解放运动的老战士，用他洪亮的声音解释道："不是吗？我们这次访问中国，更加增强了斗争的信心，我们看到中国人民在社会主义建设中巨大的成就，创造奇迹和征服困难的英雄气概，我们亲身体会到中国人民对非洲人民深厚的友谊和支持。这是我们从中国带回非洲的最宝贵的礼物。"

▲ 1961年，《人民日报》登出了朱子奇《最珍贵的礼物》一文

3. 第二届埃及开罗亚非作家会议

朱子奇

1962年12月15日，我们参加了在埃及首都开罗召开的第二届亚非作家会议。中国代表团团长茅盾，副团长夏衍，团员冰心、杨朔、叶君健、杜宣、安波等作家、诗人和翻译家。茅盾团长的发言很有针对性和预见性：在今天，以美帝国主义为首的新老殖民主义者对民族文化的摧残更是变本加厉，"美元"文化正在摧毁当地民族文化中的精华。我们亚非作家有责任起来进行针锋相对的揭露与斗争。

那是一次有历史意义的亚非作家国际会议，到会了45个亚非国家和地区的200名作家、诗人。会议期间，许多诗人写了诗，歌颂这次"觉醒的东方作家"的聚会，歌颂两只"紧握的巨手"和他们的共同斗争与灿烂未来，也为刚刚被帝国主义杀害的非洲民族英雄卢蒙巴唱赞歌。

◀

1962年，朱子奇在埃及首都开罗参加亚非作家会议留影

4. 躲过一次飞机失事

朱子奇

1962年秋，我以中国亚非人民团结委员会副主席和亚非人民团结委员会开罗总部中国书记的身份，参加十国书记组成的代表团，应几内亚亚非团结会和总统塞古·杜尔的邀请，从东非埃及首都开罗，赴几内亚首都科纳克里，参加东道国的国庆活动。

不料，在飞经巴黎机场换飞机时，因天气不佳受阻，所有代表都允许进城过一夜，等第二天起飞，并发还了各自的护照，在每人的护照上都盖了过境签证的图章。唯有我和我的助手叶东海同志的护照被扣留了，不让我们进入巴黎。我问为什么，海关的人耸耸肩，无可奈何地说："你们两位先生没有申请过境签证！中国与法国没有建交。请你们两位今晚坐'法航'班机先飞走吧。"

西巴依（我们代表团团长、亚非团结委员会总书记、阿联文化部部长）说："我们的代表团是一个整体，代表全亚非人民，不能分开。"伊萨（印尼亚非团结委员会书记），阿波多来（几内亚大使级书记），北沢正雄（日本书记、社会活动家），坦桑尼亚、乌干达、肯尼亚代表也支持大家的意见。一批记者围过来采访我，《世界报》记者问我有何感想，我说巴黎机场海关中间有人对中国代表的歧视是毫无道理的。这时从海关走出一人，把签了过境手续的两份中华人民共和国护照，有礼貌地交给了我们，说很抱歉，各位先生请全部上车进城吧。

第二天回到机场，广播传来一条惊人的噩耗：昨夜飞往西非那架法航班机失事了，坠入大西洋马德拉湾海底，全机人员无一生还。我对各位同志说了一声：谢谢你们！把我们两人留下，亲爱的朋友！

这种危险的事，在我跑国外的多年中，不是第一次。

1964年4月16日，朱子奇等18日去乌干达和坦客尼等东非国家的报告：

> 预计五月初回开罗，请考虑告诉杨朔按原计划。经与陈大使商量，这次去阿尔及尔摸情况。这次阿尔及利亚理事会和书记处特别会后，这里的工作更增多起来。

▲中联部关于朱子奇去开罗、东非的批示

5.特殊任务

朱子奇

1965年9月的一个深夜，廖承志把我带到总理家里。总理一边吃他两小碟菜的晚餐，一边解释说，为什么决定要我带两位同志（我国伊斯兰教协会领导人张杰和上海英文专家李寿葆）赶去一个国家，参加在那里举行国际会议的我国代表团的工作。那个国家正笼罩在白色恐怖中。总理听到各种不同的分析后说，有一条原则：东道主国家对会议只有义务保护，没有权利干涉，这是国际惯例。当然，会议也不要去涉及东道主国内事务。他还设想了坏的和最坏的可能性及对策。果然，会议辩论紧张时，远处开来坦克、大炮对着会场，武装的士兵在门口来回巡逻。我们根据总理的对策，沉着应战，通过合法斗争，阻止了带枪的人进入会场。会议上指名谴责了帝国主义利用军事基地进行战争和侵略的准备，使这次罕见的国际会议取得了成功。我们的做法，受到了各方人士的称赞。

1965年年底，我们从哈瓦那开完亚非拉三洲会议回来，参加总理接见老挝富米·冯维希的活动。在谈话中，总理幽默地打了个比方，说老挝同志吃辣子，我是湖南人也吃辣子，有共同口味，又说我的爱人是浙江人，喜欢吃甜的，就口味有异了，这都是正常的。如果口味不一致，硬强迫人改口味，恐怕就有点麻烦了。周总理对一系列问题看法的深刻细致，帮助我们打开眼界，给我们以思想启示。

6.《中国共产主义者活动家传记》朱子奇篇
W·Klei克莱教授（美国哈佛大学出版社原主编）

朱子奇在1955 — 1964年的一段时间，由于工作需要先后到达过32个国家：阿尔及利亚、奥地利、锡兰、塞浦路斯、芬兰、几内亚、印度、印度尼西亚、日本、黎巴嫩、瑞典、叙利亚、坦桑尼亚、突尼斯、苏联、肯尼亚、摩洛哥、埃及、伊拉克、利比亚、巴基斯坦、蒙古、缅甸、柬埔寨、瑞士、捷克、波兰、东德、罗马尼亚、保加利亚、阿尔巴尼亚、匈牙利等。他是从1954年4月陪同郭沫若在新德里举行的亚洲国家大会后开始他广泛的旅途的。那次会议正好在亚洲会议（印尼万隆）之后举行，计划在印度召开的大会程序中增加左派势力的影响。新德里的会议本身十分重要，更重要的是会后建立起亚非人民团结组织。在这个组织中，朱子奇成为极为活跃的人物。这个机构召开过三次大会，

▲1971年的朱子奇
美国哈佛大学出版社出版（1971年版）
主编：W·Klei克莱教授
　　　H·Clark克拉克教授
丹海译，陆璀校

朱子奇参加了全部的会议。1957年12月在开罗举行；1960年4月在几内亚举行；1963年2月在坦桑尼亚举行。

亚非人民团结组织自1957—1958年的一次会议后于开罗建立常驻书记处。自1959年开始，到1963年期间，朱子奇几乎一直在开罗的这个机构中工作。朱子奇担任这个机构的工作是因为他于1958年7月被任命为中国亚非团结委员会代表，也就是亚非人民团结组织的中国国家分机构的副主席。

在50年代中期的同一时期里，朱子奇不仅在亚非事务中担任重要角色，同时他还努力加强发展了与和平运动的联系。到1958年7月再次召开会议时，朱子奇得到了重要的升任，他被提名为常务委员和领导成员。

1958年7月起，朱子奇仍担任世界和平理事会的理事（中国和平委员会参加的）。在社会主义阵营掀起和主办的世界和平运动中，朱子奇参加了许多世界组织的会议。比如，1955年6月他参加了在赫尔辛基进行的世界和平大会；1957年6月参加在锡兰进行的世界和平理事会会议；1958年7月参加在瑞典举行理事会倡导的裁军会议；1959年5月参加在柏林举行的"庆祝世界和平运动"十周年特别会议。

正像已经提到的那样，朱子奇在1959—1963年期间的大部分时间是担任亚非人民团结组织书记处的一位书记。在同一时间，有两个方面的进展，对朱子奇的活动产生了重大影响。第一，便是许多非洲殖民地赢得了各自的独立（主要是1960年从法国脱离获得独立的殖民地）；第二，长期积聚的中苏间的对立突然爆发而公开化，经常表现在亚非人民团结组织和相似机构召开的会议上及亚非代表出席的场合中。比如，在1960年突尼斯召开的第二届非洲人民大会上，朱子奇作为一名观察员参加，利用这次机会向刚果领导人提交了中国发表的"支持独立斗争"的文件。为了加速亚非团结的进程，亚非团结人民组织成立了亚非团结基金会，这次会议是于1961年2月在几内亚召开的，朱子奇参加了这次会议，被提名为基金会副主席，并连任。到1963年11月、12月间，朱子奇参加了基金会委员会在几内亚召开的另一次会议并受到杜尔总统的接见。

在中苏冲突中，朱子奇不仅是一个非常活跃的参与者，而且是集体的发言人。在1962—1963年中苏分歧发生时，他参加了许多会议，但是在这些会议中他个人的作用是很鲜为人知的。在1963年的两次会议及1964年的一次会议中，有时朱子奇以鲜明的个人身份参加了会议。在1963年8月广岛举行的第九届反原子弹、氢弹世界会议上，他公开地严厉地指责苏联与美国、英国签署的禁止核试验的协定。

据新华社消息，朱子奇受到苏联人的"诽谤"，但他照常发表讲话，并以他"更富雄辩力的讲话"给苏联代表以"严厉的回击"。在塞浦路斯召开的一次亚非团结组织大会上，朱子奇再一次与苏联代表发生争执，指责苏联向印度提供军事援助是"鼓励印度当局搞反华"（在1962年秋举行的有关讨论中印边界纠纷的会议中）。1964年4月在阿尔及利亚，朱子奇在接受阿尔及利亚军事记者的采访时，指责苏联1964年3月在阿尔及利亚召开亚非人民团结会议的筹备会上，以无原则地"和平共处"，散布混乱的言论。

从1949年中苏友好协会建立以后，中国相继建立了大量类似的友好组织，面对面地与它感兴趣的国家建立友好的关系。朱子奇在四个这样的机构中担任职务：中国—尼泊尔友好协会（1956年9月）；中国—伊拉克友好协会（1958年9月）；中非人民友好协会（1960年4月）；中日友好协会（1963年10月）。在这些机构中，他担任国家理事会的成员，在中非友好协会中同时担任常委。作为这些机构中有声望的成员，国家报纸经常报道他接待亚洲和非洲不计其数的来访，并陪同他们在中国的参观访问活动，或参加谈话和宴会等欢迎活动。

第八章　动荡的岁月

1.十年沉寂
朱子奇

▲ 1966年的朱子奇

　　我们这一代人，大多数革命同志的经历，恐怕都是有幸又有某种不幸。参加革命后，在党的领导下战斗，再艰苦，再危险，也是幸福的。但也会发生这样那样的不幸。

　　1966年6月，我正参加在北京举行的亚非作家紧急会议，造反派的人来揪我回机关受批斗。廖承志对我说，已请示总理和陈老总，回去参加运动吧！毛主席说了，"文革"半年就结束，有错承认，无错顶住，不乱说话。又安慰我说，中央了解我，我政治上没有问题，我在国际工作上是有功的，不要害怕，要经住考验。这在关键时刻，给了我莫大鼓励和持久的力量。从这一天起我就失去了自由。因为"文革"不是半年，而是整整十年！

▲1966年6月，在北京京西宾馆召开亚非作家紧急会议，中国代表团合影

前排左起：胡奇、冯至、朱子奇、曹禺、严文井、许广平、巴金、郭沫若、刘白羽、杨朔、郑森禹、虞棘、钱李仁、杜宣、杨沫、□□□

后排左起：雷加、王杏元、王光、高缨、于雁军、黄钢、李季、胡万春、郝金禄、金敬迈、韩北屏、张永枚、胡可、徐怀中、丛深、陈光媚、林元、林雨

2. 遥遥相望

朱维平

爸爸很久没回家了。妈妈也在1967年6月被带走了。宁生哥哥在1967年10月去东北虎林建设兵团插队，宁清姐姐1968年6月去了云南西双版纳景洪农场橡胶园插队，我终于决定去延安插队。1969年临走时，"和大"造反派不同意我和爸爸见面，最后只转交了爸爸给我的20元钱和一张字条，上面写着：

▲1966年，朱维平和朱宁清

到延安去好好接受贫下中农再教育　爸爸

◄ 朱维平1969年1月到陕西省黄陵县隆坊公社汤中渭插队。1971年与北京知青在村头合影

前排左起：张林可、朱维平、张黛书（北京援陕干部）

中排左起：徐东曙、尹兰华、杨慧、

后排左起：朱江明、周海生、明岩、薛三平、张林东

朱维平于1972年11月招工到西安铁路局宝鸡工务段

▲朱宁清1968年6月去云南西双版纳景洪农场橡胶园插队。1972年因患肺结核办理病退回北京，1994年病逝

▲朱宁生1967年10月去黑龙江生产建设兵团虎林县插队整整十年。在东北兵团与本地青年周克生（左）、上海知青吴连华（中）合影

3.干校的思索
朱维平

1970年，朱子奇去湖北麻城"五七"干校。

▲1971年，朱子奇在湖北麻城的"五七"干校与"和大"的同事合影
前排左起：张秀荣、赵峰峰（美国女作家路易斯·斯特朗秘书）、邱伯志、□□□、焦玉
后排左起：朱子奇、华君锋、周峥（欧洲处处长）、黄道生、□□□、林廷海、□□□

朱子奇在"五七"干校日记二则：

（一）朱子奇将儿子宁生1971年7月10号来信中的四句话抄写在自己的日记中：

坚定不移走五七
胸怀世界三十亿
甘当农民小学生
永远紧跟毛主席

▲朱子奇日记原文

（二）1971年我在干校利用在菜园子看猪的空隙时间，晚上在被窝里照手电筒，看完了中外读者都称赞的姚雪垠写的多卷历史小说《李自成》第一卷。

4. 一张旧照片

朱维平

1972年春节，我回北京探亲，宁清姐姐回北京看病，爸爸告诉我们，那个特殊时期，在他每次开批斗会的前一天，小胡（"和大"的翻译）都会悄悄地和他说："老朱，明天开你的批斗会，你要有思想准备。"或者告诉他一些要批斗的内容。我们很感激他，约他一起去颐和园。没敢和他一起走，约好在颐和园门口见。那天刮着大风，留下了这张纪念照片。

▲

这张照片是在爸爸的遗物中发现的，照片后面还写了字。爸爸不忘在困境中曾经帮助过他的人

5. 360英镑

金坚范（曾任中国作家协会党组成员、《文艺报》总编辑）

"文革"期间，有两个国际组织设在北京，一个是亚非作家常设局北京执行书记处，一个是亚非新闻工作者协会。为方便起见，人们将它们简称为"亚非作协"和"亚非记协"。我当时在亚非作协任英语翻译。

1968年5月开始，全国掀起了一场清理阶级队伍的政治运动，对包括工勤人员、干部在内的全体工作人员进行一次大清理。1968年年底，亚非作协和亚非记协的主管单位国务院外事办公室通知我们：全国在搞清理阶级队伍的工作，亚非作协和亚非记协的中方工作人员没有人管，因此决定合并到中国人民保卫世界和平委员会简称"和大"，由那里的军代表负责清理工作。

▲从干校回来的朱子奇

合并进去之时，朱子奇同志已作为"牛鬼蛇神"被关押在"牛棚"里了，只有吃饭时，还能看到他来食堂打饭，买完饭后就回到"牛棚"吃饭。对我们这些新"和大"人，一些老"和大"人不时地在聊天中向我们介绍一些情况，包括对"和大"领导人的评头论足。记得印象深的是，他们口中一致称赞朱子奇同志在钱财问题上是很大方的，无论是救济捐款，还是自助困难同志。这一点后来在我的工作中得到了印证。

1970年8月，我从河南邯城"五七"干校回到北京。从1970年年初开始，全国又掀起了一场"一打三反"运动，其内容是打击反革命破坏活动，反对贪污浪费，反对投机倒把和反对铺张浪费。我从干校回来之后不久，军代表找我谈话，要我参与一项工作，具体是领导一个三人小组，清查清理自解放初期"和大"成立以来的所有账目，包括票据凭证。三人小组中姜逸成同志是资深会计，业务十分精通，对我们在查账中发现的疑点，他绝大多数都能给以予人信服的解释，或提供解决疑点的方法和线索。只有少数几件事他也说不清楚，其中便有一笔奇怪的360英镑款项，列入在收款项目中，却没有标明是什么款项，是谁交的。我便展开了调查，找到了经手此款项的人事处干部，问她是怎么回事。她稍有不屑地回答说，因为他是"牛鬼蛇神"，就不能标明是党费，更不能承认是谁交的。为此我到"牛棚"与朱子奇同志单独见了一次，当面核实有关情况。

朱子奇同志的这个外汇，是他在开罗担任亚非人民团结委员会常设书记处中国书记时的收入。外汇，在当时的中国，是控制得十分严格的，绝对的稀缺物资。且当时大家收入不高，一个大学毕业生毕业的第一年月工资是48元，一年后转正才56元。据有人回忆，当时英镑汇率是一英镑等于10元或者11元人民币。所以，360英镑绝对是个大数目。

一个从延安来的老党员，即使在被错误地打成"牛鬼蛇神"、关押在"牛棚"中时，依然不改初衷，对党保持着一份赤诚之心。

▲ 金坚范（左一）和朱子奇（左二）访问中国台湾出席座谈会，编辑常君实（左三）、作协党组成员施勇祥（左四）

6. 我的小本子

陈明仙

1976年，我在对外友协综合研究室工作。那是"文革"刚结束的特殊年代，因此工作中也就有一些特殊任务。其中一项就是对有些刚解放、还没有分配工作干部的安置问题。

▲陈明仙的小本子

我们综合研究室就分来几位这样需"过渡"的司局级干部。有三位是外交部的原参赞，另外一位就是原"和大"驻外机构代表的朱子奇同志。我们是个处级小单位，却要领导几位司局级干部。当时也不好分配什么具体工作，便笼统出个题目，让他们自己选看材料，各自从不同侧面研究一下，苏联是如何变修的。几位参赞心领神会，每天轻松自在，喝茶聊天。子奇同志却认真对待。每天兢兢业业，看材料，写调研，忙忙碌碌。他不但工作认真负责，对一些社会活动也积极参加。当时各单位内部还在修防空洞（毛主席号召"深挖洞，广积粮，不称霸"），需要派人轮流参加。社会上也不时有一些义务劳动，比如去郊区帮助收麦，到城里某个工地劳动等，子奇同志都是抢着首先报名参加。老少边穷地区需要帮助的事项，或遇自然灾害需要捐助的，他都慷慨解囊，尽量多捐款帮助。

▲朱子奇参加劳动

由于他各方面表现不错，所以在由我

担任支部书记的综合研究室支部，于1976年9月24日通过了恢复他的党员权利。

这是在我硕果仅存的小本上，居然查到的确切记录：

9月1日上午开朱子奇同志的会，下午因值夜班休息

13日把对朱的意见材料交政治处，但称可能还要经过支部

24日晚开支部大会，通过恢复朱党员权利并对他提希望

以后他被正式分配工作了。当时对外友协成立了一些地区处，负责与世界上不同国家或地区的对外友好工作。在会与处之间由常务理事一级的干部来分。1978年，朱子奇任分管欧洲处的常务理事。我也从综合调研室转到欧洲处（因钱李仁调往联合国工作，综研任务结束而撤销），我在子奇同志领导下工作了。在那个年代，领导和被领导的关系，曾经就是这样的微妙。

80年代初，中国作家协会也恢复了工作。作家和文学作品的对外交流日益增多迫切需要加强和规范作家协会的外事活动。周扬和张光年等同志指名将子奇同志调往作协负责这方面的工作。他大概感到作协的外事干部还需要加强，又先后从外交部和对外友协把金坚范（他从使馆回来在外

编号 00293

▲朱子奇中国作家协会会员证

交部等待分配）和我要了过去。我因为一直喜爱文学，也想业余学点东西，而在外事部门保密限制很严，材料无法自己保存，都要上交存档，便也动心想调动一下。在王炳南会长很不高兴的情况下，经过反复做工作争取，终于在1982年同意我离开对外友协去了中国作协。从此，我又在子奇同志领导下（他是作家协会负责外事的常务书记）开始做文学领域的外事工作。

7. 一缕温暖的阳光

朱子奇

　　1972年秋天，我去看望刚有点儿自由的廖承志。像见到亲人，我流着泪对他说，我已经有五六年不知陆璀下落，不知她是死是活。他毫无顾忌地立即为我出主意，鼓励我写信给周总理，并告诉我如何措辞，还特别指点投信的具体地址——一个机关的秘密窗口。果然在我投信后不几天，开来一辆小汽车，把我接去秦城监狱，见到了无辜被监禁多年的妻子。后来，又按他画的详细路线图递交了给总理的信，要求释放陆璀。不久她终于恢

◀ 1977年春节
左起：朱维平、陆璀、
朱宁清、陆兰沁、
朱宁生（后排）

复自由，回到了家，从而结束了我们多年妻离子散的家庭生活。我们一家人都永远感激和怀念周总理，永远感激和怀念廖承志。

"十年动乱"是不幸的顶点，是大灾难。最大的幸，就是中国有个周恩来，把生命与温暖送给了我们。这阳光，也照到了我家头上，使我这个多年妻离子散的家庭得救、团圆。我曾递给总理三封信，解决了三个问题：探视陆璀、接她出狱、结论下来了。陆璀的冤案得以平反，我们俩又重新走上国际活动的岗位。

8. 情泻笔端

朱子奇

1976年，"四人帮"已垮台，我还靠边站。一天忽然接到支部通知，去参加修建毛主席纪念堂。当时心情激动，这正是我日夜盼望的！"一夜的激战"归来后，流着泪一口气将埋藏在心底对毛主席的崇敬与怀念之情泻于笔端，这首诗在《诗刊》上发表了。这是我在史无前例的"文革"后发表的第一首诗。

▲ 1977年的朱子奇

参加修建毛主席纪念堂

早盼晚盼梦里盼，喜讯盼到了！

劳动战士的心海，顿时沸腾了！

一夜激战迎来东方的曙光

我仿佛看见逝者正在花丛中微笑。

纪念堂主体工程巍然耸立，

恰似一艘巨轮航行在海上。

他载着这一代人的骄傲和忧伤

他载着祖国千秋万代的无上荣光！

1977年4月2日

9. 无声的歌

朱子奇

▲朱子奇参加作家会议

即使魔鬼将我的双翅斩断，

我的心也要展翅翱翔，翱翔！

即使魔鬼将我的喉咙堵塞，

我的歌也在无声高唱，高唱！

朋友，这就是我的话，

这就是我的诗的宣言。

—— 朱子奇

▲ 朱子奇题写：朦胧的春天总是要被明朗的春天代替的！

10. 无怨无悔
徐非光（曾任文化部文艺研究院领导小组副组长）

　　这是一个从17岁开始，满腔热情地投身革命圣地延安，把自己的一生毫无保留地献给20世纪的伟大人民解放革命事业的革命知识分子，一个对自己所做的历史选择无怨无悔，百折不挠，在任何历史条件下，包括共产主义运动遭到挫折，处于低潮的历史条件下，都不放弃自己的信仰、理想和操守的革命者，一个充满豪情和真诚的，表里如一，心口如一，言行如一，始终如一的人。

　　在今天看来，这就显得特别珍贵和特别值得尊敬了。

▶ 1977年，朱子奇与陆璀

第九章　春鸟歌

1.春鸟歌

朱子奇

我是一只春鸟，

是无数春鸟中一只小小的春鸟。

我为歌唱来到人间，

我为飞翔来到人间。

我是春天的鸟，

但我并不畏惧冬天。

我在晴空里飞翔，但我并不躲避雷雨天。

我是一只从西北高原起飞的春鸟，

高原上的慈母给了我真正的生命。

我愿把我的生命和热爱，

融化于祖国的土地，

我愿把我的理想与活力，

同世界融合在一起。

1980年春

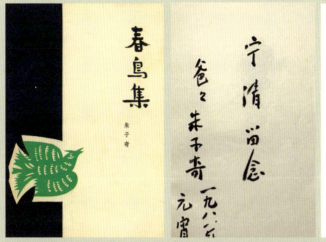

▲这本《春鸟集》是1980年人民文学出版社出版。1981年元宵节　▲1973年，朱子奇与女儿朱
　爸爸送给女儿宁清　　　　　　　　　　　　　　　　　　　　宁清合影

　　1979年春，我刚恢复工作，我尊敬的老诗人张光年同志及人民文学出版社的同志，就让编辑部的刘岚山、王建国两位同志，也是两位诗友，来到我的小屋里，要为我编一本诗集。可是，我的好些旧作都流散了，失落了。有些诗，出于历史原因，又不便选用。后来我找到了一部分，加上几首新写的，编成一本小集子，这就是1980年出版的《春鸟集》。

◀
朱子奇（左）与
夏衍（中间）、张光
年（右）

2.俄罗斯甜菜汤

萧三（现代著名诗人、翻译家）

朱子奇同志：你好！

昨天，读了你在报上登出的一首较长的诗，很受感染。你的诗深深地打动了我。几天来，又重读了几遍，觉得越读越有味，心里感到很喜悦，应该向你表示祝贺！

这首诗，除了第一段和最后一段，是由两行妙合的诗句组成外，其他十五段，都采用四行体，共六十四句。可说句句自然流畅，每段都有它的独立含义，又有它的内在的联系性。全诗内容充实，形象多彩，而且很自然地把昨天、今天、明天相连接，把信仰、哲理、文采相融会，表明你是下了很大功夫的。

我向丁玲同志和其他同志推荐这首诗，他们读后都说好，有同感。特别是认为，作品对老战士们在新的考验中不迷茫、不退缩，有警醒作用，对年轻诗人和读者，更具有思想和艺术的导向力。

从延安到现在，你写得越来越深沉，越发紧凑，这不是偶然的，是和你的勤奋与诗才离不开的。希望你继续努力，多多创作。这样的作品，是战士的责任，时代的需要，是会受到人民的欢迎的。

你的诗中有不少句子，是我喜爱吟诵的。如：

> 呵，喝足了延河的圣水，
> 走遍天下不会苦和累。
> 吃饱了香甜的小米饭，
> 唱尽春歌也不会停嘴。
> 我是一只春鸟呀，
> 但我并不畏惧严寒。

我唱起春歌冲向严冬，
我定要在严冬唱出阳春！

又如：

感谢伟大的母亲！
她教我擦亮眼睛看清世界伤痕，
她更领我耐心医治这个伤痕的世界。
如今，她又送我登上新的航程！

请听，诗人多清醒、多坚定：
不过，我飞的还不平稳。
我呀，我唱得还很嫌粗糙。
还需经风吹雨淋的磨炼又磨炼，
还得放进烈火中去锻造再锻造。
即使魔鬼之剑斩断了我的双臂，
我的心也要展翅飞翔，飞翔！

◄ 朱子奇与萧三在第四
次文代会上

若是罪恶的手堵塞了我的喉咙，

我的歌仍将无声地高扬，高扬！

朋友，这就是我的歌，

这就是我的诗的宣言！

其他的话，见面再谈。

问候陆璀同志好！叶华说，如她想吃俄罗斯甜菜肉汤，请来电话就是。

祝：幸福！顺利！

萧三

1980年5月5日

3.谢谢你独特的春节礼物

萧三

一只春鸟飞来了，

唱着歌儿飞到了我家。

我欢迎它！

欣喜又惊讶！

它歌唱的那么好听，

啾啾、叽叽、喳喳……

我窗台盛开几株花，

喜今天又添一奇葩！

春鸟歌唱辽水和燕山，

歌唱太平洋和大西洋，

歌唱黑海和红海，

歌唱多瑙河和长江。

我恍惚又重游了张家口，

似乎又到了布拉格广场，

多谢你指点，引路，

我们再次走遍了四方。

碧蓝碧蓝的水，

碧蓝碧蓝的天。

在这个百花齐放的春天，

誓必共同永远向前、向前！

1981 年 1 月，1982 年 2 月修改

萧三（1896 — 1983）：湖南湘乡县人。现代著名诗人、翻译家，他曾就读于长沙湖南第一师范，与毛泽东是同学。新中国成立以后，主持我国的国际文化交流工作，中国笔会中心副会长、第五届全国政协常务委员。

4. 回声激荡
朱子奇

　　1981 年新春，我赠送萧三同志《春鸟集》一册。几天后，他送来《题朱子奇〈春鸟集〉》诗一首。我当夜写了这首《回声激荡》回赠他。他两回要回自己的诗去修改，我也取回自己的诗，加了一小节。

回声激荡

我是跟着你唱的，

我是随着你飞的，

我是学着你成为一只春鸟的。

呵，我和你是这样难分开的！

你大海的情，

你地球的心，

你燃烧的人。

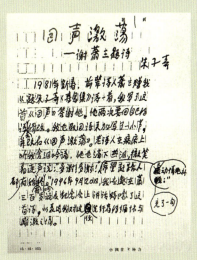

▲朱子奇手稿《回声激荡》

呵，总是那样把我来吸引！

我们同乘飞机渡海漂洋，

我们也一块骑过毛驴涉水越山，

我们还携手步行冲过层层封锁线。

呵，真正的战士不到乐园心不甘！

战士乃得人生乐，悲欢甜苦有几多，

囚禁难熬亦放歌。呵，重上沙场挥泪又执戈！

我是伴着你把希望唱给世界的。

这时代，人老歌不老呀。

来来来，让咱们同声欢唱把路赶……

1983年1月修改

　　老诗人在病床上听我含泪吟诵，他也滴下热泪，微笑着连声说："多谢！多谢！"又动情地补充了一句："希望赶路人都有始有终呵。"

　　1983年2月4日9时53分，当淡淡的阳光照在您脸上时，我正站在您床边，用泪水模糊了的眼睛，看着您平静地闭上了双眼。一阵哭声和抽泣声打破了病房的宁静。让我再紧紧地握一次您还散发着余热的手，再轻轻地摸一下您那还留着微笑的脸。永别了呵，敬爱的先行者，您放心地睡吧，睡吧，您奋战了半个多世纪，该好好休息了。

　　明天，当希望之花开满人间时，后辈们将在您的陵前吟唱一曲纪念歌，深深怀念您，谢谢您！

▲ 1996年9月20日，萧三百年诞辰纪念会上朱子奇讲话时朗诵了这首诗，以表达对这位先行者的缅怀与感激之情

5.难能可贵的情谊

叶华

朱子奇与萧三有很多共同点：他们都是爱国的革命者，又都是国际主义者；他们都是诗人，都是和平使者；他们都重友谊。革命队伍内贯穿始终的情谊是难能可贵的。他们1981—1982年互赠的诗就是这种革命生涯和革命友谊的历史证明。

▲ 1979年，朱子奇与萧三在作家大会上

这两首诗都充分显示着：他们一样忠于革命的初衷，一样诚实，一样乐观浪漫，一样热情奔放，一样放眼世界，一样义无反顾，一样永葆青春，也是一样的不谙事故。

他们为中国人民外交，做了不少开拓性的工作。

6.重返布加勒斯特

朱子奇

1978年4月6日—16日那次访问罗马尼亚之行，给我留下了深刻难忘的印象。回忆起来，许多事总是这样新鲜有味，这样具有启示意义。也许这是因为"十年动乱"后，我第一次出国远航。这次访罗，又是旧地重游。

二十年前我曾去过这个美丽友好的国家，心情格外欢快，也颇不平静。

这次中国人民对外友好协会代表团是"十年动乱"后，我国派出的第一个民间代表团。团长王炳南，成员有梅益、杜宣等各界人士十位，我是秘书长。访问很成功，产生了广泛的影响。我们这次访问是带着新的使命飞向开放的世界，飞向久待的知音和不知音者们，去增进相互理解，去交换时代信息，去寻求友谊与和平。

▲1978年4月，中国人民对外友好协会代表团访问罗马尼亚

第一排布楚里（左二）、王炳南（左三）、杜宣（右一）、梅益（右二）；第二排（右二）朱子奇

参观小学

罗马尼亚非常注意爱国历史教育。有一句名言给一代代的学生以启示：不了解爱国历史者，可耻！

参观美术大师的珍贵原画

参观维查古物遗迹，我留下几句话：一个民族写出自己的历史，一部历史又宣告一条真理

7. 与诗人裴多菲谈心

朱子奇

1978年4月9日，一个细雨蒙蒙的早晨，我们来到罗马尼亚西部革命地区中心 —— 著名的波拉日自由广场。看见广场上有24座威严的民族英雄铜像，其中有伟大诗人裴多菲·山陀尔。得知诗人被沙皇哥萨克马队杀害在附近一个小村。我们围着诗人的铜像，不由得背诵起他的不朽诗篇，好似合唱一曲《自由与爱情颂》："生命诚可贵，爱情价更高，若为自由故，二者皆可抛！"这诗篇是不朽的。实践了这诗中誓言的诗人自己，也是不朽的。这四行诗句显示出祖国利益高于一切的光辉思想，教育了几代中国青年和爱国者。我想起鲁迅来，他是我国第一位介绍诗人和翻译他的作品的人。鲁迅是把裴多菲作为一名抗俄英雄来评价的，说他认清了目标，用诗和剑表达了自己献身祖国、勇赴疆场的渴望。在这个夜里，我草拟了准备写的《我与诗人裴多菲谈心》的灵感跃动点。记下了这一组系列诗的提纲和主旋律诗句，写出我对这位为了"真""美"也乐意牺牲，连"命"也勇于抛弃的诗人所产生的新感

▲裴多菲铜像

情与认识。停下笔来，打开窗户远望。朦胧的山野告诉我，天就要亮了，不久又要上路继续参观了。你好，我尊敬的师长裴多菲！

　　　　山羊小胡还是那样两边垂，
　　　　卷卷金发还是那样色不褪。
　　　　诗人，让我们谈谈心里话。
　　　　裴多菲激动地说：
　　　　欢迎来自李白杜甫故乡的诗人战士！

　　春阳照在亮晶晶的波拉日自由广场上，照在广场上诗人和所有来访者的笑脸上。

8. 以诗证史
K.布楚里（曾任罗中友协主席）

亲爱的朱子奇同志：

　　这次中国同志在重要时刻，派出由各界名人组成的代表团来访，获得成功，超过人们的预料。这实在是我们十分感激和难忘的。这是与你这个友好使者和诗人分不开的。也许，你已从北京出版的杂志《友声》上看到了我刚问世的《罗中友谊史》的序言，其中有我对你在我的祖国创作的《重返布加勒斯特》组诗的评语。读了你的诗，都会同意我的看法 —— 诗人这首含义丰富的组诗，是诗的友谊史，是"以诗证史"的。你的诗句深深打动了我的心。

　　我还记得，在 4 月 7 日热烈的欢迎晚宴上，你即席用一张米黄色的饭桌纸写了一首短诗，亲自即兴朗诵后，由王炳南团长转赠给宴会主人伊维尔德茨留念（他是周总理生前最后接见的一位贵宾，罗马尼亚副总理）。几天后，罗马尼亚总统齐奥塞斯库看到后，点头称赞说一首好诗！并送交

《罗马尼亚文学报》发表。

亲爱的朱子奇同志，我相信，你和代表团各位同志，一定亲眼看到了罗马尼亚人民是如何热爱中国和他的伟大领袖的。我佩服你在紧张的参观访问中写了许多美好的诗，还从俄文转译了一首我国歌颂周恩来总理的诗。作者是我国著名诗人特·奥多雷斯库，他的诗表达了罗马尼亚人民对周总理的真实感情与深切赞扬。

祝罗中友好永远常青！

祝你健康，一切顺利！

K.布楚里

1978年5月于布加勒斯特

9.诗思如泉

杜宣（著名剧作家、散文家、上海市对外文化交流协会原副会长）

本世纪60年代初同游埃及，70年代后期同访罗马尼亚，80年代中期先后同赴巴黎、东京参加亚非作家会议，至今已40年矣，回忆情景仿佛如梦，得诗一首，录与子奇同志。

几度同游欧亚非

风云激荡震心扉

满腔悲愤情难抑

诗思如泉大笔挥

▲杜宣给朱子奇的题字

1984年，杜宣与朱子奇合影

▲杜宣送给朱子奇、陆璀的著作《杜宣散文选》

10. 过黑海

朱子奇

　　1978年4月6日那次访问罗马尼亚之行，飞机再飞几小时后，海天一色的另一奇景出现了。这就是世界著名的波涛汹涌的黑海。在夕阳照射下，你辨不清哪是海，哪是天。但飞行速度减慢，高度降低。俯瞰海面上点点小爬虫似的舰队在蠕动，在冲闯 …… 波斯波普鲁斯海峡，历来是海上大国争夺之地。我不由得想到海上风浪何时能平？何时不再见霸船乱闯，而只见有船队平安来往 ……

过黑海

莫说朋友远在天边　万里天边近在眼前

朝辞哟，闪闪燕山水　暮宿哟，涛涛黑海岸。

黑海的水与天一色蓝，我辨不清哪是海哪是天；

要知黑海风浪无情面　要知黑海海底深万丈。

亲爱的战友请听我回话：美好的理想定在斗争中开花！

1978年4月

李一氓读朱子奇《过黑海》小诗后，题《才见夕阳沉黑海》回赠朱子奇：

才见夕阳沉黑海

才见夕阳沉黑海

朝霞又散昆仑山

纵横当有凌云志

万里京华一日还

访南斯拉夫回国途中作

子奇同志即　李一氓

▲李一氓书赠朱子奇的诗《才见夕阳沉黑海》

李一氓（1903 — 1990）：四川省彭州市人，曾任世界和平理事会常务理事、书记，中国人民保卫世界和平委员会副主席，中联部副部长。

11. 刺猬歌

朱子奇

▲古元为《刺猬歌》作木刻

1978年8月6日，奥地利对华友好协会代表团访华。团长、国防部长奥·托雷施赠送邓小平同志一个精美的水晶玻璃小刺猬，极为精巧美观。小平同志表示感谢和称赞，并一面举着这只在灯光下闪亮的水晶小刺猬欣赏，一面幽默地笑着说："刺是必要的，也是用得上的。"托雷施部长对邓副总理说，这是奥地利共和国和军队的象征。这个小动物是爱好和平的，但如果有人侵犯它，它就用满身的刺，狠狠地刺他！小平同志转过身来对我们说："这美丽的刺猬很富诗意，它是远道而来的贵宾，你们应该写首诗欢迎它嘛！"为此，我模仿奥地利六行体的儿歌韵，写了首小诗《刺猬歌》。

《人民日报》9月2日发表了这首《刺猬歌》。后来得知小平同志这次接见的情况和这首诗全文收录在奥地利的奥·卡明斯基教授的《奥中友谊史》一书中。卡来信说，这首小诗在奥地利发表后，上至总统下至学生都喜欢。还说，维也纳评论界评论这首诗是诗化了邓先生对中立国的"中国政策"。

奥·托雷施回国前给我写了一

▲奥·托雷施送给朱子奇的水晶小刺猬

▲ 1978年，邓小平接见奥地利代表团。王炳南（左四）、邓小平（左七）、奥地利国防部长托雷施（左六）、楚图南（左九）、朱子奇（第二排右二）

首诗《告别辞 —— 回赠朱子奇先生》诗云：远离故土奥地利，邓先生话语动人心，刺猬精亮赠朱君，只为来日念真情。奥·托雷施回国后对中国很友好，到处宣传中国，后来担任了奥中友好协会会长。

12. 西欧三国行
朱子奇

　　1978年11月至12月，我们应邀访问了英国、比利时和法国。这是十多年来，第一次出访这三个西欧国家。这种短暂的走访，是相当紧张和匆忙的。但由于那里的许多新老朋友的精心安排，我们这次的穿梭访问，是顺利的、完满的。北起苏格兰风云激荡的北海之滨，南至法国波涛滚滚的地中海之岸，西从威尔士坎"黑玫瑰"山谷，东到比利时"电子新世界"的日列城。特别感人的，是当此时国际上发生深刻变化的时代，我们亲身感受到三国广大人民对中国人民的珍贵友谊和对我们的殷切期望，这都使我们每个人难以忘怀。

我们出访的第一站是英国。没有想到来车站迎接我们的许多朋友中有一位笑微微的80岁老人。他是亲自开着自己的小汽车冒雨而来的。他是英中了解协会的会长、英国皇家

▲朱子奇在李约瑟博士书楼

学会会员，也是我们的老朋友李约瑟博士。他热情地和我们紧紧握手，把代表团团长楚图南同志拉进车，一直把我们带到剑桥大学他工作的中心楼去，我看到满楼的书，说："李约瑟博士的书斋是书海，是中国古书之海。"有一张卡片上，写着荀子的语录："积土而为山，积水而为海。"他认为中国全部科技史应该是世界成就史中最高的组成部分。现在中国度过了历史性的困难阶段，他终于等到了这天。他确信中华民族优秀儿女，定会有更加光辉的今天和明天。

我们还会见了几位西方有影响的政治家。费利克斯·格林先生，是一位西方知名的作家、电影剧作家。30年来，无论困难关头，或胜利时刻，他总是同我们在一起，总是对中国人民充满信心。他曾多次访华，受到周总理的接见。最近他应美国、墨西哥的知识界和广播公司之邀，去做关于中国的专题讲演：中国大船又升帆启航了。我们去访问英国前首相西恩，想不到，那天他走到街头来迎接我们，把我们引进他住的一所普通公寓，又亲自倒咖啡和递烟招待客人。热情、亲切、随便，没有架子。我们都很赞赏他们这种不当官就不再享受那套特殊待遇的制度和生活方式。他赞同我们的出访，认为通过民间性的直接对话增进了解，可促进事态的发展速度。

13.风笛手

朱子奇

11月15日，我们到了苏格兰。

《爱丁堡晚报》登了一条醒目的新闻："来自远方的中华人民共和国的一个大型非政府代表团，将于明天以风笛迎接进本市"。我们乘坐的汽车窗外传来阵阵清脆的笛声。我看到，一位身穿典型节日民族服装的高大中年男子，正起劲地吹奏着两手合抱的苏格兰独有的大风笛。上衣佩戴着闪光的肩章与领章，头顶别有徽章的深蓝色士兵帽，身穿宽大的红边黑呢子斗篷，他一下子把来访者们吸引住了。那红黑相间的苏格兰厚厚的格子呢短裙，只盖到膝上。长长的靴子上黑下白，右腿靴筒上还插着一把金丝带的匕首，不是为打架自卫的，是为了招待客人刮肉、切水果用的。他似乎忘记了初冬凌晨的寒冷，只顾全神贯注地吹奏风笛。把热情灌进去，把友谊灌进去，所以才吹得那样动听、感人！才把温暖传入客人的心坎！

这是苏格兰人对最尊敬的客人的一种欢迎仪式。

我喜欢苏格兰人热情奔放、豪爽开朗，又朴实自然的性格，这也许与

欢迎外宾的风笛手 —— 朱子奇和他握手

我青年时代，也是在北方高原度过多少年的生活有点关系吧。鲁迅有过精辟的评语：农人思生苏格兰，举全力以抗社会，宣众生平等之音，不惧权威，洒其热血，注诸韵音。然精神界之伟人。

我走了，我的心呀，留在高原！
再会吧爱丁堡！
不管我走到哪里，去到何方，
你多情的风笛声，我都永难忘！

14. 马克思墓

朱子奇

◀瞻仰马克思墓
11月13日上午，朱子奇（左）、楚图南（中）、英中了解协会主席班以安先生（右）一同瞻仰伦敦海格特公墓的马克思墓，墓号为"24748"

伟人墓

陵园深处荒冢边
冬雾蒙蒙正消散
雾里寻墓碑
滚滚思潮暖

真理——朴素
伟人——小墓
唱起惊醒天下的歌
唱着永不消逝的歌

▲朱子奇在马克思墓前

我就是被你的歌
惊醒的一个流浪儿
在战火中
在中国一个荒凉的
山沟沟窑洞里
献出我的青春　生命　诗
我看见　你注视世界风云的目光
多少风霜雪　也没有使它茫然
多少谎言偏见　也无法叫它暗淡

因为宇宙有风
这风　就是墓光照耀下的
我们——
一代代远行的人
属于你的
鼓动风的人

1978年11月朱子奇于伦敦马克思墓

15. 夜宿维特曼教授家

朱子奇

11月29日离开伦敦，又回头飞过英吉利海峡，到了比利时王国首都布鲁塞尔。比利时中国友协安特卫普市分会主席维特曼教授陪同我们迎着风雪畅游了白浪滔滔的“安特卫普”港湾。当夜，楚老、陈乐民和我，应邀住在维特曼教授家，其他同志分别住在另外几位朋友家。我们受到了亲如家人的热情接待。

同不少欧洲朋友一样，他们虽然收入较高，但几乎没有雇用人的，生活都靠自力更生，甚至沙发桌椅坏了都由自己动手修。你看，全家四口总动员，分工明确，忙着做本地的弗朗芒家乡饼招待我们，又精心调配出原味的玫瑰香葡萄酒。主人精选后花桌布铺在桌上。大儿子忙着端菜，二

夜宿维特曼教授家

朱子奇

一九七八年十一月二十九日，与中国人民对外友协代表团团长楚图南和陈乐民同志，由比利时中国友协安德卫普市分会主席维特曼教授先生陪同，迎着风雪畅游欧洲著名海港安德卫普。当夜宿教授家，受到亲如家人的款待。其三岁爱女伊丽莎，聪明伶俐，逗人喜爱。特吟诗[illegible]留念。

一九七八年十二月一日

于布鲁塞尔

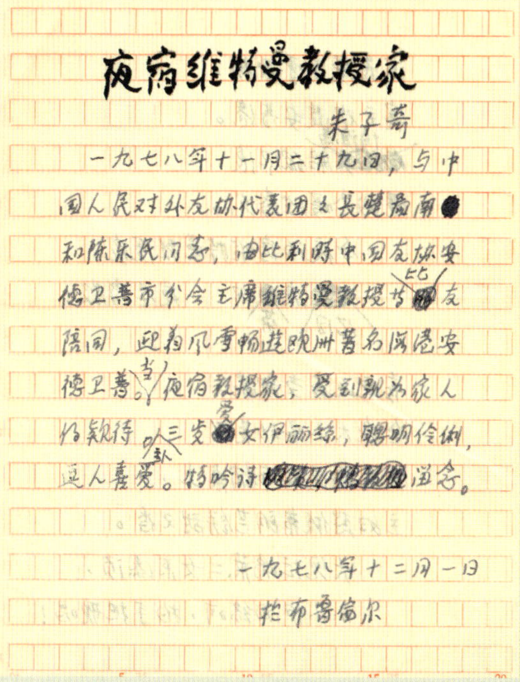

◀ 朱子奇手稿《夜宿维特曼教授家》

女儿忙着添汤，小小的爱丽斯拍手把歌唱！我们都很喜欢教授三岁的小女儿爱丽斯，聪明伶俐，会唱会舞，还试图学做北京的工间操。

第二天告别时，我把夜间草拟的一首小诗《小天使爱丽斯》赠送给主人。主人热情致谢，要我抄在厚厚的彩色本上，以做永久纪念。

明天，遍地是花儿开鸟儿唱，

愿世上的爱丽斯在和平中成长，

让友谊之花在大地自由开放。

▲朱子奇与维特曼教授的女儿爱丽斯

16. 来巴黎做客

朱子奇

12月初，明朗的春晨，我们乘高速电火车，穿过比利时、荷兰、联邦德国，进入法国境内。我终于在法国朋友们的欢迎声中，来巴黎做客。在伟大法兰西，这个光辉文明的巴黎公社的诞生地，是周恩来生活了四年之久的国家。我们来到巴黎市南13区意大利广场戈德弗鲁街十七号旧旅馆二楼上。那间只有4.5平方米的小屋就是周总理1922年在那里居住的地方。

我荣幸地第一次读到了周恩来当年起草的一篇豪迈的宣言：勤工俭学的宗旨，是来研究欧洲文化，尤其是法兰西文化。希望将来回东方之后，改变中国之命运。无论如何，他们是中、法亲善与友谊的建筑者！我们虽是中国人，我们的眼光终须放在全世界上来，我们不必想取捷径，也不能畏难苟安，全世界无产阶级为创造新社会所共赴的艰难责任，我们也应当分担起来！

▲
巴黎，1922年周恩来
总理曾在此居住

　　在法中友协总书记、经济学家马季樵夫人陪同下，我们迎着寒风冷雨，兴致勃勃地专程访问了法国南部世界名酒产地波尔多市。在这座有三百多年历史的古堡式酒宫，我们与主人畅饮了"波尔多葡萄酒"，他们把我们称为来自"茅台"故乡的客人。让我们也成为波尔多酒与茅台酒交流的架桥者吧。如果有一天，世上每个人，都成了友谊的架桥者，真正的和平之神，才能飞临我们的地球。

　　　我饮波尔多酒，
　　　　饮满友情酒，
　　　　饮了波尔多酒，
　　　　回到北京醉梦乡。

　　在法中友协领导人陪同下，我们畅游了巴黎城区，这座名副其实的"欧洲艺术文明之都"卢浮宫

▲朱子奇参观波尔多古堡式酒宫并签字留念

瑰丽的艺术珍品，高耸入云的埃菲尔铁塔，那
远处暗色的教堂，是雨果描写过的巴黎圣母院。
我们还参观了一系列现代化工厂，先进的农场，
电子研究所，又分别到不同阶层的会员中，与
他们一家人同住、同吃，一同谈心，研究共同
感兴趣的事。历来不知有多少生花妙笔描写过
的巴黎，最激励我的，是要寻访伟大巴黎公社
革命的光荣遗迹。

▲朱子奇在大学签名赠书

17.三谒巴黎公社墙
朱子奇

青年时，在延安读过巴黎公社的历史，后来又一直唱它的歌，吟它的
诗，还听先辈们讲过它火热的诗篇，多么想有机会去亲自瞻仰公社战士墙。

今天，在这个雪雨的冬晨，我终于实现了宿愿。站在拉雪兹公墓的巴
黎公社战士墙下，压制不住心中的敬仰之情，陷入了深深的哀思之中。晨
光照射在那一米多宽的铜牌上，几个醒目的字金光闪闪。我伸出颤抖的手
去抚摸它，轻轻地念着上面的字：

纪念 1871 年 5 月
21 日至 28 日
公社死难者

我们几个中国同志，
向这堵无声的英雄墙，献
上我们写着"光荣的巴黎
公社战士万岁"花圈。此

▲巴黎公社墙

刻，我好像听到了这历史的阵阵回声，看见先烈们在隆隆炮声中，一面顶着滚滚烽烟，向黎明的曙光挺进，一面向后来者挥手召唤……

想起恩格斯在《法兰西内战》中的一段话：这堵公社社员墙，至今还挺立在那里，作为一个哑的但却雄辩的证人，说明当无产阶级敢于起来捍卫自己的权利时，统治阶级的疯狂暴戾能达到何种程度。

我拾起一根有绿叶的小枝，带回北京留作纪念。

我们代表团又去凭吊另一处公社墙。那墙砖上刻着一幅大浮雕：一个袒胸妇女张开双臂护卫着一群战斗者。画墙的上下左右弹痕累累。有人说，这是后来资产阶级统治者为转移广大人民的视线，以平息众怒而修造的。

◀
楚图南（左二）、朱子奇（左三）、刘铮（后左一）、陈乐民（后左三）在巴黎公社墙留影

第二天，几位法国朋友引路，穿过重重碑林，终于顺利地找到了《国际歌》作者欧仁·鲍狄埃的墓地。

这是一座用灰色花岗岩石建成的墓，朴素庄重，充满诗意，是战士坚强意志和诗人高贵品格的象征。虽经风吹雨打，色彩已成深暗，但仍可清楚地看出：

献给 巴黎公社社员歌词作者

欧仁·鲍狄埃1816 — 1887

他的朋友和仰慕者于1905年

今天，我们来自辽远东方的久仰者们，献上了一束鲜艳的红玫瑰，向革命先驱——"无产阶级第一号歌手"表示深深的敬意和感激。我们几个中法友人，不约而同地用中、法、俄语轻声合唱："团结起来到明天，英特纳雄耐尔就一定要实现！"

在《国际歌》诗词诞生17年后，1886年6月，鲍狄埃的战友、

▲朱子奇在鲍狄埃墓前

诗歌合作者比尔·狄盖特，给这首"伟大的诗插上了伟大音乐的翅膀"。

我们中国人民，长期艰苦奋斗，有着革命到底的决心，对巴黎公社的原则与精神，对革命导师的教导，自然感到格外亲切，有着更深体会，完成我们的历史使命。我们这一代许许多多的人，都受到过巴黎公社革命精神和它雄伟战歌的熏陶和启迪，从中吸取勇气、智慧与力量，提高改造旧世界、创造新世界的觉悟和使命感。

马克思论断：英勇的3月18日运动，是把人类从阶级社会中永远解放出来的伟大社会革命的曙光！列宁说："公社被镇压了，但是鲍狄埃的《国际歌》却把它的思想传遍了全世界……"

> 三谒巴黎公社墙
> 历史的回声　似乎是遥远的　但往往按时间向你走近
> 使你感到亲切　跃动
> 勾起你的联想　思索　激奋
> 并伸手去撞敲新的历史晨钟……

18.读子奇《三谒巴黎公社墙》

李尔重（中共河北省委原书记兼省长）

《三谒巴黎公社墙》包含了子奇同志的千篇之火与力。我如是感觉着。巴黎公社墙的砖与石，用英雄的血紧紧地铸在一起。它们是一篇庄严而豪放的无字诗，世人站在它面前，不能不肃然起敬。子奇同志用精细的热情的笔墨介绍了欧仁·鲍狄埃 —— 这是给旧世界送葬的歌声。我和无数的战友们，都是《国际歌》的火光与力催发起来的。我也相信《国际歌》让旧社会的反动派们坐卧不安，20世纪30年代，中国的反动派是不许唱《国际歌》的，否则就要抓起来坐牢甚至杀头。无产阶级的文化事业的建设出发点就是欧仁·鲍狄埃说的为革命写诗。巴黎公社开创的无产阶级文化之火与力，永远指引着我们奋斗，不畏强暴，不怕挫折，相信最后胜利属于无产阶级及世界人类。

◀
三人合影
左起：朱子奇、魏巍、
李尔重

19. 邓颖超夫人，让我摸摸您的衣裳

朱子奇

1979年5月19日，邓颖超在人民大会堂会见了希腊老一辈女作家海伦·卡赞扎基夫人和她的两位朋友。那天邓颖超在谈话时不经意提到自己身上穿着的半旧的藏青色西装，是用周总理一件旧制服翻改的。1954年，周恩来总理穿着它参加过日内瓦会议。当年卡赞扎基夫人曾和许多群众一起，鼓掌欢迎中国总理周恩来走进日内瓦会议厅。没想到，邓颖超的话引起卡赞扎基夫人和她的两位朋友无比激动。她们情不自禁地走上前来，轮流用手摸了摸邓颖超的衣裳。那天我应邀陪见。卡赞

▲ 1982年，陆璀、邓颖超、朱子奇于西花厅合影

扎基夫人说了许多充满激情和诚挚的话。我听了深受感动，便把这些动人肺腑之言与邓颖超的亲切对答，写成了这首诗《邓颖超夫人，让我摸摸您的衣裳》：

邓颖超夫人，让我摸摸您的衣裳！
好像摸到了您亲手仿制又缝补的延安服。
好像摸到了您这长征女英雄的灰军装。
让我倾心细听您把长征故事讲。
与您相见，我变得年轻，增添了力量。
我们要携手前去制止那战争挑动者的猖狂！

1979年5月27日

卡赞扎基夫人读到了这首法译文的全诗后，十分惊喜地说："我万万没有想到，我和尊敬的邓颖超夫人的谈话，竟成了如此美妙与激动人心的一首大诗，一曲希腊与中国情真志同的交响曲，这是我的莫大荣幸！"

下面，是卡赞扎基夫人寄给我的信：

▲卡赞扎基夫妇

尊敬的诗人朱子奇先生：

我已回到雅典了。我现在从家里写信向你报告：以我丈夫命名的卡赞扎基博物馆，通过了将我从中国带回的这首珍贵的诗稿，翻译成希腊文永久列入该馆，与中文的原稿共同展览，以作为加强中国—希腊友谊的象征。转告尊敬的邓颖超夫人，并代向她致以亲切的敬意！

尼古斯·卡赞扎基（1885—1957）：希腊现代最有影响的进步作家，卡夫妇1957年访华时会见过周总理，他们写过许多称赞中国的作品。他留下遗言：对毛泽东、周恩来的中国，要世世代代友好。

20.中国加入国际笔会

朱子奇

1980年5月9日至11日，在南斯拉夫斯洛文尼亚共和国景色迷人的波列特湖，举行了国际笔会代表会议。会上一致通过接纳中国笔会中心为国际笔会会员的决议。中国笔会中心派出代表陈荒煤、叶君健和我三人，出席了这次会议。这是在"四人帮"垮台后,我国作家第一次正式派代表团参加作家国际组织的会议。经过十年"隔绝",中国作家"回到世界"终于迈出了第一步!

"回到世界中来"这句话,最早是法国作家维尔高尔对茅盾同志说的。那是1978年5月6日我陪茅盾同志在北京接见他。这位老朋友提出:中国作家应该回到世界中来,世界需要你们!茅盾同志说,我们也需要世界!维尔高尔又建议,中国作家应考虑加入国际笔会。老朋友、作家费利克林·格林,他满身大汗地赶到机场送行,交给我一份国际笔会的有关文件,热情希望我们能参加国际笔会。他说,许多西方作家认为中国参加了,对世界作家的团结进步有重要影响。国际笔会是一个广泛性的作家世界组织。

1980年4月17日,64名中国作家在北京聚会,宣布了中国笔会中心的成立。选出巴金为会长,16人为理事。会议上一致通过决议,向国际笔会正式申请入会。现在我们终于来了,中国作家回到世界中来了。

▲
朱子奇(中)在中国笔会中心成立大会上发言
(右一)刘白羽、(左一)周扬

国际笔会成立于1921年,由英国女作家道生·司各特主持创立。第一任会长是英国著名小说家约翰·高尔斯华绥。美国当代作家米勒也当过会长。苏联的高尔基,中国的梁启超也曾是它的会员。现在全世界有六十多个国家的作家,八十多个笔会中心参加了国际笔会。会长是瑞典作家伯尔·威斯特堡，秘书长是英国作家彼得·艾尔士托。

国际笔会成立以来，为各国作家的相互了解与合作，发展文艺创作，维护作家的自由，做了很多工作。第二次世界大战期间，曾一度中断，但宣布了反对德国法西斯的立场，并开除了德、意笔会。战后，笔会恢复了活动。

这次会议一开始，秘书长艾尔士托就向大家介绍中国笔会的成立和申请入会的过程都已完备，符合章程，建议表决通过。全体代表一致赞成接纳中国笔会为国际笔会会员，无一票反对。顿时，会场上响起了长时间的掌声，法国、美国、西德、日本、东德、匈牙利的许多国家的作家，过来和我们握手表示祝贺。

斯洛文尼亚已故的伟大诗人普列申的家乡举办诗歌朗诵会，邀请我和叶君健同志去了。他用人民的语言写了大量政治抒情诗，有些在反法西斯战争中被游击队员广为传诵。在会上我念了刚写的《波列特之歌》，叶君健同志当场译成英文，想不到这首诗第二天就在斯洛文尼亚《共和国日报》上全文登了出来。我们又接受了主人新的邀请，从南斯拉夫最北部到最南部，一连飞速访问了卢布尔雅那、萨格勒布、贝尔格莱德和斯科普里等几个大城市。看到他们对中国人民的真挚友谊，我们被邀请参加朗诵会、诗

▲
朱子奇与陈荒煤在萨格勒布郊外古堡

歌的国际性会议。经过直接接触、对话、交锋，增进相互了解，发展友谊合作。这使我突然想起周总理的一句话：面向文学，面向世界。那是1966年5月间，在北京召开亚非作家紧急会议前夕，总理在一次会上说，当前各国国际性

▲朱子奇（右）与叶君健（左）合影

会议政治斗争尖锐，是由时局决定的，但今后要研究更加专业化些，更加广泛些，作家要面向文学，面向世界。

我们应该怎样走进这个多彩多变，矛盾而又统一的广阔世界里去呢？我们需要有一个既开放又清醒的头脑，我们需要拿出自己既有新意又有中国特色的高质量作品来，也需要去学习世界，去丰富世界，这才不会辜负世界和我们自己的人民对我们的期望。这就算是我从南斯拉夫归来想到的几句结束语吧。

21. 法国里昂国际笔会

朱子奇

1981年9月21日，在法国文化城里昂举行的第45届国际笔会大会，中国笔会中心派出以会长巴金同志为首的中国作家代表团参加了这次大会，我国派出了三个笔会中心的代表（中国笔会中心的巴金、叶君健、毕朔望和我；上海笔会中心的杜宣；广州笔会中心的黄庆云）。

中国作家与意大利
作家
朱子奇（左一）、
孔罗荪（左二）

　　出席大会的，有来自五大洲六十多个笔会中心的代表，共四百多名作家、诗人、文学评论家、教授、翻译家和编辑。列席的观察员有"笔会之友""笔会同情者"，及法国一批年轻作家。今年是国际笔会成立60周年，规模较大，代表性较广，内容也较为丰富多彩，是值得纪念和祝贺的一次聚会。人们把60周年称为"金刚石"年，象征它经受了历史风雨的严峻考验。

　　本届大会的参加者，虽然政治观点不同，艺术流派各异，大家能走到

朱子奇（右二）、叶
君健（右三）与南斯
拉夫作家合影

一起，能求同，从而通过了一系列决议。波兰和瑞典笔会中心的联合提议，强烈谴责外国军事侵略、干涉，威胁欧洲和世界和平，主张由各国人民自己解决自己的问题。

尽管有些西方作家，主观上和口头上声称只看文学，不谈政治，而实际上，一些重大问题，不能不把文学与一定的政治联系起来。不能不把作家的命运与世界人民的命运，与国际和平的共同事业联系起来。这就是本届国际大会的一项重大成就，标志着国际笔会活动有了新的发展。

9月20日，国际笔会秘书长、英国作家艾尔士托笑着交给我一份由他和国际笔会会长威斯特堡、大会东道主法国笔会主席塔瓦尼埃三人共同签署的致中国北京纪念鲁迅大会的英文贺电。

法国笔会会长、著名作家塔瓦尼埃在开幕式上说，伟大东方文明古国

▶
朱子奇与国际笔会
秘书长艾尔士托

的作家代表终于来了，没有使我们失望，特别是尊敬的巴金先生的到来，我们感到安慰和荣幸，并且转达密特朗总统的问候。在里昂开幕式上，巴金同志是唯一被请到主席台上去并讲话的作家。在纪念逝世的会员作家数十位名单中，我国伟大作家茅盾被列为第一名。会议主席还介绍了茅盾的

作品与活动对世界的影响和贡献。

　　我们中国作家，一贯重视参加国际文学活动。早在1931年11月，诗人萧三同志代表"左联"参加在苏联远东哈尔科夫召开的国际革命作家第二次代表会议，并作了关于中国作家在困难中苦斗情况的报告。1934年8月在莫斯科参加了第一次苏联作家代表大会，发表了以鲁迅为首的中国作家的致贺。50年代初，萧三任世界和平理事会中国书记、国际文化交流委员会主任，主持各国作家、艺术家会议。最大的一次，是1952年12月维也纳的文艺家聚会，有一百多名东西方文艺家参加。60年代初，随着亚非团结运动的兴起，亚非作家的多边集会活跃起来。我们当时跟随郭沫若、茅盾同志参加了世界和平运动中的各国作家集会、活动。讨论的主要是有关文学问题，开始实现了当年周总理对我们的希望："面向文学，面向世界。"

1981年10月20日深夜

▲ 1981年，中国笔会的中国作家合影

　左起：葛洛、叶君健、周而复、韩素音（英籍女作家，她是中国笔会中心会员）、孔罗荪、朱子奇、劳辛、张嘉

▲1983年，国际笔会秘书长、英国作家彼得·艾尔士托访问中国
　一排左起：陈荒煤、刘白羽、艾尔士托、艾青、周而复
　二排左起：朱子奇、孔罗荪（三）、韦君宜（八）

22. 美国女记者安娜·路易斯·斯特朗

朱子奇

　　1980年是安娜·路易斯·斯特朗逝世十周年。斯特朗85岁逝世。她的一生，差不多就是一个时代，一个世纪。她向往革命，始终不渝地追求真理，从不向命运低头。她放弃舒适生活，哪里燃起斗争火焰，她就奔向那里。她的三分之一的时光，是在她的故乡美国度过的，三分之一的时光，是在十月革命后的苏联度过的，三分之一的时光，是在她称之为"理想的归宿地"——中国度过的。在历史的紧要关头，她六次来中国。晚年定居中国12年，直至她安然长眠。

　　我和她曾住在一个大院，朝夕可见。有时，扶她散步庭院，相约交谈。有时，也与新西兰老战士路易·艾黎一起谈论。我们谈形势，谈莫斯科，谈延安，谈中美人民的友谊，也谈诗，谈她门前年年盛开的迎春花。

有一次斯特朗告诉我，毛主席在1959年2月，在与她和美国著名黑人学者杜波依斯夫妇会见时说：他每年都要横渡长江，或游过其他江河 —— 如广州附近的珠江。他还打算游过黑龙江。斯特朗当时对毛主席说："你就要游到俄国去了！"主席笑着回答："哎，你完全正确！"毛主席还高兴地挥手说："如果你们三位允许，我愿去横渡你们的密西西比河。大概另外三位先生 —— 杜勒斯、艾森豪威尔和尼克松，不会欢迎我去吧！不过，我是个乐观派。"

▲ 1946年，毛泽东在延安会见了斯特朗，谈到了"一切反动派都是纸老虎"的论断。毛泽东著作《和美国记者安娜·路易斯·斯特朗的谈话》

斯特朗在她的《我为什么在72岁的时候来到中国》一书中写道：我从未像在与世隔绝、被围困的延安时，那样感到和创造世界的人的威力那么接近，那里有头脑敏锐、思想深刻和具有世界眼光的人，人类艰苦前进的历史，终于在这里看来是能够置信的了。

我记得，几乎她每年生日，周总理和邓颖超、陈毅、廖承志等同志，都来这个大院欢聚一堂，为她举杯祝寿。她80大寿时，毛主席和周总理还亲自宴请了她，向她庆贺，给予她很高的评价。

记得1962年，我从日本参加禁止原子弹世界大会回来后去看她。告诉她："有些美国代表的思想在起变化。他们承认我们对局势的看法有道理，有预见性，但又感到无所适从。"斯特朗听后，意味深长地说："总有一天早晨，当美国人醒来时，发现离自己身旁最近的原来是中国人，历史会要他们相互走近，握手言欢的。但，还要清醒的走一段路。"

1980年4月13日

安娜·路易斯·斯特朗（1885 — 1970）：美国进步女记者与作家。去世后葬入八宝山。郭沫若题写：中国人民的朋友，美国进步作家安娜·路易斯·斯特朗之墓。

23. 巴金与东京笔会

朱子奇

　　1984年5月的东京，细雨飘飘，我们的飞机降落在成田机场上。热情的日本朋友，打着伞来迎接我们。一出机场，就看到大片大片的杜鹃花，这正是日本杜鹃花红似火的时刻。

◄

1984年年初赴日本
东京开国际笔会前夕
左：朱子奇、杜宣、
巴金、刘白羽
在巴金上海家里合影

◄

朱子奇与巴金在"东
京笔会"合影

　　几百位作家从五大洲各地来到这里，参加国际笔会第47届代表大会。中国笔会中心、上海笔会中心和广州笔会中心共派出11名代表，巴金为团长，刘白羽、朱子奇为副团长的代表团前往参加。

　　中国作家特别高兴，这次盛会的东道主是友好邻邦日本，主持会议的又是我们尊敬的老朋友，日本笔会会长井上靖先生。会前，他几次来北京，都亲自到上海医院探望中国笔会会长巴金同志，邀请他作为大会的荣誉客人之一到会。

　　这次东京大会的主题是：核形势下的文学。井上靖先生在开幕词中指出：当今地球上的人们，只谋求自己国家的和平与繁荣的时代已经结束了。人类为实现终于要到来的理想，文艺家们的作用是非常重要的。他还特别称赞了中国古代文明对现代人的启示。他说，2600年前，中国黄河流域各国，在河南古都开封不远的葵丘召开会议，约定不用黄河水作为武器损人利己。这份协议在争夺霸主的春秋战国500年间，得到了信守。这显示了人类的大智大勇。因而，有理由相信人的力量，相信人所创造的人类历史。

▶
朱子奇与日本笔会会长、国际笔会副会长井上靖先生

　　巴金在大会上做了主题报告。他在报告中指出：我们最大的愿望，就是不让任何一个国家遭受核武器的祸害。作家的责任，是要用笔做武器，显示真理，揭露邪恶，打击黑暗势力，团结正义力量。他用生动的事实，

说明无比强大的人民力量，是任何核武器都摧毁不了的。特别是针对一种绝望、恐怖的论调和心理，他响亮地宣告：核时代的文学，绝不是悲观主义的文学。我们任何时候都不能低估人民的力量，他们永远是我们的作品中的主人公。巴金的讲话是对大会的鼓舞和启示，是对作家同行的友谊与信任。

日本的老作家坂本德松教授，感谢您在百忙中来看我。我们回忆起二十年前的那些火热难忘的岁月。由于越南领导人背叛了胡志明主席，你毅然辞去了日越友协会长的职务。还送了我一份由你发起的几百名日本社会名流支持的"反战、反核武器、保卫世界和平大示威集会"的呼吁书，你说要发起强大运动来讨论联合行动。

为祝贺大会召开，我应邀创作了一首小诗《笔之歌》：

▲东京国际笔会会场、东京京王饭店楼梯边，朱子奇与坂本德松教授合影

笔，播种希望与春天。

笔，筑起心灵之桥梁。

呵，笔哟，你飞落时该细细思量，

呵，笔哟，友情之笔共筑起生命防线，

世界上千百万支笔，和平的笔比战争的炸弹更强！

1984年3月于北京

再见，五月杜鹃！我与你们这一别呀，不知何时相见。在我记忆的最美好部分里，将永久开着鲜艳的杜鹃花，燃烧着不灭的友谊之火！

1984年7月初

一排左起：冯牧（一）、巴金（三）、周而复（四）、陈荒煤（五）、朱子奇（六）；第二排：韦君宜（一）、孔罗荪（二）、（右一）吴祖光。1984年6月作家会议

巴金（1904—2005）：四川成都人，曾任全国政协副主席、中国作家协会主席。

24. 法卡山

朱子奇

　　1982年春，我参加了军事题材文学座谈会。听了部队诗人柯原同志关于广西边防前线法卡山战斗的报告，很受教育。我报名去那里生活、学习。10月14日，我和三位作家、诗人，在法卡山地区度过了难忘的16个紧张而欢乐的日日夜夜。写了这首诗，献给英雄的边防战士，献给最可爱、最可亲、最可靠的钢铁长城——中国人民解放军。

　　法卡山——这山它做证

　　灿烂法卡山，眼睛明晃晃。

▲朱子奇在法卡山

千里发射电，万里闪银光。

若是明天早晨战火又被点燃，

若是熟悉的军号声又发召唤，

我就再穿上军装，持枪带笔奔赴疆场。

好呵，我又将和英雄们一起生活，战斗，歌唱！

1982年写于法卡山

25.再致越南

朱子奇

1982年秋，我站在广西法卡山边疆，看到山那边越南的种种痛心情况，写了《再致越南》：

越南，我在山这边向你呼唤，

昨夜里，你才拼命赶走了狼，

难道你今早，就这样变

成另一条狼？

绞杀他人自由的人是没

有自由的！

枯黄的橡胶园在哭喊：

回来吧，孩子们！

当醒悟的孩子们都回家

团圆的时候，

那就是我第三次写致越

南的祝贺诗的时候！

1982年秋于法卡山

▲ 1982年，朱子奇在法卡山与战士们在一起

1954年我在海南岛写了一首《致越南》，支持越南人民的反侵略正义斗争。

> 越南，我在海这边眺望你，我在海这边呼唤你，
> 这三月的春风传递着我们的共同呼吸呀，
> 这前面的大海也成了我们中间的桥梁呀，
> 我要伸出双臂拥抱你那子弹穿不透的身躯，
> 让一切正直的人都把友谊的手伸向你！

1954年3月于海南岛

26.艾青伯伯称赞父亲长诗《法卡山》

朱宁生（北京一四五中体育老师）

1982年的一个傍晚，艾青伯伯来电话找我父亲朱子奇，他说今天打了三次电话去作协，都没有找到，并说，今天一定要找到他。

艾老说，这几天，读到我父亲最近发表在《解放军文艺》杂志上的一首长诗《法卡山》，写得好，写得动人，他很喜欢，急着要把他的看法早点告诉我父亲。

艾老说，对越南进行自卫反击战，是件大事，写好这件事，就是一首大作。他称赞父亲带头，并约了几位青年作家去法卡山制高点前沿阵地体验生活，回来不久就发表了这样成熟的长诗，是不容易的。他说我父亲是"抗大"学生，是上过战场的老八路，诗中有部队的思想感情，有部队的生活语言。艾老还特别提到，诗中回击南方小霸权的子弹，也正打击在北方大霸权的心上，让他们清醒清醒。越南领导以怨报德要不得。艾老说，他在延安看到我父亲成长。诗，越写越好。还说他曾在会上提到，父亲这几年发表了一些好诗，如写春鸟的诗，写邓颖超的诗，都没见有评论。可是，一些晦涩难懂和杂乱无章的诗却有不少人捧场，还要得什么奖，真是

奇怪……他说，我父亲总是为别人发奖，自己却一次都不推荐自己的作品。别人提了他的名，他还总是相让。他说，因为他是作协的负责人。

父亲常对我们说，艾老从延安时期以来，就一直关心他的诗创作。父亲在国外工作，艾老也鼓励他勿忘寄诗回国并向他约稿。他受欢迎的《布拉格》组诗就是请艾老交《人民文学》发表的。

临走前，我看到艾伯伯书房挂着一幅他书写的墨迹：时间顺流而下，生活逆水行舟。我很喜欢这条座右铭，就脱口而出地说："以后能给我也写一幅吗？"艾伯伯说："当然可以。为什么要以后呢？现在就写。"

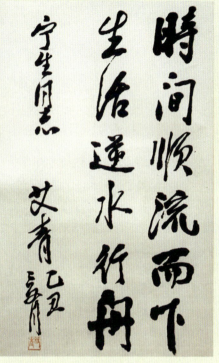

▲艾青给宁生题写：时间顺流而下，生活逆水行舟

我心满意足地回家后立即送裱店进行装裱，并高兴地挂在我卧室的墙上。十多年来，这幅珍贵的墨宝如同慈祥和蔼的艾伯伯，和我生活在一起，鼓励我进步向上。

27. 我的诗的老保姆

朱子奇

延安 — 张家口 — 冀中 — 北京 — 莫斯科 — 布拉格，延安河边欢迎会上相识，窑洞里谈诗改诗，山沟沟俱乐部开朗诵会，纪念马雅可夫斯基，座谈普希金，告别革命圣地，骑毛驴，冲过重重封锁线，参加天安门开国典礼，在高尔基大街上手拉手散步，又兴奋地同去红场走一趟。你把我的《金色的布拉格》组诗带回北京，把"金色的"三个字删去，发表在《人民文学》上。我们又去智利与大诗人聂鲁达相会。欢聚又分手，分手又欢聚。音讯突然消失，悲愤又茫

▲朱子奇在艾青家

然。我在维也纳朝东方大声呼唤：举火把的大堰河儿子，你在哪里？

久别重逢在王府井路口，"子奇！"你猛叫一声，掏出盖了章的新疆建设兵团的证明信：来京看病。我说，不要看，你站在我面前，就是一切！不是来京，应是回京，我已征得廖公同意，正找你出国访问，去西欧，去

▲艾青与夫人高瑛在新疆石河子建设兵团

海涅故乡，去听听萝莉莱的歌声。我见你有点呆呆的样子，好痛心啊！我挽着你的手到西单一个小酒馆，含泪听你唱归来之歌。

56年了！可以写部长诗。跟你同行、同赶路、同战斗、同歌唱。我们一代代的中国诗人，学着你的"礁石精神"，穿越浪尖和征服暴风雪的志气。你这位吃了五年小米、喝了五年延河水的诗人，在关键时刻，总是坚定乐观的。记得1947年战争困难时期，从延安撤退，很遗憾，有一位作家想不通，竟跳井自尽了。你指着井口对大家说："同志们，我们不能像青蛙一样，一个

个这样向井里跳。我们要像长征英雄那样，冲过金沙江，王明在对岸！"

你和我分工写成的《解放军进行曲》（林里作曲）、《民兵歌》（边军作曲）和另一首李焕之谱曲的合唱《骑虎难下》，交文工团赶练出来演唱。正如你所预测的一样，我们就在叶剑英将军统率下，登上人民的列车，轰鸣着，隆隆地开进"五四"运动和新诗诞生之地——古城北平，去参加接管工作了！

"再见，走向胜利的一个基地村——光荣的贾家庄！

再见，回归人民的一个宝石城——新生的石家庄！"

你听见了吗？艾青同志，我的老师，我的老友，我的诗的老保姆！你对我有很多鼓励，我是深藏在内心的。你只记住一点：在你后面走着的一群人中，有手举着火把的一个我。

▲ 1983年，艾青（左一）、陆璀（左二）、高瑛（左三）、朱子奇合影（照片高瑛提供）

艾青（1910—1996）：浙江金华人，中国现代诗人。是在中国新诗发展史上，产生过重要影响的诗人，在世界上也享有声誉。1985年，法国授予艾青文学艺术最高勋章。

28. 洛易斯·斯诺

朱子奇

1982年2月19日，中国人民的老朋友、美国著名记者埃德加·斯诺的夫人洛易斯·斯诺访华会见中国作家。

▲前排朱子奇（左四）、艾青（左五）、洛易斯·斯诺（左六）、丁玲（左七）、韦君宜（左八）、陆璀（左九）、高瑛（左十）、萧乾（后排右三）合影

1970年中美关系开始出现转机，为改善中美关系，中央决定以毛主席的名义邀请斯诺夫妇访华，并决定由黄华夫妇来陪同斯诺访华。10月1日，斯诺夫妇一起随毛主席和周恩来登上天安门城楼，向美国传递出重要信息。

斯诺去世后，洛易斯整理斯诺著作，并在中国人民对外友好协会的帮助下前往中国收集大量相关照片，于1981年写成了《斯诺眼中的中国》一书，后翻译成中文《斯诺眼中的中国》，洛易斯·斯诺用富有诗意的语言肯定了红军长征的意义：

▲1970年，毛主席邀请斯诺夫妇登上天安门

▲《斯诺眼中的中国》一
书封面

　　那些成千上万的年轻人，有着火焰一般的热情、无法消失的希望、令人震惊的革命乐观主义 —— 这一切，不，长征的故事里包含着远非这些能比的举世无双的东西。

▲1982年2月19日，宴请斯诺夫人洛易斯
　左起：斯诺夫人洛易斯、丁玲、朱子奇、韦君宜

洛易斯·斯诺（1922 — 2001）：出生于加利福尼亚州斯托克顿市，美国演员。
埃德加·斯诺（1905 — 1972）：出生于美国密苏里州，美国著名记者，代表作《红星照耀中国》。1936年斯诺访问陕甘宁边区，成为第一个采访红区的西方记者。

29. 路易·艾黎

朱子奇

　　我与路易·艾黎在台基厂大街一号中国人民保卫世界和平委员会大院生活工作十余年。我们都是老陕北、老延安，又是亚洲及太平洋联络会、和平委员会、亚非团结委员会、亚非作家协会等组织的代表，常在一起出国赴会、访问。1983年12月2日是新西兰老战士、诗人路易·艾黎86岁生日。为艾黎做寿的聚会，有当代中国著名诗人艾青、臧克家、田间、卞之琳、冯至、张光年、阮章竞，还有周扬、夏衍等文艺界名人。我在会上宣布了一个决定：和平战士，国际诗人路易·艾黎为中国笔会中心的第一位国际名誉会员。

▲朱子奇、陆璀到路易·艾黎寓所为他祝寿

路易·艾黎（1897—1987）：新西兰著名教育家、作家，被称为"中国的十大国际友人"。

30. 老船长，他醒了

朱子奇

1983年11月12日，美国女作家安娜·林肯夫人和她的丈夫艾德里安·林肯到中国访问。为欢迎美国已故总统亚伯拉罕·林肯的后代艾德里安·林肯和他的夫人、作家安娜·林肯来访，我模仿惠特曼纪念林肯的诗《啊！船长！我的船长！》的格式，写了一首诗《老船长，他醒了》：

船长，他醒了，那位倒在新大陆甲板上的老船长！

今朝，透过重重海雾，我仿佛见他站在海边从容眺望！

他那被海风吹亮的船夫和船长的双眼，依然深邃闪光。

他那被烈火炼硬的话语，照样战鼓似的咚咚敲响。

老船长哟，请允许我跟着惠特曼如此把你呼唤！

呼唤醒来的船长渡海到北京，参加我们今晚的联欢。

人大副委员长黄华（中）会见安娜·林肯夫人和她的丈夫艾德里安·林肯。朱子奇（左一）、陈明仙（右一）、金坚范（后右一）

今年是林肯颁布《解放黑奴宣言》121周年。主张国家统一是林肯的光辉思想，他有句名言："分裂之家是不能持久的。"

1984年9月，整整一个月的时光，我是在美国度过的。9月，金黄的秋天，正是收获季节。在这块辽阔而秀丽的北美土地上，我怀着欣喜之情和新鲜之感，从东海岸至西海岸，到了纽约、华盛顿、爱荷华、新墨西哥州首府圣达菲和洛杉矶、旧金山，参观了许多地方，会见了许多美国作家、诗人和各界人士，同时也会见了不少我们的同根兄弟姐妹——来自台湾地区和在美的华裔作家、诗人和各界人士。启程访美前夕，就收到华盛顿美国国会图书馆发来的电报，邀请我访美时去参观，并在群众欢迎会上朗诵《老船长，他醒了》这首诗。9月4日下午，在图书馆东方部部长、华裔教授王冀先生主持下，我在会上介绍了我国当前文学、诗歌情况，并应邀朗诵了《老船长，他醒了》。9月14日，我们应哥伦比亚大学周文中教授之邀，出席了一次有三十多位作家、诗人和教授参加的见面会。主人早就把几位诗人要同台朗诵的自选诗的中英文稿复印出来，发给到会者。我应邀先念了郭沫若关于向美国，向林肯、惠特曼问候"晨安"的诗和惠特曼关于向往中国的诗，然后也念了我自己的两首小诗《致林肯》和《春草》，最后朗诵了《老船长，他醒了》。

◀ 朱子奇（中）在纽约哥伦比亚大学美中艺术交流中心朗诵《老船长，他醒了》。罗·泰维尔教授（右一）主持会议，周文中教授致欢迎词

31. 父亲访问台湾

朱宁生

1984年1月12日至21日，父亲作为顾问，参加了大陆作家代表团对台湾地区进行访问。这是四十多年来还属首次，被看作祖国大陆与祖国台湾作家组织交往中"迈出"的第一大步。团长是邓友梅先生。父亲一直对祖国的统一念念不忘，他为大陆与台湾的文化交流做了大量工作。

两岸作家可以说似秋水望穿，思情化作泪雨。在座谈交流中开始小心翼翼地避开谈论政治敏感问题，随着谈话的逐步深入，消除了不少误解，气氛越来越融洽，越来越热烈，大家的共同点越来越多：同根、同宗、同文、同前途。谈不尽的话题，表不完的情谊。最后大家都真诚地希望今后多接触多交流，增进了解，解除误解，减少分歧，增强共识，最终走向统一。

父亲说，我是湖南汝城人。我家有共产党员，也有国民党员，还有非党人士，但无不主张团结抗战，反对外来侵略。我有个大叔叫朱仲川，是黄埔军校四期毕业生，又被送往日本军官学校深造过。他坚决抗日，常讲爱国道理，带领我们练武，准备为国牺牲。他不满国民党，又不了解共产党。1948年冬，他在重庆失踪。有人说他上峨眉山当了和尚，后来又跟黄埔同学去了台湾，至今下落不明。台湾的许多朋友仍在积极帮着我寻查他的下落。

许多两岸同胞，都有同时代类似的不幸和悲痛。和台湾同胞谈起这些往事来，往往产生共有的感情激动……天涯海角我去过，可是近在对岸的祖国海岛却长期去不得，只能望海兴叹，实在常感遗憾。什么时候才能在自己的国土上欢聚，为什么我们不能早日做到呢？我们要用诗文，以中华民族的名义，冲开一道人为筑起的篱笆，这一天终究要来到的！

1月20日，父亲还专门拜访了于右任先生之子于望德教授。他是著名政治经济学家。于右任先生（1879—1964）是国民党元老，著名左派，曾长期担任国民党政府的监察院院长。早年追随孙中山先生参加辛亥革命。他支持国共合作，主张枪口一致对外，赞成和平，反对内战。新中国成立前夕，周恩来同志在我大军渡江前夕，特派代表去南京通知他，已准备好专机接他到北平共商国是。可是他不幸被胁迫去台湾了，但他情系大陆，盼望祖国统一。

虽然于望德教授当时有"三不"：不接电话，不接客，不外出参加活动。谁知，听说是北京来的客人，他非常热情地接待了父亲，并走过来激动地拥抱了父亲，他们愉快地畅谈了一个多小时。父亲进到屋里，只见满屋是中外书报，床上、地上、桌上全堆满了。他把唯一的旧沙发上的书搬走后，用手拍拍尘土，让父亲坐下，笑着说："很遗憾，就这个小空位子了，莫见怪！"他说："我从报上看见了，两岸作家相互来往了！值得祝贺！"他还回忆于右任先生20年代初，在上海创办了中国大学，并担任校长兼教授，学生中有一大批后来的中共领导人：刘少奇、陈独秀、瞿秋白、任弼时、李达、丁玲等。于右任先生最后留下的五言诗"长剑一杯酒，高楼万里心"，可以说是他的遗嘱了，反映了两岸同胞的共同心愿。

临别时，于教授表示他很想回来看看，这边有他的许多亲友。他还赠送父亲三本书，分别是《于右任先生文集》《于右任先生诗集》《国立历史博物馆建馆记》。

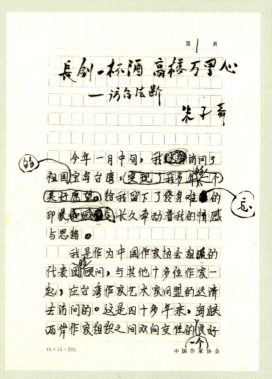

▲朱子奇手稿《长剑一杯酒　高楼万里心》

▲于望德教授送给朱子奇的《于右任先生文集》

　　父亲当时访问台湾回来后非常兴奋，常常和我谈起访问的经历与感受，后来写了一篇长长的文章《台湾之行（纪实）》刊登在《人民日报》的《大地周刊》上。

32.斗士精神
黄华（中国外交家，曾任国务院副总理、国务委员、外交部部长）

黄华为朱子奇题字：录鲁迅"斗士精神"诗一首：

志士诚坚共抗流

心随浩歌忆同俦

再赋华章百千首

喜迎新纪新战斗

书赠子奇同志

黄　华

子奇同志：信和剪报收到，谨谢！有一事报告：打油诗头一句是引用鲁迅先生诗句。当时凭记忆写的，后来查书发现错误："志士"应为"斗士"，于是在会前发现与相告，十分抱歉！问陆璀好！兔年大吉！

黄华　二月七日

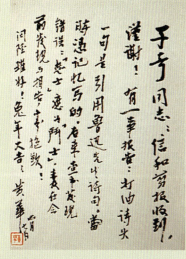

▲黄华给朱子奇的信

▲2000年11月15日，朱子奇、陆璀在黄华、何理良家中

第十章　和平交响诗

1. 中美作家的聚会

金坚范

　　1985年10月，在中国北京国际俱乐部酒店举行的中美作家会晤和日后美国代表团在上海、杭州、广州等地和上百名中国作家、诗人、翻译家、大学文学系的教师和同学的交流，成了中美在近一个世纪以来至本世纪

▲照片中有：李瑛、王蒙（第二排右二）、吴祖光、萧乾、柯岩（第四排右三）、毕朔望（第三排左四）、李准、蒋子龙、金坚范、陈明仙（第一排右一）等。
　中间是美国诗人索尔兹伯里，第一排左起第四为朱子奇

20年代以前规模最大、交流范围最广、历史影响最深的一次文化交流活动。

31年后，照片中的大部分人已经作古，令人不胜唏嘘。然而他们和他们中活着的人留下的文字则已经成为世界文学史的宝贵财富，不断激励着一代代的人从中得到灵感和启发。

2.和平交响诗

朱子奇

联合国宣布1986年为国际和平年，受到地球上亿万男女的拥护。每一个善良的人，祝愿年年和平，月月和平，日日和平，希望在同一片蓝天下生活、劳动、创造，共建一个没有战争、没有侵略的新世界 —— 人类友好、幸福、进步的大家庭。

▲1986年7月6日，《光明日报》刊登了朱子奇的《和平交响诗》

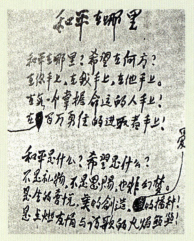

▲朱子奇手稿《和平在哪里》

和平在哪里？希望在何方？

在你手上，在我手上，在他手上。

在每一个掌握命运的人手上！

在千百万勇往的进取者手上！

和平是什么？希望是什么？

不是礼物，不是恩赐，也非幻梦。

是生的喜悦，美的创造，爱的播种！

是点燃友情与诗歌的火焰熊熊！

3.属于世界的颂歌

林默涵

　　1986年，联合国宣布为国际和平年。我和子奇同志应邀参加在索菲亚举行的文学与世界和平作家大会。子奇在会上朗诵了他的新作《和平交响诗》中的一章"和平在哪里"。诗句充满激情，形象丰富，铿锵有力。给与会者以震动，获得了很大成功。

◀
朱子奇在索菲亚文学与世界和平作家大会上朗诵《和平交响诗》

鲁迅先生说过：越是民族的东西，越有世界性。子奇同志的诗歌在国际上很有影响。他的一首首对中外人民和平友好的颂歌，属于我们的祖国，也属于世界。

4. 给朱子奇的信
魏巍

子奇同志：

最近看到你在《光明日报》上发表的《和平交响诗》，非常高兴，非常兴奋。气势磅礴，意义重要，想象瑰丽，可以说是中国诗人的和平宣言。

联合国宣布1986年为国际和平年。和平事业是和人类的进步事业紧紧联系在一起的。这是关系到全人类命运的大事。这样的大事怎么可以无诗呢？终于，一首洪钟般的诗篇诞生在你的笔下，我想这不是偶然的。因为你一生为革命奔走，为人类进步、和平与友谊奔走，几乎走遍了这个地球。

◀
贺敬之（左）、魏巍
（中）、朱子奇（右）

你是深切关怀人类的命运的，你是热爱地球上那些善良的男女的，所以你才写出了这样动人的诗。我想，世界各地的朋友们如果能看到这首诗，他们是会热烈地响应你的。

"和平在哪里？希望在何方？在你手上，在我手上，在他手上。"

这是诗中的警句。诗人是热烈而又清醒的。诗篇指出"和平不是礼物，不是恩赐，也非幻梦"，是不能靠人施舍和赠与的。只有全世界人民紧紧地团结起来，不懈地争取，不懈地斗争，真正把命运掌握在自己手中，和平才是有保证的。

子奇同志，我还想说，诗歌与人民的命运是永远联系在一起的，是不可分的。如果诗人的视野过于狭窄，只关注到个人，那么不管主观上如何，都要同人民产生距离，甚至脱节，最终为人民所抛弃。让你的这首诗在开阔诗人的视野上，多产生些有益的影响吧！

最后，愿哪位作曲家能把这首交响诗插上音乐的翅膀，让她飞得更远些吧！让她飞到全世界人民的心里去吧！

祝你写出更多的好诗！

1986 年 7 月 28 日

5. 美妙的大合唱

吕骥（中国著名作曲家、理论家及音乐教育家）

朱子奇同志，你好！

《和平交响诗》思想解放，艺术讲究，气势磅礴，想象瑰丽，特别是有创新精神，勇于探索，我以为这既是一部成功的抒情长诗，也是一部适合谱写大合唱的优秀歌词。

林默涵同志曾对我说，他和你应邀去索菲亚参加文学与世界和平作家大会，你在会上朗诵了《和平交响诗》中的一章"和平在哪里"，给与会者以意外的震动，获得很大的成功，甚至有些西方作家、诗人，立即邀请你去他们国家朗诵这首诗。我认为其原因，主要是你的诗正确回答了"和平在哪里？希望在何方""在你手上，在我手上，在他手上。在千千万万要掌握自己命运的人手上！在没有霸道和侵略的地方！"

这就是和平与战争的是非观，在你的笔下诗歌化了，形象化了，感动了他们。

▲吕骥

记得延安时期，你年轻时就与鲁迅艺术学院的作曲家们经常交往，并与他们讨论问题，而且合作创作了不少当时流行的歌曲。我看到你的诗歌越写越好，越成熟，很感欣慰。

子奇同志，我们希望并相信，人们会听到一曲雄伟而美妙的《和平交响诗》大合唱，在东方大地上奏响！

6.悼念丁玲

朱子奇

1986年2月18日黄昏，得知丁玲同志病危。我当即迎着飞雪，踏着冰，赶到医院去看望她。呼唤她，已无反应。只见她紧锁的眉头，稍稍舒展了一下，好像说："听见了，我在与死神搏斗，我还要活，还要写……"

丁玲的亲密伴侣陈明无限深情地告诉我，她昏迷中，重复地说："唉，还有三本书没有写完。"

"三本书"——是希望，是追求，是责任感，是多么意味深长的遗言！

我怀着沉重的心情走回家。从书架上，把丁玲送给我们的作品取下来，一数，从1980年到1985年，厚厚的六本，有几本是她晚年忍受着病痛的折磨，一字一句地呕出来的心血啊！当我正重新翻阅这些丰富精美的著作时，3月4日上午，噩耗传来：丁玲停止了呼吸。这位中国老一代的杰出女作家，走完了她82年漫长曲折、丰富多彩而又坎坷不平的路程。人们又因中国文坛陨落了一颗闪亮的星而悲痛、而哀思，并产生深深的怀念之情。像战士倒于火线，丁玲是长眠在创作岗位上的。她在病重中奋书的《在严寒的日子里》《太阳照在桑干河上》续编，在我眼前闪耀……

　　我与丁玲虽交往不密，但相识已经半个世纪了。她一直是我心目中尊敬的一位老战士、老师。她当时是八路军西北战地服务团团长，刚从前线回来。许多同志都想去看看这位"新时代崛起的女性"。只见她身穿一件缴获来的日本黄呢子军大衣，头戴一顶灰色军帽，脚穿一双土布草鞋，圆圆的脸容，黑黑的大眼睛，那挺立在风沙中女战士的飒爽英姿，给我留下了难忘的印象。

　　有一次，我们牵着一匹俘虏来的日本高头大马去接她来我们文艺小组谈创作。她来了，但不肯上马。我们只好牵着马与她一起漫步走回来。她对我说，在星期六俱乐部晚会上，听了女高音唐荣枚演唱的保卫莫斯科的歌，听说是我写的词，她说不错嘛！并鼓励我写篇关于苏联战场的诗给她，可把我们这山沟沟里的抗日斗争与他们那里的卫国战争联系起来写。我那

► 1979年，朱子奇、艾青、丁玲合影

时虽然学习写诗，但年轻，没有勇气向她主编副刊的党中央机关报《解放日报》投稿，后来大胆试了一首，交给她的副手评论家雷荦同志。几天后，诗登出了，而且还是她改定的——《我的心飞向莫斯科》。我感到特别高

▲丁玲的丈夫陈明送与朱子奇、陆璀的著作《左右说丁玲》

兴，这要算是我发表的第一篇写国际题材的诗作。

后来，在张家口、在北京，我都为她主编的报刊写过稿，译过诗文，有的还是根据她出主意定题目写成的。我在国外，也收到过她约稿的信，还代她向国外作家约过稿。她主编刊物半个多世纪，不知培育出了多少成名的作家！

她主办《中国》时，已是80岁老人了，仍然像她过去年轻时那样，总是亲自写信、打电话约稿。她几次约稿，我都未来得及为《中国》写稿。最后写了一篇关于悼念田间的文章，虽曾与她交换过意见，然而已晚了，交稿时，她已不能亲眼看到了，我感到难过。丁玲同志，请你原谅我吧！

50年代初，丁玲在她的《中国的春天》一文中写道："我曾有一个希望，让春天的中国在我的创作中发芽吧，生长吧。让我好好拥抱着春天的中国！"现在，她的希望真的实现了。"知君此去无遗憾"了。她所执着追求的理想，她所辛勤播下的希望，不是正在这块春光明媚的土地上开花结果吗？

1986年3月10日

丁玲（1904—1986）：湖南人，著名作家、社会活动家，她在中国现代文学史上做出过无法取代的贡献。

7. 索菲亚的邀请函

朱子奇

1986年10月，我正在阅读一本旧译作 —— 保加利亚现代诗人拉吉夫斯基的《季米特洛夫》，收到来自索菲亚的一封信，邀请我去参加将在那里举行的世界作家会议。

▲朱子奇与保加利亚诗人拉吉夫斯基

一次有意义的出国访问，往往使人毕生难忘。有时，它还染上点儿时代色彩，反映出某种国际风云的变幻。这次索菲亚之行，可以说就是这样一次旅程。

邀请书中还写道：今天，和平似乎成了团结我们的一切，而战争则分裂着我们。这是一个政治问题，也是一个生命与创造的问题。全世界杰出的作家们，正将带着这种思想感情，到索菲亚会上来聚集。这次会议，被舆论界称为"文学的赫尔辛基"。

我们的会议的口号是：和平 —— 星球的希望。

我们几个中国作家：文艺评论家林默涵、北京小说家古立高、天津散文家石英、保加利亚文教授杨燕杰和我，10月27日，黄昏时分，我们从落雪的莫斯科，飞到了温暖如春的巴尔干心脏 —— 古都索菲亚。1958年10月，我曾代表中国保卫世界和平委员会，从维也纳来这里参加和平会议。28年后的今天，我作为一名中国作家来参加作家的聚会。这是使人深感欣慰的事。来机场迎接我们的会议主席列夫切夫说："你们终于被等到了！你们的到达，给会议增添了光彩。"我们拥抱时，几乎同时说出分手时说出的一句相同的话："金秋在索菲亚见！"

1986年10月28日上午9时，在我们住的莫斯科大饭店门前绿草地广场的塔楼上，当当的钟声敲响了，宣告第六届索菲亚世界作家会议开幕。伴着悠悠钟声的余音，播放出马雅可夫斯基、聂鲁达、阿拉贡、艾吕雅、布莱希特、拉普察洛夫等老一代诗人们关于和平与友谊的朗诵诗录音。来自六十多个国家的两百多名作家、诗人，围站在草坪上静听。仿佛能听到默默传递的诗之呼唤，微微飘动的心的细雨……

这种新颖别致的开幕式，给人们留下难忘的印象。会议主席列夫切夫在开幕词中，强调了没有和平就没有我们星球的未来，当他介绍新成员，提到中国作家首次到会时，全体与会者热烈鼓掌欢迎，向我们挥手致意。

中国作家代表团团长林默涵同志做了"和平与文学"专题讲话，阐述了我们对和平问题的看法。他说：我们真诚地希望世上人人得到和平，不让任何一个国家遭受战争特别是核战争的危害。我们中国人民、中国作家，希望本世纪、下世纪，永远没有战争，并提出文学艺术家的光荣职责：用手中的笔，用良知与智慧，反映人民的和平愿望，显示和平友谊的力量，揭露侵略战争的邪恶，唤起对和平的勇气与信心。

▲
索菲亚国际作家会议主席诗人列夫切夫（中）与中国作家代表团合影留念
林默涵（前排右三）、朱子奇（前排右二）

8.巴西老友亚玛多

朱子奇

▲朱子奇与巴西老作家亚玛多

这次会议的名誉主席、巴西老作家、我们的老朋友亚玛多，他强调说："在重要时刻聚会一起，就是希望，就是力量。"

他满头银发如丝，激情似火，使人想到白雪的纯真和亚马孙河波涛的奔腾。他一见面就小跑着过来，拥抱着我，激动地说："二十年了，我们没有坐在一起了！中国，多么想念啊！"

我和亚玛多是1952年在布拉格相识的。我们曾一起参加过多次世界和平理事会会议。巴西老作家亚玛多把一张有他和他夫人签名的印着我国宁夏古彩陶罐的精美的明信片送我留念。还写了两句西班牙文："我想念中国，我喜欢你的诗。"

9.美国诗人丁·拉根一家

朱子奇

我还结识了一位在会上特别引人注目的作家。他到哪里都带着自己的妻子，抱着一个一岁的爱儿，无论开会、发言和朗诵都这样。他是来自美国洛杉矶的诗人、教授丁·拉根。他的祖父是捷克人。我们都很爱捷克，我们谈布拉格、伏契克、聂鲁达，使我们增加了亲近感。他说："我的时间分配是旅游、写诗、教书。"他约我明年当丁香花盛开

▲朱子奇与丁·拉根一家

时，带着妻子孩子同游布拉格。我们现在还有困难，不能应邀随意出国去游览。我只好说："我们先在北京见吧。"（果然1988年秋，他们三位真的来到北京了）他给我讲过他的关于地球属于和平、属于诗的梦想。

10.诗人伊沙耶夫的话

朱子奇

伊沙耶夫走过来与我握手说："你的诗勾起了我50年代访问中国的美好回忆。"他热情地说："中国从地理上离我们很远，但感情上却很近很近。有的人地理上近，感情上却离得很远很远。"

◀

朱子奇与伊沙耶夫

11. 保加利亚诗人拉吉夫斯基

朱子奇

▲ 1986年10月29日，保加利亚现代著名诗人拉吉夫斯基（右）在奥利凡诺娃教授（左）的陪同下看望朱子奇

对诗的看法，我们有许多共同点。我们都是捷克诗人涅兹瓦尔的朋友和他的诗的译者。我在50年代译过他的诗。

10月30日，会议通过了一个每个参加者都签名的《希望宣言》。《宣言》标出两个新口号："和平为大家 —— 大家为和平"。让爱之星，在无穷的残酷战争之后，放射出和平的光芒，让它在人类的和谐中照亮通往新时代光辉的道路。

会后，保加利亚文学杂志请各国作家代表，为这次会议留一句话作纪念。我在写着"和平 —— 星球的希望"的精装本上，题了一行字："同唱一曲索菲亚希望之歌给星球以安慰与欢乐。"

12. 久违的莫斯科

朱子奇

这次重返索菲亚，路经久违的
莫斯科，很多年没有去了，从1949
年第一次去莫斯科算起，37年过
去了。对我来说，感慨不少，思绪
万千。又与和平、文学相连，勾起
我一串回忆、联想、思考。在每一
个人的生命中，都会有过无数次难
忘的旅程，从北京到莫斯科——
就是我一生记忆最深的旅程中之一
次。因为它给了我许多新的启示，
使我受到了教育，尤其是我有机会
在感性上来亲身体验与观察中苏人
民的伟大友谊。在万里路上所看见
的和接触的事物与情景，虽然是那
样匆促和表面，但那许多生动鲜明
的形象，都会一个跟着一个地出现
在眼前，就仿佛是今早刚刚发生的
事一样。

我们这一代追求革命的人和文
艺工作者，差不多都曾与苏联有过
较深的思想感情联系。因为那里是
十月革命的故乡，那里出了列宁、
斯大林，还有普希金、托尔斯泰、

▲ 1986年，朱子奇在莫斯科机场

高尔基、马雅可夫斯基……向往莫斯科，曾是我青少年时期的心事，是我那时的梦之旅，诗之旅。

1935年，我在南京孤儿院的时候，第一次听到高尔基的名字，我就想，我要像高尔基一样"靠自己"，那时这个思想在我脑子里燃起了不灭的希望之火。1949年冬，我第一次去苏联，住在莫斯科旅馆，对面就是热闹的高尔基大街，左边是红场旁的高尔基公园、高尔基广场、高尔基故居，我们好像生活在一个高尔基世界里。1945年那个风雪严寒的冬天，我曾同苏联红军一起，在内蒙古前线追歼日本侵略军残余；1949年10月1日，我又曾荣幸地陪同以法捷耶夫和西蒙诺夫为首的第一个苏联文化友好访问团，站在天安门广场观礼台上，仰望第一面五星红旗冉冉升起；接着我随尊敬的革命老前辈任弼时同志到莫斯科养病，这也是我走向世界的起步。整整十个日日夜夜，火车奔驰了近一万公里，我是怀着十分激动的心情，呼唤着莫斯科的名字，走进它怀抱的。

北京 — 莫斯科，这段路程，曾是多么辽远，多么艰辛曲折，又曾是多么壮丽迷人！我少年时，离别爹娘，身背小包，步行投奔延安。后来，从延安，骑毛驴赶进张家口。再后来，乘坐军用吉普车，开入新生的北京。不久，唱起十月的凯歌，吟着《莫斯科 — 北京》的诗句，登上北去莫斯科的列车……我在那里生活、工作、学习过，度过和写过"中苏友好热"的难忘岁月，记录

▲ 1986年6月12日，《光明日报》发表了朱子奇的《纪念高尔基想到的》

了两位时代伟人握手的场面，抒写过1949年喜事重重的《十二月的莫斯科》。后来的十多年里，去那里开会访问，或往返路过，不知多少次了。我对它的爱，曾是热烈的。不幸的是，后来因各种交锋，对抗也越来越激烈。

最后一次，是1965年赴哈瓦那开亚非拉大会路过这里。莫斯科变得怎样？那里的朋友们可好？他们在思考什么？创作什么？现在怎样看我们的？应利用这次路过，去看看我曾经熟悉的地方，会会我过去相识的朋友。但是因为没有来得及办过境签证，我们下飞机后就被困在候机室里。

很是遗憾。我们只能在机场小天地向外观望，从这座宽敞的现代化"发卷式"天花板建筑的新机场看，那无尽的灿烂灯火和被灯火照红的夜空，那耸入云霄的巍峨大厦群，那一条条发亮的高速公路，那一排排美化了的没有尽头的白桦林，也能感到莫斯科的显著变化。晚上，翻阅了俄文报刊，看了电视新闻，又吃到了地道的黑面包、酸黄瓜，喝上了美味的俄罗斯菜汤"波尔士"和饮料酒"克瓦斯"，还费力地又说起俄文来了。呵，不是到了莫斯科吗？不，只从它身旁擦过，瞟了它几眼。

13. 白薇的品格
朱子奇

1987年春，我从八宝山烈士公墓厅堂，告别了白薇同志，回到我平静的小院，心情却一时难以平静。前些日子，她的几位湖南亲属写信告诉我，她病重住院，并要我转告一直关心她的邓大姐。我因有事外出，没有来得及与这位我尊敬的老前辈最后见一面，深感遗憾。

她活了94个春秋，可算是一个世纪的人，是一面新世纪的镜子，一位久经风霜不凋谢的白蔷薇花！

我认识白薇同志较迟，1950年经萧三同志介绍相识的。那时我刚从苏联回来。萧三幽默地说："你们一个老人，一个年轻人，都写诗，都吃辣椒，又都在外国啃过洋面包。"1945年在重庆，毛主席赴重庆谈判，在周公馆招待进步妇女，白薇应邀出席，毛主席握住她的手说："我经常记起你和丁玲，是我们湖南的女作家。"又说："你没有倒下。在政治上没有倒下，在思想上没有倒下！"

1946年春，我在张家口《北方文艺》杂志社工作的时候，社长成仿吾同志交给陈企霞同志和我一卷白薇的来信和诗文稿，对我们说："她还在奋斗，思想艺术都更纯熟了。可选若干首转登。"其中有一首《血的鲜花》，就是1946年2月7日发表在重庆《新华日报》上受到称赞的诗。我后来告诉她，我很喜欢她的这首诗，并把成仿吾同志交给我们的那卷她在重庆写的诗文，保存了多年的事。

1984年听说她病重卧床不起，我去看她。有两次是代表邓大姐去看望她的。3月26日，邓大姐约我和陆璀去她家，对我们谈起了白薇的遭遇。说她一生坎坷、多难，一直正正、倔强，始终跟着党走。邓大姐还说，她不像有的人，遇难避开甚至跑掉。而她则是宁愿失去就要得到的"博士帽"，放弃舒适生活，从东京只身回国来找党，找革命，参加战斗，过苦日子。这在当时的女性中，是很少见的。邓大姐还拿了两本《石评梅作品集》，一本给我们，一本要我带去送给她，她们也是认识的。当我来到白薇家，使我感到惊讶，这位多病的90岁老人，虽已满头白发，行动迟缓了，但记忆力颇强，感情细腻，语言简练又风趣。我把邓大姐关心她的事告诉她，又把《石评梅作品集》交给了她。她一边高兴地翻着书，一边平静地说："我记得石评梅，读过她的一些优美散文，知道她的动人的爱情故事。"当我把一枝含苞待放的海棠花递给她，对她说："这是从中南海西花厅周总理、邓大姐庭院里摘来的。"她的情绪活跃起来，眼睛也更明亮了，激动的手把花枝插在一个小瓶里，微笑着说："1926年12月，我从日本赶回广州，又追到武汉，认识了他们两位。他们给了我很大的安慰和鼓励。"有一次开会，邓颖超坐在那头，我坐在这头，她走过来拉着我的手说："你的文章大家爱读，但也有人怕读，因为有刺呀，希望你多写些⋯⋯"她还谈到徐特立、毛泽东和郭沫若、丁玲等我们共同熟悉的老一代人，她谈的那样亲切、形象，又具体，有时间、地点、情节，好像这些人都还活着，不相信他们会离开我们。

我告诉她，要为她调换一套较适合的住处。她突然沉默无语，没有一点反应。文艺界募捐送她一万多元，她一文不收。"文革"后补发五千多元，全被退回。她的小房间里，只有一张床、一把椅子、一张桌，简朴的生活。她说："我不能奉献了，何必过多的索取呢?"

几年前，中国作家协会作家支部的同志们，认为白薇具备党员条件，老作家舒群、丁玲、草明等同志去看望她，向她提出这个问题。白薇说："共产党员是最光荣的称号，也是我一生向往和努力争取的。可现在老了，不能起应有的作用了。仅挂一个名，不妥，也不安呀。但我的心，我的人，是永远属于党的，忠于党的事业的。"可以看出，白薇这位老战士，对党的真诚和做人的品格来。

白薇生前写道:用我殷红的血，去灌溉成长的芽儿吧，愿它们开出茂盛的苞儿花儿，再不怕暴风骤雨的吹打!湖南同志远道来京，要把白薇的骨灰带回去一把，撒在郁郁葱葱的湘南南岭山野。我这个晚辈，也捧上小诗一首，献到我尊敬的前辈诗人灵前，向她默哀，为她送行:

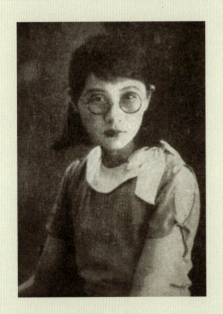

一朵湘江野蔷薇，
花儿香香的，刺儿尖尖的。
几度风雨吹，时光飞。
花不凋谢，叶不枯萎。
骨头硬邦邦，心灵美。

　　　　　　　1987年春天

白薇（1893—1987）:湖南资兴人，中国文学艺术联合会委员、中国作家协会理事，先后当选为中国人民政治协商会议第二、三、四、五届委员会委员。

14.伏契克夫人

朱子奇

　　1987年初春，我小院里的这棵白丁香，又是绿得最早。多年没见伏契科娃了。不料，噩耗传来，尊敬的伏契克夫人去世了，终年83岁。看到院子里的丁香，又让我想起布拉格，想起那个美丽芬芳的丁香世界里的朋友。50年代初，我在那里度过的美好欢乐的年月，使我终生难忘。

　　古丝坦·伏契科娃，是我们多年来常常怀念的一位尊敬的老朋友。她是举世闻名的捷克斯洛伐克民族英雄、《绞刑架下的报告》作者伏契克的夫人。她和伏契克，都是20年代的老共产党员，生前均曾任捷中央委员，又一起从事反对纳粹分子的地下活动，并共同被捕入狱，被称赞为现代国际进步斗争史上一对难得的英雄夫妇！

　　我认识伏契克夫人，是1951年国庆节前夕在北京，我荣幸地陪她去见周总理，还临时当了总理与她谈话的翻译。总理鼓励她把伏契克和他们夫妇的动人事迹写成书，以教育后代。一个多月后，我去布拉格世界和平理事会工作，1953年3月，周总理也到了布拉格，是和郭沫若同志率我国党政代表团参加哥特瓦尔德同志葬礼的。总理与这位民族英雄的夫人又见了面，使她高兴异常。伏契克夫人撰写的《回忆伏契克》一书，几年后也问世了。只可惜，周总理看不到了，否则，他会多么高兴！

▲伏契克著《绞刑架下的报告》一书封面

　　《绞刑架下的报告》在我国已再版

十多次，超过了100万册。这部书能问世，要深深感谢伏契克夫人的艰辛努力。德国法西斯垮台后，她从集中营死里逃生回到祖国，到处找自己的亲人，得知确切消息：丈夫在就义前，在狱中写了遗作，是一名捷克斯洛伐克看守把纸和铅笔偷偷带给伏契克，然后又把写满字迹的字条，一张张秘密带出监狱的。

1952年春，我们在她家做客时，曾看过当年她精心整理的数百张大小不同的伏契克亲笔写的部分原件，使我们很惊讶，也极为感动。

她访华回国后，向捷克斯洛伐克人民介绍中国，作报告、座谈有几百场之多，还写了大量文章。不少从中国来的同志和留学生，都要来这里看望她。

1951年，布拉格举行授予伏契克"特别荣誉和平奖"的隆重仪式。这是世界和平理事会颁发的最高奖，伏契克是唯一得奖者。会上念了居里主席及国际评委会成员法捷耶夫、爱伦堡、茅盾、萧三、亚玛多、毕加索、罗伯逊等世界著名作家、艺术家的颂词。在晚会上，我念了自己献给伏契克《布拉格》组诗中的一首。

伏契克夫人家门口，有一大排白色、紫色丁香树。树下一片绿草地，她和我们多次在丁香树丛中散步、谈心。去春，特请来访的捷克斯洛伐克同志捎去一首小诗《白丁香吟》赠她。去年11月，我们去索菲亚开国际作家会议，捷克斯洛伐克记者来采访，我顺便请他转达我对伏契科娃的祝愿。想不到，第二天就发来一条她回谢我的快讯，我们热切期待这一天的到来。

▲《人民日报》刊登朱子奇的《丁香花的怀念》

当此北京春晨,我们深感失去一位伟大朋友的悲痛。久久凝视丁香,心已飞向远方——那迷人的布拉格丁香林园和花丛中的故人。请允许我将《白丁香吟》的最后几句,作为我对永远怀念的伏契科娃同志的献诗和遥祭吧:

啊,三十二载!年代缭乱又多彩。
历史老去了吗?情谊如青春常在。
让我们同去迎接那新的霞光,
愿丁香花为有心人遍地盛开!

1987年4月25日

15. 爱的世界
朱子奇

头上同是一片飞飘的彩云,
彩云下我们生活,思索,耕耘。
都受阳光照射,共感雷雨轰鸣,
我们的呼吸与生命如此难分,难分开

我的诗,是我与地球上的人们心灵交流、沟通、融合中,激起的朵朵浪花。我一生的思想、感情和行为,都在大地、海洋、云天,在这边、那边的人群中,在风声、雨声,渗着你的心声的伴奏下,匆忙地,激情地,我跑、我飞;我观察、我倾听;我发问、我回答、我歌唱;我探索,追求,获取。有爱,也有恨;有喜,也有愁。就是说:"我是用生命写诗,写生命的诗。"

▲《爱的世界》,中国文联出版公司出版,1987年10月

16.飞向世界

康濯（曾任湖南省文联主席、中国作协书记处书记）

1951年冬天，冰封雪盖的莫斯科，那是我第一次出访并正在那儿参观的时候，忽然在饭店的餐厅里碰到子奇同志。他是受我国保卫世界和平机构的派遣出国活动。此后十多年，他就一直是代表我国民间组织活跃于

▲ 这是朱子奇送给朱宁生和他的爱人林淑萍的书《飞向世界》，湖南文艺出版社出版，1989年12月

世界和平、亚非团结、国际文化交流以及各国文学和作家交往这一岗位上的积极工作者。而我国进入新时期的多年里，子奇同志又是我国作家协会兼管外事工作的领导人。这40年中，他曾到三十多个国家访问过，发表过不少诗文。这本《飞向世界》，就是近十年中写的有关国际题材部分文学纪实。

▲朱宁生和爱人林淑萍

17.玛娜娜与郭沫若

朱子奇

　　1989年深秋，我作为中国作家代表团团长，和几位作家——解放军小说家马云鹏、苏联现代文学专家教授吴元迈、上海青年女作家王晓鹰和青年翻译家刘宪平，应苏联作家协会的邀请，来乌克兰首府基辅访问。

　　《文学报》发表了朱子奇《在乌克兰，想起一张照片》的文章：

　　那张照片：长椅上坐着安详微笑的老诗人，深情地搂着一个金发卷卷、手拿一束玫瑰花的小姑娘，远处是高耸的厄尔布鲁士山峰，近处是蔚蓝色的黑海。那是1954年6月8日，中国人民保卫世界和平委员会主席、世界和平理事会副主席郭沫若率领中国代表团，参加6月23日在斯德哥尔摩举行的国际局势知名人士会议，苏联和平委员会代主席考涅楚克邀请我们到格鲁吉亚共和国著名避暑胜地加格拉去休息

▲《文学报》刊登朱子奇的《在乌克兰，想起一张照片》

一个星期。当地一个名叫玛娜娜的五六岁小女孩，带着一束鲜艳的红玫瑰来到我们的驻地，把鲜花献给郭老，羞答答地说："敬爱的郭沫若伯伯，欢迎你到我家做客好吗？"郭老十分高兴，学着用格鲁吉亚方言说："滴滴玛

特洛瓦，我的小妞妞玛娜娜！"
陆璀拿起照相机，把这一幕
动人情景拍了下来，促使我写
了小诗《玛娜娜与郭沫若》登
在1954年7月的《人民文学》
上，连同照片一起寄给了考涅
楚克。

　　这张中国老诗人和格鲁吉
亚小姑娘的合影，联系着中国
作家、和平战士与格鲁吉亚、
乌克兰和整个苏联人民、苏联
作家与和平战士的友谊，并透
过时空，与两国人民的革命历
史相通，给人以丰富的启示。

▲郭沫若与玛娜娜合影（陆璀　摄影）

玛娜娜与郭沫若

世上有个迷人的乐园是黑海边的加格拉，
黑海边有颗闪亮的珍珠是可爱的玛娜娜。
滴滴玛特洛瓦！我的小妞妞玛娜娜，
你幼小的心灵，情意却这样深这样大。
那团团的白云兴奋地游过青山，
那高高的飞鸟也快活的婉转歌唱！
愿未来的时光，天下的儿童都像玛娜娜！

1954年

第十一章　星球的希望

1.爸爸送给我们的书
朱维平

▶
《星球的希望·政治抒情诗100首》，中国文联出版公司出版，1991年7月

▲这本《星球的希望》是爸爸1993年送给徐东曙（朱维平的丈夫）的

▶
朱维平（右一）、徐东曙（左二）1990年回到延安插队的黄陵县隆坊公社汤中淆大队和老队长魏老汉（右二）及老乡们合影留念

2.赏心悦目的鲜花

臧克家（中国民主同盟盟员，曾任中国作家协会理事、名誉副主席）

活跃于中国诗坛上的朱子奇同志，独树一帜，以政治抒情诗著称于世。别的诗人，也曾以政治事件，寄寓自己的思想感情，但不专于此，而子奇同志专心致志于政治抒情诗，结出了硕果。

子奇同志很早去了延安，接受了延安精神的洗礼，永志不忘；新中国成立后，他参加世界和平运动，开展人民外交，经常出国活动，经多见广。他这些方面的积累，赋予他的诗以丰富而宽广的题材。他立场坚定，思想深邃。因此，在许多诗作中，可以闻到浓浓的政治气味，得到艺术欣赏的情趣。事件过去了，他诗中的情味，永远鲜活。他爱憎分明，引导读者热爱祖国，得到人民的共识与共鸣，是诗苑中一朵赏心悦目的鲜花。

臧克家给朱子奇的一封信

子奇同志：

前日大会上，与你同桌，十分高兴！我对你的发言，极为赞赏！好在：直爽，敢于说真心话，不怕鬼，无所顾忌。文字也锋利。念稿子时，态度很自然，声声入我耳，句句动我心。此文，能在《中流》上发一发多好。

我半道退席，看出席间气氛都很不错。不批评错误，不能执行中央的正确政策。老同志的话，有分量。刊物小，影响却不小。

我很关心会上的情况，哪些老同志说了话？姚雪垠同志讲的，也没有听懂多少。我用电话问了一位同志，电话上听不清楚。有机会我想和你再交换意见。

握手！

问陆璀同志好！

郑曼问候！

克家 1993年2月26日中午

▲1979年11月5日，第四届文代会朱子奇（左一）、臧克家（左三）、孔罗荪（左四）合影

臧克家给朱子奇、陆璀的题字

万类人间重与轻
难凭高下作权衡
凌霄羽毛原无力
坠地金石自有声

　　　　旧作一绝录奉
　　子奇　陆璀同志双正

▲臧克家题字《羽毛轻　金石重》

► 2005年在臧克家百年诞辰纪念会上与郑曼（臧克家夫人）交谈
左起：魏巍、朱子奇、郑曼

3.革命的浪漫主义诗歌

姚雪垠（曾任中国作家协会名誉主席、湖北作家协会主席）

子奇同志：

　　你近来的几首长诗，我都读了。使我佩服的是，你以70岁以上高龄，仍然保持着政治激情，更因这经常燃烧的政治激情而使你保持着诗歌创作的青春。你的诗，在现代中国诗坛上是一枝独特的鲜花，一个独立的流派，就是革命浪漫主义派。在"五四"以后，坚持走这条创作道路的人很少。我因为赞赏你独树一帜的革命浪漫主义的诗歌道路，是要说明生在以马克思主义思想为指导的人民革命洪流向前涌进的时代，必然会产生革命浪漫主义的诗人。你在我国新诗运动史上做出的独特建树，是沿着毛泽东同志《在延安文艺座谈会上的讲话》精神在诗歌领域开辟的崭新流派。虽然在我国的诗歌史上自古就有积极的浪漫主义，但是你的诗歌道路不是历史上积极浪漫主义的继承，而是我们这个时代的诗坛上开放的一株鲜花。我所说的革命浪漫主义，是指现代的、以工人阶级思想为指导的，反映人民和民族解放斗争的政治抒情诗。你从青年时代开始，中国新民主主义的革命生

▲
朱子奇与姚雪垠合影

活培养着你的诗人灵魂，也开辟了你的写诗道路。

　　新中国成立以后，你生活在社会主义的政治斗争中，尤其是你有较多的机会驰骋于国际诗坛文化交流与斗争的生活，使你的观察更敏锐，胸怀更开阔，也使你的写诗才华不断向前发展。最近在《光明日报》上读了你的长诗《星球的希望》，使我感到欣喜和敬佩。

　　这是一首几百行的长诗，布局宏伟，构思很巧。你从伦敦马克思之墓一路向东写，写到莫斯科红场上列宁的陵墓，再写到天安门广场上的毛主席纪念堂。眼光开阔，思路不凡，将一百多年世界无产阶级革命的伟大历程，概括入你的诗中。你的诗中有许多俳句，写出了你的感情汹涌。

　　我比你年长十岁，今年82岁。虽然我是写小说的，不是诗人，但我们有共同的地方，所以我对你的成就能够理解。我写《李自成》也是充满着政治激情，倘若没有政治激情，《李自成》这部历史小说不会深深地感动读者。我们都有历史责任感，不仅在社会方面有强烈的责任感，在中国现代文学史的发展道路方面也有责任感。对于文学艺术，我偏于喜欢壮美。你的诗属于壮美，如黄钟大吕，汹涌江河，而不是小桥流水，明月松间。作为政治抒情诗，我欣赏这种调子。

　　请你指教。伉俪双安！

姚雪垠 1992 年 4 月 5 日

1990年合影
左起：魏巍、贺敬之、
　　　刘白羽、姚雪
　　　垠、林默涵、
　　　朱子奇

4.印在封面上的字

柯蓝

我国著名诗人、国际文学活动家朱子奇同志，将他半个多世纪以来创作的新诗，编成一部取名为《星球的希望——政治抒情诗100首》的诗集。

这部不凡的诗集，代表着作者用心血浇灌的新诗创作的主要成就，也可以说是他整个诗创作的最高水平。而特别令我感动的是，他把他的诗集直坦地称呼为政治抒情诗。尤其是在当前，不少人鼓吹所谓"文学诗歌远离政治"的时候，这部诗集更显出它所具有的特殊价值。这是他作为一个光荣的老共产党员的清醒与豪壮，从而展示出他高尚的赤诚胸怀。这种心怀凝聚着对祖国的爱，对人民的爱，对党的爱，承担着对民族、对社会的责任感和使命感。所以，他才在历史的关键时刻，有针对性地把政治抒情诗如此显赫地印在书的封面上。而

▲ 1989年在珠海召开全国散文诗会上的朱子奇、柯蓝（右一）

书中的大量作品，有激情，有魅力，给人以很强的艺术感染力。当这面星球希望的大旗在我眼前高高飘扬时，我仿佛看到四射的火星闪烁，我仿佛听到芽苗冲出地壳的炸裂声，我跳动的心为之一振呵！当我在《光明日报》上读到700行气势宏伟的长诗《星球的希望》，我受到强烈感染。

1991年6月，中国散文诗学会联合中国青年杂志社、诗刊社等七个单

位举办"庆祝党的七十周年散文诗朗诵大会"。在音乐的伴奏下，合唱队演唱了子奇新发表的《星球的希望》中的片段，掌声经久不息：

▲朱子奇在会上朗诵《星球的希望》

且慢说，历史老去，时光消尽。
且慢说，久睡逝者，长眠不醒……
真有被伟人点燃的灯，
真有被灯光照亮的夜深沉，
真有被灯光温暖着战士的心，
真有被灯波荡起的滚滚诗情……
我唱孕育永恒春天的人！
我唱构筑永恒和平的人！

风云骤变的时刻，中国诗人朱子奇就这样把我们带进了历史浩瀚的画卷，给世人以振奋、以激励。呼唤着继承者们、创新者们，一代代开拓前进，一程程到达永恒春天的终点。

5. 点睛之笔

杨柄（曾任中国社会科学杂志社编辑室主任）

朱子奇同志的诗集《星球的希望——政治抒情诗100首》的压轴之作，点睛之笔：

无上光荣呵，鲜花丛中的马克思墓
神圣红场的列宁陵，
红日高照的毛泽东纪念堂，
辐射宇宙，穿透昏暗。清洗污染，绿化人间。

给多灾多难的星球以希望与信心。

这首长诗中披肝沥胆地歌颂三盏不灭的灯，并且以这首诗的篇名作为书名，为这本政治抒情诗集标出了自己的珠峰。

这未来，有三盏不灭的灯高高地照耀着。用马克思、恩格斯《共产党宣言》的话说，无产阶级将要获得整个世界。用列宁高度评价的欧仁·鲍狄埃《国际歌》的歌词说，"英特纳雄耐尔就一定要实现"。用毛泽东的诗的语言说，"太平世界，环球同此凉热"。

这便是"星球的希望，永恒的春天"——"人类最美好的永恒的春天"。

杨柄为子奇、陆璀同志题字

心牵延水走天涯，足迹纵横卅国家。歌唱友谊黄白黑，诗催战鼓亚非拉。五洋绿浪千年燕，三盏红灯万代霞。政治情高诗兴涌，诗中四美绽山花。

贺《心灵的回声》问世

谨呈子奇、陆璀同志伉俪教正

▲杨柄题字《心牵延水走天涯》

6.妙笔生辉

何洛（著名文艺理论家和文艺教育家）

最近以来，有件事使我心情愉快，在精神上似感到某种满足与欣慰。

这就是读了诗人朱子奇同志的一部新诗作《星球的希望》，还断续地读了若干篇评诗集的论文。诗与诗评，都一直感染着我。

这部诗集，时间跨度54年，书中有一系列引人注目的篇章。特别是700行系列诗《星球的希望》，气势恢宏，境界宽远，把昨天、今天和明天相连，借凭吊马克思、列宁、毛泽东"三位永生的人"，颂唱为"三盏不灭的灯"，辐射宇宙、穿越黑暗，"给这个多灾多难的星球，以信心、以智慧和希望！"还把先进的科学共产主义理想，形象化、诗歌化了：指出路虽遥远，但是人间的真善美是可信的、可达的。写法新颖奇妙，为诗创作中少见。子奇同志和我，从延安到敌后，到张家口和冀中平原，在文艺学院、华北大学，曾共同生活、工作、战斗。中华人民共和国成立后，也常交往，相知较久、较深。

我和许多同志，对子奇长期在政治学习中的专心致志，在文学诗歌创作上的勤奋探索，以及他的诗人气质，乐观开朗，感情奔放和想象力丰富，是早就有所了解的。更可贵之处，是他一直把政治与艺术的关系扣得紧，用得当，力求两者之间相得益彰。他还认真吸取外国诗歌中的积极因素，使其与中国诗歌优秀传统相融合，写出思想性与艺术性较高的作品来。他总是将诗的落脚点，选在革命的政治抒情诗上，并形成了他独有的在诗心引发下排比句与警句连串递进的一种雄健诗风。

子奇从事国际活动多年。他一直没有辜负周总理、邓大姐对他的期望："一面工作，一面写作。为中国人民、为世界人民而写。"他写了大量以国际生活与斗争为题材的诗篇，被译成多种文字，在国内外产生了积极的影响。但是更多的人认识他的人和诗，恐怕还是读了这本诗集之后吧。《星球的希望》等诗，是在国际风云骤变的严峻时刻，于悲愤与欣慰的沉思中，含泪挥笔挥汗写出的。

7. 一群年轻的共产党员
文　华

中国人民大学哲学系九一级研究生党支部，集体写信给朱子奇。他们在信中称："我们是一群年轻的共产党员，是一个战斗集体。我们酷爱学习。因此，当我们读了您的长诗《星球的希望》时，感到无比激动，仿佛我们的心也随着诗的节律一起跳动，随着时代的节律跳动。我们极希望读到这首诗的全文。不知您能否在百忙之中给我们这个帮助？如果您能抽空与我们交流指点，对我们将是更大的鞭策和鼓励。"他们一连写来了三封信，并派三位研究生拜访了朱子奇。老诗人应邀于3月14日 —— 马克思逝世109周年纪念日，与这群年轻的共产党员共度"星期六政治生活 —— 党日"。

▲ 1992年3月14日，朱子奇（中）与中国人民大学哲学系九一级研究生党支部年轻的共产党员们共同过了一个"党日"

8. 不落的太阳

朱子奇

1993年，中国文坛出现了一个诗歌创作"热"，也可以称之为一个专题诗写作的高潮。它不仅受到诗歌文艺界的欢迎与重视，而且也在社会上产生了广泛影响，还波及海外诗歌界，这就是为纪念毛泽东同志100周年诞辰。为一个人，一个过去的人，写诗、吟歌，就其数量之多规模之广，这在中外诗史上，都是罕见的，恐怕也是空前的。

我们这一代人很荣幸，生活在20世纪 —— 这个人类发展史上最光辉的新世纪。"中国出了个毛泽东"，就是这个新世纪最光辉的标志之一。为献给照亮我人生与艺术道路的导师毛泽东主席，纪念他100周年诞辰，我写了一首诗《那盏不灭的灯》。

▲ 1994年5月19日，纪念毛泽东同志诞辰一百周年三星杯诗歌征稿活动颁奖座谈会留影
左起：徐非光、朱子奇、公木、林默涵、张学忠、臧克家、贺敬之、阮章竞、魏巍

那盏不灭的灯（节选）

他，深含笑容回来了，

那位从花丛中醒来的，永生的人！

那位与我们血肉相连、息息相关的人，

那位亿万人时时缅怀、呼唤、寻找的人。

哦，他从未远去哩……

他离我们愈久，愈是近，愈是亲。

他，是一盏不灭的灯！

一盏风吹雨淋也光芒四射的灯，

一盏辉耀中国大地和星球夜空的灯！

1993年12月26日

▲诗歌评委会委员
前排左起：严辰、冯至、艾青、臧克家、公木
后排左起二：白航、朱子奇、李瑛、邵燕祥

9. 人有风骨诗有神

贾芝（民间文艺学家、民俗学家）

你是那么热爱走进群体中，
一支歌又一支歌的朗诵。
从延安时代的听众，
扩大到国际风云舞台那众多的明星。
你在邪恶面前总是把头昂，
责任感把你推向未来，
啊，无其人焉有其诗，
我赞美你树立了做人的榜样。
人生哲理，笔端流荡，
通向吸血鬼霸道者消亡的地方
—— 唱灯光永驻，唱星球解放。
看一把不变色的彩虹弯弓，
飞架在世界东方的云天之上！

贾 芝

1993年10月26日

◀ 新中国民间文艺事业的
开拓者 —— 贾芝

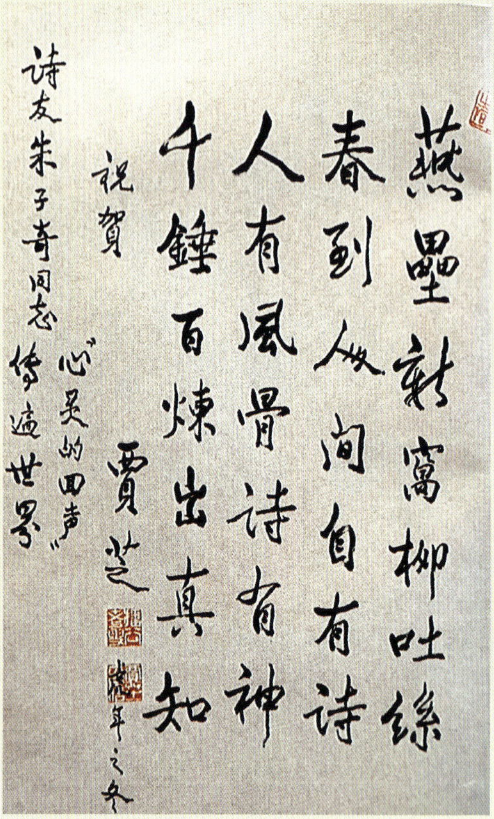

燕垒新窝柳吐丝
春到人间自有诗
人有风骨诗有神
千锤百炼出真知

祝贺　诗友朱子奇同志
《心灵的回声》传遍世界

▲贾芝题字《人有风骨诗有神》赠朱子奇

10. 我心中的茅盾

朱子奇

　　1996年是茅盾同志100周年诞辰，我们纪念茅盾，应当认真研究茅盾，学习茅盾。

　　我认识茅盾是在延安。那是1940年5月间，他一家四人，与社会科学家张仲实同志一起从新疆脱险到西安，然后和朱德总司令及夫人康克清同志同车到延安，受到延安各界人士，包括党中央领导人毛泽东、周恩来、张闻天、任弼时、吴玉章等在内的热烈欢迎。我当时是在中央军委直属机关政治部做文艺工作。我参加了欢迎他们的会议和联欢活动，还跑十几里路从城内去桥儿沟"鲁艺"听过他的讲课《中国市民文学概论》。有一次还随前辈诗人萧三同去他住的窑洞里拜访过他。出乎意料，大文豪是这样平易近人。两位同龄同行侃侃而谈，特别是谈到不久前毛泽东同志提出的关于新民主主义政治与新民主主义文化的问题，他认为这是一个全新的有划时代意义的文件。记得茅盾同志引我们走出窑洞，好几位"鲁艺"的同志也围了过来，这位大文豪指着前面海涛起伏似的西北高原群山，颇有感慨地说了几句意味深长的话：从前大自然的力量，创造了这个黄土高原，如今，怀抱着崇高理想的人们，正在改造这黄土高原。

萧三对茅盾说，毛主席曾经问他，要当官还是要当"自由写作人"？萧三回答，不当官，当个"自由汉"，需要写就写点，需要译就译点，还要去热闹的地方看看、跑跑。茅盾表示同意，他说，西北新区有写不完的题材。他们认为，俄国和苏联文学很丰富，势必是我们今后要学习和参考的主要方面，应当提倡学习俄文。

我这个小字辈听着既兴奋，又有点紧张。后来我去延安大学俄文系学习的时候和茅盾同志的女儿沈霞在一起学习，了解了更多关于茅盾同志的事情。后来党中央认为他在大后方工作更合适，茅盾带上从不离身的两箱书籍和文稿，与夫人一起，骑上毛驴，含着泪水沿着延河走了，告别了他称之为"温暖的大家庭""亲密的新老战友"，并把女儿留在延安，他到乌云笼罩的重庆去完成党和人民交给他的新使命。

1949年进北京后筹备第一届全国文代会，我那时在华北大学文艺学院工作，是解放区作家代表团成员之一。我和院长、也是筹委会负责人之一的沙可夫同志一道去看望茅盾同志，并向他汇报情况。他高兴地对我说，萧三同志托邓颖超同志从延安捎去的《大众文艺》和《新诗歌》都收到了，有些作品被大后方的杂志转登了。还提到，在这两份刊物上看到了我的诗。1950年5月，我从莫斯科回国，带回周总理批准我访问苏联"全苏对外文化联络协会"的报告和他的若干口头意见。总理提到，茅盾和萧三同志在这方面是内行的，有经验的，要把苏联和东欧国家的做法好好研究、借鉴。

当时茅盾是中央政府文化部部长，萧三是对外文化联络局局长，剧作家洪深是副局长。我那时作为苏联东欧处和设计处的负责人，在对外联络局工作了一年多之后，被调往布拉格世界和平理事会工作，名义上是那里的一名政治文化秘书，实际上是理事会中国书记萧三的助手，后来我就代理和接替他的工作，整个五六十年代初，影响最大的国际活动，是世界和平和亚非团结反帝运动。我国主要是郭沫若、茅盾、廖承志、萧三、李一氓几位，文化方面是以茅盾为代表的。我很荣幸，一直是跟随他们做些具体工作中的一个。

1955年5月，以茅盾为团长的二十多位中国各界人士组成的代表团出席了在赫尔辛基召开的世界和平大

▲《和平颂》长3.98米、宽2.02米

会，带去了一幅宽大的彩色国画去展览，成了一段长久的佳话：这是由中国当代14位著名画家齐白石、何香凝、陈半丁等集体创作并由郭沫若题字的著名画卷《和平颂》，成为世界和平运动史上极为珍贵的文物和艺术瑰宝。茅盾同志还亲自回答了记者和代表们的各种问题。会后，我们把这幅巨作的原画带回国，现挂在中国人民对外友好协会的客厅里。毛主席、周总理都观赏过和关注过这幅历史画卷。

在我学诗写诗和从事国际工作的半个多世纪里，茅盾和萧三两位百岁大师，是我在这两个方面最为尊敬和感激的诗文之师，走向世界之师，做人和修养之师。

茅盾（1896 — 1981）：浙江嘉兴人，中国现代作家、文学评论家、文化活动家及社会活动家。

11. 爱与自豪

E.爱泼斯坦（犹太裔中国人，中国共产党党员、记者、作家）

亲爱的朱子奇同志：向你致敬！

我不是一个诗人，但你的许多诗却在我心中引起了也可以称之为半诗意的有韵律的回响。

你的诗带进我的脑海：延安那种朝气蓬勃的崇高的希望，那种把东方和西方的反法西斯战线连接起来的团结，第二次世界大战后那个时期里的持续的斗争，为了达到民主的和社会的解放和为了独立、平等与和平的目的而付出的惨重代价。无论是关于过去和现在的，你的诗文都渗透着一个总的目标——由和平为了共同的后代的幸福而进行的创作性的努力所连接起来的人民与人民之间的友谊。

你是一位革命的爱国者。你创作的经常主题是你对中国、对它的人民、它的民族和社会的新生的爱与自豪。

你是一位国际主义者。你从来不忘记：一切国家的进步都来自所有人民的努力，他们的牺牲和他们来之不易的胜利的总合与融汇。

你不少的诗篇都是热情地歌颂那些人民信仰的事业并为之而奋斗的许多国家的朋友、和平战士和诗人的。你的诗文是一种呼声，充满爱心而且强有力，歌颂人类和它的未来。

祝你身体好，工作好，长寿！

E.爱泼斯坦

1997年7月24日

▲ E.爱泼斯坦参加朱子奇新书发布会
正脸左起：朱广生、E.爱泼斯坦、朱子奇

▲ 1988年6月19日，E.爱泼斯坦（前右一）和夫人黄浣碧、美国老朋友安布德大夫（后左二）和夫人苏菲亚、文化部副部长姚仲明（后右二）和朱子奇、陆璀

12. 始终如一在行进

阮章竞（曾任北京市作家协会主席、全国第五届政协委员）

　　许多与我生活在同一个时代的人，都会和朱子奇同志的著名诗句一样：当真理属于你时，目标始终如一。为什么？因为我们的祖国、我们的人民的痛苦太大，太久了！是什么照亮我们取得一个又一个胜利，是马克思主义。中国人民正是高擎这支火炬，越过一座座险峰，绕过一个个暗礁险滩，走到今天的。从诗人16岁参加革命，17岁喊出"怒吼吧，醒狮"，18岁在延安入党，当找到属于他的真理时，他始终如一地为共产主义而战斗、而歌唱。至今60年，经住了考验，翻翻朱子奇《星球的希望》，就更加深了始终如一的真实印象。

在中国，为实现共产主义的道路不是笔直的、平坦的。但是，三座大山不是被搬倒了？就是狡黠的老牌殖民主义帝国，所谓的铁娘子也不得不在北京人民大会堂高台阶之上摔了一跤，继而玩尽各种阴谋诡计之后，不得不在1997年7月1日零点，无可奈何卷旗走的报应场面，已经永远镌刻在蓝天。

朱子奇"飞"向世界的诗，紧紧地为"星球永恒的春天"在战斗，捍卫世界和平与正义，播种友谊与真理，是他诗的永恒主题。中国摆脱了"史无前例"的挫折，迎来了改革开放的灿烂春天，在马年1990年，诗人热情奔放地唱出"我的枣红色的中国马，四蹄飞花，迎向几十年代涌来到风云"。气势磅礴歌唱他最倾心的成熟颜色——枣红色："它不是自来红，也非染红。枣红是太阳光越晒越红的，是风吹红雨淋红不会变色的"。"不幸受伤了，失蹄跌倒了，就奋勇跃身而起而立而直挺！"这就是中国共产党，这就是毛泽东思想的辉耀，这也就是建设有中国特色的

▲阮章竞题字《始终如一在行进》

社会主义设计师的新风格。

　　"首先是战士，是党员，然后才是诗人。"我们的朱子奇同志，就是按照这一条准则，始终如一在行进，在中国、在世界。

1997年8月

▲前排右：阮章竞（一）、葛文（田间夫人）、高瑛（艾青夫人）
　后排右：魏巍（一）、贺敬之（三）、艾青（四）、朱子奇（五）、钱丹辉（六）、张常海（七）
　1989年2月在田间家

第十二章　心灵的回声

1. 献给周总理百岁诞辰微薄礼物
朱子奇

写在书前的几句话

　　我永远忘不了周恩来总理在延安、在莫斯科、在北京，对我的亲切教导和期望。特别是早在40年代，他在延安对我们说的一段话，更是影响了我的一生。他说："你们要学外文。革命胜利后，世界各方人士都会来找我们，我们也要走出去。国际交往与斗争，也是需要好好反映的生活嘛！还可起配合作用嘛！我们还有国际义务的。你们手中的文艺笔杆，是大有可为的啊！"是他教我在风暴乱云中，或在万里晴空中，怎样勇敢前进、清醒翱翔。我们这一代革命者中，许许多多人的幸运与成就，都是和他的美名相关联的。谁不是对他有一肚子话要说、要写呢？

　　今年是这位伟人100岁诞辰，就让我的这本书，作为献给伟人亲人诗人周恩来

▲周恩来

100岁诞辰的微薄礼物吧!

谁都不认为他真的离开了我们,

每个人都确切感到他实在地活着。

他活在他的战友们的智慧和宏图里,

他活在千百万后继者的心灵与步伐里,

他扬起浓眉挥手笑着说:同志们干得好呵!

他又深情地提醒:要清醒地、稳步地前进!

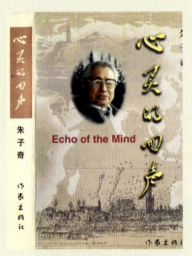

▲《心灵的回声》,作家出版社出版,1998年8月,林默涵题写书名

2. 朱子奇诗文集《心灵的回声》座谈会纪实
阎延文(《诗刊》记者)

1999年1月26日,作家出版社、中国作协创研部、中国诗歌学会、诗刊社与文艺报社联合在京为《心灵的回声》举行了座谈会。翟泰丰、吴冷西、林默涵、爱泼斯坦、魏巍、马少波、李瑛、王巨才、张炯、周而复、郑伯农、吉狄马加、贾芝、陈涌、程代熙、郑曼、叶华、张常海、纪鹏、管桦、闻山等近百位文学界前辈、有关领导和嘉宾出席了会议。

中国作协党组书记翟泰丰说,朱子奇以他独树一帜的政治抒情诗而著称于世,作品既像一团火,又似一颗温暖的心,体现出高尚的情操、生命的哲理、感人的诗情,诗人的精神难能可贵。

最后,老诗人朱子奇在答谢词中,向全体与会同志表示衷心感谢。他说,我本人并不重要,重要的是各位对中国诗歌发展的共同关注和殷切期望。他说自己是个平凡的中国诗人，只不过用诗记录了他生活年代的一些不平凡的人和不平凡的事而已。

◀ 朱子奇、陆璀在《心灵的回声》座谈会

3.我爱子奇的诗

林默涵

欣闻子奇同志新书《心灵的回声》是作为献给敬爱的周总理百年诞辰的礼物，我十分高兴，并表示衷心祝贺。子奇同志诗歌的代表作，有的写于炮火连天的抗日战争和解放战争的战场；有的写于新中国成立初期的火热年代；而更多的诗篇是出于中国人民迎来的第二个春天的新时期。他的诗歌是报春的鸟语，是迎春的花香，是革命者胜利的喜悦，是理想与幸福的追求，是和平与光明的交响乐章。

中华人民共和国成立后，子奇同志长期从事国际友好活动和对外文化交流工作，出访过几十个国家。他的诗歌创作和译作，很多是反映国际斗争题材的。他的《我爱布拉格》《春鸟歌》《和平交响诗》，特别是《星球的希望》，以饱满的热情、超群的想象和真挚质朴的语言，表达了诗人对人类和平和光明前途与理想的向往和追求。他的诗是和平的使者，是友谊的桥梁，是信仰的闪光。

子奇同志是一位执着的诗人。他把诗歌创作当作毕生的事业，把青春、生命与爱，献给了诗。半个多世纪以来，他创作了大量的诗歌，出版了十来本诗文集，质量是上乘的，但他总不满足，总是在不断追求和探索，努力在广大读者中寻找能引起更多心灵共鸣和时代之音。

我爱子奇同志的诗，还因为他的诗注意诗的形式，具有民族特色，讲究技巧，让人都能看懂。不少诗篇堪称是以革命的、健康的思想内容和较完美的艺术形式结合的经典之作。他的新诗体，根据我国民族语言的特点，社会生活的变化和诗歌创作的发展，又学习借鉴了外国诗歌的优点，形成了他自己新诗歌的特点和风格。

朱子奇同志的散文也写得好。内容充实，文字流畅，思想性、逻辑性也强。如他的《十二月的莫斯科》《忆毛主席访苏片断》《三谒巴黎公社墙》和多篇缅怀故人的纪念文章，都是有特色、有价值的优秀散文。他今年还发表了献给党的十五大和庆祝香港回归等诗篇。祝他取得新收获。

1998年12月

4. 仰望子奇
邓力群（曾任中央书记处书记）

嘤其鸣矣
求其友声
中外友好
仰望子奇

邓力群敬书
一九九九年一月二十日

▲邓力群题字《仰望子奇》

1997年12月17日
合影
左起：朱子奇、马文
瑞、邓力群

5.春鸟入鹏程

林林（曾任对外友协书记处书记、副会长）

欣然洗耳听　美哉
心灵的回声
春鸟入鹏程

子奇同志正
林林题

▲林林题字《春鸟入鹏程》

6. 无硝烟的战场

翟泰丰

子奇同志的这部《心灵的回声》诗文集，是我国诗坛上一部极其可贵的抒情于共产主义运动的史诗。它既是中国人民革命的史诗，又是国际共产主义运动的史诗。

他专事抒情于一个世纪以来国际共产主义运动史实，为后人留下了宝贵的国际共产主义运动的悲壮绚丽诗情，无产阶级惊心动魄流血奋斗的史画。

从《北京 — 莫斯科》《共产主义胜利进行曲》《迎亲人 —— 抗美援朝凯旋而归！》到《致风雨中站起来的布达佩斯》，再从《我的心在古巴跳动》到《沿着苏伊士运河》《重返布加勒斯特》《铁的颂歌 —— 献给南斯拉夫人民》《加米拉 —— 献给阿尔及利亚姐妹》《东瀛往事吟》《一致越南》《二致越南》……他几乎把一个世纪以来共产主义运动的大事都融入诗韵，交响于《心灵的回声》。诗人在革命圣地延安成长，他在马克思墓前欣然奏响：我就是被你的圣歌惊醒的一个流浪儿，在战火中，在中国一个荒凉的山沟沟里发出誓言的，为你开拓的新世界，献出我的青春与生命。

▲朱子奇与翟泰丰在朱子奇家中

他在回延安的路上放歌：我是延安儿，回想当年苦苦找亲娘，生死线上几回回受考验。胸燃烈火一把，怀揣颂诗三章，骑上小毛驴奔向革命摇篮。五十四个春秋几多雨雪风霜，一颗延安心走遍天下不迷茫。今天哟，我虽已

▲
2000年春节，翟泰丰看望朱子奇、陆璀

满头堆银霜，但唱起延安歌来青春火焰重燃。

从延安时期的硝烟的战场，走上和平时期无硝烟的特殊战场，他为我们党战胜这场无硝烟的战争而欢呼。《心灵的回声》是共产党人永不停歇的高昂战歌之声！

翟泰丰祝贺朱子奇《心灵的回声》出版题字：

诗海江波映彩霞　春风拂醒遍地花　极目长望冬与夏　高歌主义挫天涯
贺子奇诗会"心灵的回声"成功

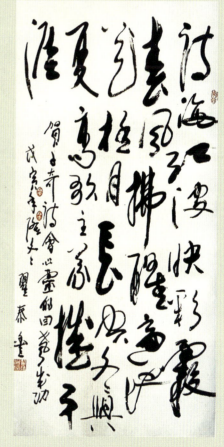

▲翟泰丰题字《春风拂醒遍地花》

7. 一部人类解放的史诗

程代熙（曾任中国艺术研究院马克思文艺理论研究所副所长、
《文艺理论与批评》主编）

朱子奇同志是我国当代诗坛上著名的革命诗人。半个多世纪以来，他的政治抒情诗，肩负着报告春天的喜讯的使命和传播真理与和平的责任。他的诗，说的是真话，吐的是真情，求的是真理，行的是真事。所以他的诗特别是收在新近出版的《心灵的回声》中的那些具有独特风采的优美诗篇，赢得了广大读者的喜爱与共鸣。

朱子奇同志除了歌颂毛泽东和他的亲密战友外，还热情歌颂了马克思主义的创始人——伟大的马克思和恩格斯；歌颂了俄国十月革命道路的带头人列宁和他的后继者斯大林；歌颂了第三国际的卓越的领导人季米特洛夫；歌颂了越南人民的领袖胡志明，南斯拉夫的铁人铁托，古巴的卡斯特罗，他还歌颂了匈牙利、罗马尼亚等国家的人民的胜利。如果把

▲程代熙祝贺朱子奇同志《心灵的回声》出版题字

他的这些颂歌一篇一篇地连接起来，我们就会发现这是一部用诗的形式写出来的马克思主义发展史，一部歌唱人类要求从千百年剥削制度的桎梏下解放出来的史诗。

◀《文艺理论与批评》创刊五周年座谈会
左二起：程代熙、朱子奇、邓力群、草明、张僖

8. 把火炬传给下一代

闻山（文艺评论家、《文艺研究》编辑部原主任）

子奇同志的《心灵的回声》中的许多力作，极其珍贵地记录了伟大的国际无产阶级革命斗争的风雨雷电，万里波涛，以及世界革命战士内心胜利的欢乐，对人类解放的美好未来的盼望。

闻一多先生说："要写好诗，首先要做好人。要像杜甫那样靠近人民、关心人民疾苦的人就是好人。诗人主要的天赋是爱，爱他的祖国，爱他的人民。"朱子奇同志就是这样的好人，是忠诚的中国人民的好儿子。

1981年，中国作协举办了诗歌、短篇小说和报告文学三个评奖会议，会后举行茶话会，邀请邓颖超同志来给大家讲话。此时周总理、朱总司令、陈毅同志等几位诗人革命家已不在世了。看到邓颖超同志就像看到我们敬爱的周总理。她讲的话在我听来就是代表这几位领导中国革命和指导我们

1981年，邓颖超参加中国作协举办的茶话会，与朱子奇和作家们在一起

文艺队伍的同志讲的。她说："你们大家是作家、艺术家、诗人、评论家，不管是什么家，首先应该是革命家。"十几年过去了，我耳边还常常听到邓颖超同志的声音，见到她亲切期望的目光。朱子奇同志参加了这次会见。十几年来，世界风云变幻，黑雾弥天，不少曾经由工农大众掌握政权的社会主义国家红旗落地，中国也有不少人动摇，悲观失望。但也有很多忠于革命的同志坚持真理，捍卫马克思主义和工农红军、革命先烈用头颅、鲜血建立的革命事业。朱子奇同志就是这样的一位好同志、好革命战士。他无愧于邓颖超同志说的"革命家"这三个重千钧的大字。

子奇同志的满头银发，就像他内心对革命、对人民的忠诚那样纯洁。他的革命品质，如同金刚钻那样坚强，水晶那样透明。1992年《中流》评论员曾写过专文评子奇同志与人民大学哲学系同学谈创作，用了《把火炬传给下一代》这个标题。我希望新中国青年一代，特别是文学队伍中的中青年作者，都能学习子奇同志的革命家的品质，学习他为社会主义祖国和人民贡献出全部生命的人生态度，把革命火炬传下去——直到共产主义在人间实现。

1999年1月26日

闻山祝贺朱子奇同志《心灵的回声》出版题字：

近朱者赤延安去
宝塔山头子放歌
花艳妖奇多幻变
莫邪干将要勤磨

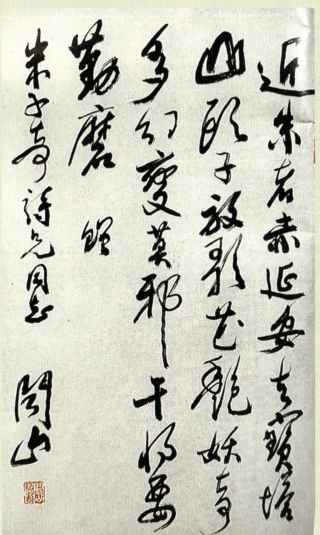

◀闻山题字《宝塔山头子
　放歌》

9. 风云中翱翔

管桦（曾任北京市作家协会主席、文联主席）

管桦祝贺朱子奇同志《心灵的回声》出版题字：

子奇同志以其杰出的、独特的、有着浓郁艺术魅力的政治抒情诗作为毕生革命武器，成为爱国者和国际主义者并充满豪情地在世界的风云中翱翔，子奇同志思想鲜明革命意志坚定我以崇敬之情祝贺子奇同志健康长寿

1999年元月26日

管桦题字《风云中翱翔》

10.沙石沉埋诗更娇

周而复（文化部原副部长、中国作家协会名誉委员、
中国书法家协会顾问）

周而复为朱子奇、
陆璀题字：

行吟去国沅湘水
多少离骚
一部离骚
骤雨蛮缠不折腰
探源求索天难对
鄂下风涛
江上惊涛
沙石沉埋诗更娇

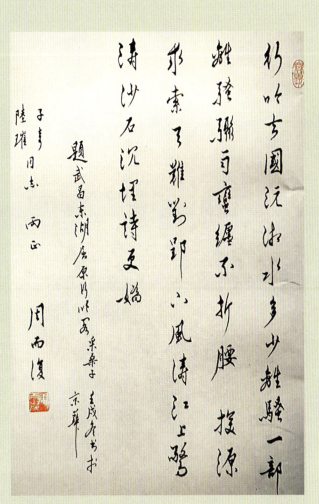

▲周而复题字《沙石沉埋诗更娇》

11. 俄中友好证书

刘宪平（中国作家协会外联部原副主任）

1999年10月，是中华人民共和国成立50周年，也是中苏中俄建交暨两国友好协会成立50周年。我国文化界、科学界一批长期致力于两国友好事业有突出贡献的专家学者和社会活动家，荣获了俄中友好协会颁发的"俄中友好"荣誉奖章和该协会会长M.Л.基塔联科签署的证书。

老诗人朱子奇同志，就是这枚光荣奖章和证书的获得者之一。他为加强中苏中俄友好辛勤努力超过了50个年头。远在40年代初延安时期就开始了。他说："我在这方面做了一些工作是很自然的，没有什么特别的。"他

▲ 1989年深秋，应苏联作家协会的邀请，到乌克兰首府基辅访问
左起：小说家马云鹏、青年女作家王晓鹰、我驻苏联文化参赞黄梅林、翻译家朱子奇、外文研究所所长吴元迈、刘宪平（照片提供）

荣获此奖是自然而然的，是当之无愧的。

我认为他在社会活动方面做出了突出贡献：

第一，子奇同志参加了与新中国同时诞生的中苏友好协会创建工作，还作为协会代表参加了接待第一个访华的苏中文化艺术代表团，并陪同代表团参加了开国大典。事后，毛主席接见了代表团成员。之后，担任中苏友协的理事、秘书长等职务。

第二，1949年11月，朱子奇陪同任弼时同志作为秘书去苏联养病。在莫斯科他参加了苏联各界举行的祝贺新中国成立的盛大庆祝活动，翻译若干歌曲、文章。

第三，俄文译著方面，毛泽东主席访苏期间，斯大林与毛主席会面，在场的朱子奇激动地连夜写下《十二月的莫斯科》，并连夜翻译出歌曲《莫斯科—北京》，受到周总理表彰。

俄罗斯作家协会理事会特向中国诗人朱子奇颁发此荣誉证书，以表彰他真诚地对待俄罗斯文学，以及他个人为永久怀念杰出的俄苏诗人米·瓦·伊萨科夫斯基所做出的贡献

俄罗斯作家协会理事会主席

瓦·尼·加尼切夫

2000年4月14日

▲

俄罗斯作家协会理事会主席给朱子奇发的荣誉证书

第十三章　高歌真善美

▲李琦祝贺朱子奇同志《心灵的回声》出版题字

1.高歌真善美

李琦（中国美术家协会会员、
中央美术学院教授）

▼朱子奇在黄山

2. 以炽热的革命情怀讴歌时代

——《朱子奇诗创作评论选》序

金炳华（曾任中国作家协会第五届副主席、党组书记）

朱子奇同志是一位在诗坛上奋斗了六十多年的著名诗人和文学活动家。六十多年来，他在积极投身党领导的革命、建设、改革的实践中，以充满革命热情的政治抒情诗篇，为中国现当代诗歌的发展做出了宝贵的贡献。几十年来，朱子奇同志的诗歌创作受到了社会各界的广泛关注，更受到文朋诗友、国际友人和评论家们的好评。今天，这些充满热情和真诚的文章汇成一册《朱子奇诗创作评论选》，将革命同志的友情、诗文家的灼见和系统的学术总结融于一书，实为难得，可喜可贺。

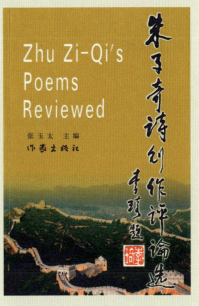

▲《朱子奇诗创作评论选》，作家出版社出版，2004年4月，李琦题写书名

在这部评论选中，透过这些热情洋溢的文字，我们可以看到一个革命诗人为了民族解放、社会主义建设和世界和平不懈奋斗的人生足迹；可以看到朱子奇同志始终燃烧的革命激情，如何化作一首首讴歌时代，歌颂革命、抒发对革命领袖的敬爱和敬仰之情、热情礼赞世界和平的动人诗篇。通过评论家和学者们系统的总结、准确的点评，我们对朱子奇同志诗歌创作的历程有了更加清晰、全面的了解，对朱子奇同志诗歌的独特魅力和艺术特色有了更加深切的理解。这既是诗人革命生涯和创作经验的丰富总结，更是对革命诗歌创作的热情肯定。

朱子奇同志是伴着中国革命的腥风血雨成长起来的老一辈诗人，他被

2006年8月24日，金
炳华看望朱子奇、陆璀

誉为中国现当代诗坛上最具代表性的政治抒情诗人之一。他的诗歌以鲜明
的政治主题、强烈的爱憎感情、宏大的诗意主题和富有节奏韵律的艺术形
式，歌颂中国共产党，歌颂祖国和人民，歌颂为共产主义运动和世界和平
事业奋斗的革命领袖和人们，他的诗影响了一代又一代读者，为现代中国
革命进步文学做出了贡献。他始终关注国际共产主义运动的发展和世界和
平事业，体现了一个诗人广阔的视野和激昂的感情。新中国成立以后，朱
子奇同志以"和平和友谊使者的身份"奔走于世界各地，特别是通过国际
题材及和平主题的诗歌创作，如他的系列长诗《和平交响诗》，为推动世界
和平运动和世界范围的反帝反殖，争取独立解放斗争呐喊助威。他曾多次
出席国际性会议，并在有关国际组织中工作多年，他的诗歌作品中，涉及
三十多个国家的题材。他的创作受到了许多老一辈无产阶级革命家的肯定
和赞许。

朱子奇同志的诗歌最突出的特点，是他始终把个人命运和党的命运、
祖国和人民的命运紧密连接在一起。在光明与黑暗、进步与倒退以及假丑
恶之间，他毫不动摇地站在歌颂光明、鞭挞黑暗，歌颂进步、反对倒退，
歌颂真善美、批判假恶丑的立场上，体现出一个革命者始终不渝的情操与
气节。开阔的国际视野，坚定的政治立场，真诚的爱党爱国感情，与党和
祖国共命运的自觉意识，构成了这些作品最主要的感情基调和思想特点。

正是由于他这种始终不渝的立场和真挚纯粹的感情，使朱子奇同志长期保持创作的热情。90年代初期出版的诗集《星球的希望——政治抒情诗100首》，比较集中地体现了朱子奇同志诗歌创作的成就和特点。收入本书的多篇文章，都通过对这部诗集的赏析和评论，对朱子奇同志的创作道路与艺术特点进行了中肯的评价。

本书的出版，对更多的后来者，特别是诗人和诗歌爱好者，都具有很好的启示意义。

3.让我们的诗歌传遍世界

——《朱子奇诗选》代序

吉狄马加

朱子奇同志是中国现当代诗坛上最具代表性的政治抒情诗人之一。是我十分尊敬的文学前辈。他的诗歌以鲜明的时代主题，强烈的爱憎情感，优美的节奏韵律，深邃的哲理思考，歌颂中国共产党，歌颂社会主义，歌颂祖国和人民，歌颂为共产主义运动和世界和平事业奋斗的革命领袖和人们，深受人们喜爱，影响了一代又一代读者。

读他的诗，不仅可以得到美的享受，更重要的是在感受诗人强烈的历史意识、鲜明的审美取向和热切的心灵呼唤的同时，得到一种信心向上的力量。在共产主义运动史上，诞生了马克思、列宁、毛泽东，亘古罕见这三位历史巨人，他们以扭转乾坤的政治远见和英雄气概，执着追求共产主义的理想，取得了无产阶级革命的胜利，建立了社会主义国家，改写了人类社会进

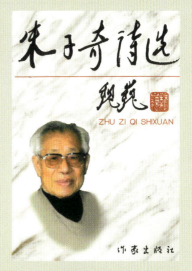

▲《朱子奇诗选》，作家出版社出版，2006年12月，魏巍题写书名

步的历史，深深影响了整个世界。在我国，自从
有了中国共产党，中国革命焕然一新，党领导我
国人民投入反对阶级压迫、抗击外国侵略、捍卫
民族尊严、保卫领土完整和维护祖国统一的伟大
斗争，让一个古老的人口众多、灾难深重的民
族，走上了独立自主和繁荣富强的道路，从而彻
底改变了中华民族的历史命运。在急剧的历史变
革中，也深刻地影响和造就了一代人乃至几代人
的思维方式、行为方式和文化性格。朱子奇同志
的一生伴随着中国历史前进，他是这段漫长历史
的参与者和见证人，因此每次同他交谈，我都能

▲2006年，朱子奇参加《朱
子奇诗选》座谈会

遥隔着时光之河，谛听到历史的脚步和几代人激越的心声。"只因三巨人给
我以灵感，只因三巨人给我以力量，只因三巨人给我以梦想。"子奇同志以
手中的笔为历史做证，艺术地再现了共产主义运动和中国共产党走过的峥
嵘岁月，热情地讴歌了三位革命巨人以及中国共产党几代领导人的丰功伟
绩和中国革命、建设、改革取得的巨大成就，真实地反映了我国人民进行
改革开放、励精图治的心理特质和精神面貌，从内心发出了中国共产党好、
社会主义好、改革开放好的歌唱。我们能够感受到他的叮咛和呼唤：要坚
定地沿着革命巨人的脚步前行，继承先辈开创的伟业。

　　美好的诗歌是人类独有的精神境界中的最大亮点。从诗歌中，不仅可
以看到中华民族几乎全部的精神世界，而且，也能够探寻民族的审美心理、
审美情感、审美方式。子奇同志的诗，既是我国革命道路崎岖和峥嵘岁月
的真实记录，又是他的战士情怀与诗人禀赋的诗化表现。他热情坦诚，一
生都充满青春的朝气和激越的豪情。因此，我们可以毫不夸饰地说，子奇
同志的全部诗歌作品，是我国当代心灵史的重要组成部分，具有重要的教
育意义。希望我们的年轻读者多读这样的诗歌，你们会从中获得许多思想
的启迪和艺术的熏陶。

　　子奇同志的作品，绝大多数是政治抒情诗，而其中又有许多国际题材

的作品。这源于他在新中国成立后以"和平和友谊使者"的身份奔走于世界各地,为推动世界和平运动和世界范围的反帝反殖,争取独立解放斗争呐喊助威。开阔的政治视野,坚定的政治立场,豪迈的爱国情愫,真挚的忧患意识,共同构成了这类作品的思想特色和情感基调。

我们的时代需要优秀诗歌,正像别林斯基当年论述的那样:"任何伟大诗人之所以伟大,是因为他的痛苦和幸福的根子深深地伸进了社会和历史的土壤里,因为他是社会、时代、人类的器官和代表。只有渺小的诗人才会由于自己和靠描写自己显得幸福和不幸,但是只有他们自己才倾听他们那小鸟似的歌唱,而社会和人类是不愿意理会这些的。"纵观诗坛,"小鸟似的歌唱"何其多?黄钟大吕般的时代强音又何其少?一多一少的反差对比中,子奇同志的诗歌显示出了独特的审美价值。

纵观子奇同志六十多年来的诗歌创作,我们不难发现,他创作上的成功源于对现实生活的深厚积累和对时代精神的准确把握。对作家来说,谁

▲2000年,吉狄马加看望朱子奇、陆璀

面向现实，作品就有生气；谁靠拢人民，作品就有活力；我们的作家和诗人，都要像子奇同志这样热爱祖国和人民，贴近实际和群众，反映现实生活和人民心声。也只有这样，我们的文学作品，才能被更多的人接受和喜欢，发挥净化人的心灵，鼓舞人的精神，提升人的思想、道德和审美素养的作用。

　　子奇同志正以奇迹般的青春活力，为崭新的时代歌唱。我热切期待他的新作翩然而至，正如他的青春步履那样英姿勃发。

　　吉狄马加祝贺朱子奇同志《心灵的回声》出版题字：

　　　　是大地赐予了我们生命　让人类的子孙在永恒的摇篮中繁衍生息　是大地给了我们语言　让我们的诗歌传遍了这个古老而又年轻的世界

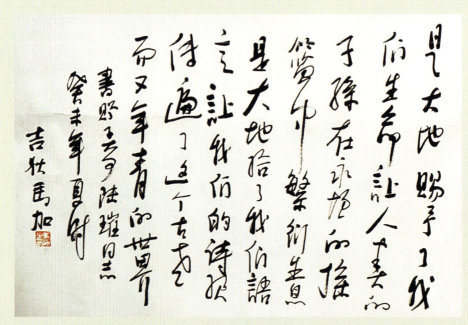

▲吉狄马加题字《永恒的摇篮》

4.东风送晚晴

朱子奇

一条有意义的座右铭，是人生的挚友。它往往成为一个人自强的引进力，自勉的警钟声，自奋的启示牌。

我的随身座右铭　朱子奇

每个人有每个人的座右铭。我的两条座右铭：

事事要达观，处处小运动。

这两句话，浅显、一般，没有什么深奥之处。达观、运动，这并不难做到。难就难在，也是贵在"事事""处处"这两个词上。如果做到了，就会显示出它内在的威力和美妙来。我国古代墨翟在《墨子·修身》中说：志不强者智不达。捷克作家、民族英雄伏契克，用生命写下了这样的遗言：我们曾为欢乐而斗争，我们将为欢乐而死。因此，悲观哀叹，永远不要和我们的名字连在一起。

▲87岁时的朱子奇

　　我的老伴，既是我作品的第一个读者，也是我实行自己健身座右铭的监督者。当我急躁时，她在旁边提醒：达观，达观些！当我看书久了，她及时说：活动活动吧！我们相互监督。即使在"四人帮"的监狱里，她也始终保持乐观、达观，坚持锻炼身体，一直没有被压垮。

　　乐观、达观的精神，愉快的情绪，活跃在我的创作灵感里，闪耀于我的诗文作品中。

　　休看我满头银丝飞扬，只求心中一根白发不长。

　　只要唱起理想的歌儿，劲唱东风送晚晴！

▲朱子奇在中山公园锻炼

▲1994年，朱维平、朱宁生和父母在菊儿胡同家中合影

▲2006年夫妻俩合影

5.人生路上诗趣多

苏彦斌（作家出版社美术编审、中国书画家联谊会理事）

朱子奇诗句：

人生路上诗趣多

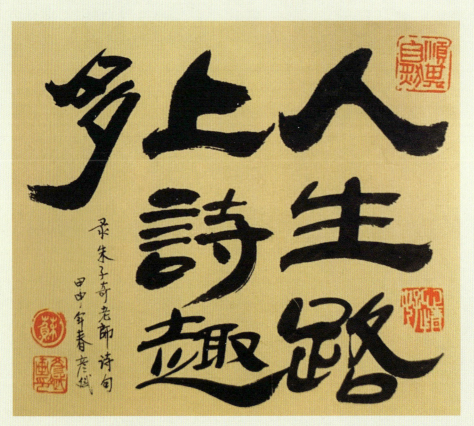

▲苏彦斌书法录《人生路上诗趣多》

附录：

朱子奇诗文译著书目一览

诗　集

1.《怒吼吧，醒狮》（三人合集），1937年11月
　湖南学生救亡服务团汝城分团编
　湖南汝城《烽火》（石印）第二期

2.《战斗的歌》，1942年在延安自刻自印（油印）
　诗人公木题写书名
　扉页：老诗人萧三的话："延安青年一个个都是诗人"
　老诗人柯仲平的话："延安诗人是一头头醒狮"

3.《友谊集》，1955年作家出版社

4.《春鸟集》，1980年人民文学出版社

5.《春草集》，1984年人民文学出版社

6.《和平交响诗》系列长诗
　为联合国宣布1986年为"国际和平年"而作
　1986年中国国际交流杂志出版（中英文）

7.《爱的世界》，1987年中国文联出版公司

8.《星球的希望 —— 政治抒情诗100首》
　献给中国共产党成立七十周年
　1991年中国文联出版公司

9.《延安晨歌》（与张沛合编著）
　1984年陕西人民出版社

10.《心灵的回声 —— 朱子奇诗文近作集》

　　献给伟人周恩来百岁诞辰

　　1998年作家出版社

11.《朱子奇诗选》

散文集

12.《十二月的莫斯科》

　　1952年在莫斯科著编，中苏友好总会主编

　　中华书局出版（再版多次）

13.《和平胜利的信号》

　　1953年在布拉格 —— 维也纳著编，作家出版社

14.《北京 —— 莫斯科》，1956年作家出版社

15.《友谊的春天》（著编），1978年湖南文艺出版社

16.《飞向世界》，1989年湖南文艺出版社

翻译集

17.《苏联革命歌曲选》（与李焕之合译配编）

　　1949年4月北京解放歌声出版社

18.《斯大林与苏联文学》（叶戈林著）

　　1951年中苏友好总会编印

19.《莫斯科 —— 北京》（荣获斯大林文艺奖三首诗歌译集）

　　包括：《莫斯科 —— 北京》《世界民主青年进行曲》《国际学生联合会

　　会歌》。1951 —— 1954年中苏友好总会编印

20.《怎样在宣传中运用文学作品》（Ф·马特洛索夫著）

　　1951 —— 1952年《文艺报》连载

　　1952年作家出版社（再版多次）

21.《和平歌》（长诗，H.涅兹瓦尔著）

1954年作家出版社（再版多次）

22.《战歌与情歌 —— 朱子奇译诗集》，1997年12月湖南湘潭大学教

授华济时和朱宁生合编

后　记

　　父亲朱子奇2008年去世了，作为他的子女，这两年我们一直想为父亲出一本书怀念他老人家。几经周折，反复修改，《回忆革命诗人朱子奇》终于出版了。这本书的出版得到中国作家协会、中国作家出版社领导的大力支持，我们在此表示深深地感谢！最使我们感动的是父亲的老战友贺敬之贺老，不顾96岁高龄与身体欠佳，热情地接受了我们的拜访，为此书题了书名，并同意以他给父亲的长信作为本书的代序。由于岁月长河的淹没，许多珍贵的资料与相片都遗失了，留下了不少的遗憾。在本书反复修改的过程中，我们得到了许多父亲的老同事老朋友以及他们子女的大力帮助，其中有原作家出版社编辑张玉太，中国人民解放军艺术学院音乐系专业基础教研室主任柴志英，中共中央党史和研究院第七研究部副主任班永吉，中国科技出版社资深编辑王蕾，深圳市广告有限公司知名设计师王颢达，北京七彩世纪传媒有限公司，父亲20年的同事陈明仙、金坚范，父亲的老朋友艾青夫人高瑛、张沛夫人凌焕、魏巍的女儿魏平、雷加的女儿刘甘栗、阮章竞的女儿阮援朝，他们提供了许多宝贵的意见和建议以及珍贵的照片。在此谨表示最衷心的感谢！

　　在整理父亲遗作的过程中，看到父亲遗留下来的诗歌手稿、朋友们送给他的题字、在他一生中工作过的地方和走过的许多国家留下的照片，使我们想起小时候父亲让我们读的一本文学作品《钢铁是怎样炼成的》，那本小说主人公有一段名言：人最宝贵的是生命，生命对于每个人只有一次，人的一生应该这样度过：当回忆往事的时候，他不会因为虚度年华而悔恨，也不会因为碌碌无为而羞愧；在临死的时候，他能够说：我的生命和全部精力都献给了世界上最壮丽的事业 —— 为人类的解放事业而斗争。父亲的一生就是实践着这样的道路。作为晚辈，我们一定要珍惜老一辈的坚定信仰和勇往直前的人生品格及努力奋斗的可贵精神。他们那一代人的精神血脉，相信一定会在祖国大地代代相传。

朱维平　朱宁生

2021 年 11 月 21 日

图书在版编目（CIP）数据

回忆革命诗人朱子奇/朱维平，朱宁生编.—北京:作家出版社，2023.11

ISBN 978-7-5212-2130-5

Ⅰ.①回… Ⅱ.①朱…②朱… Ⅲ.①纪实文学—中国—当代 Ⅳ.①I25

中国版本图书馆 CIP 数据核字（2022）第 230560 号

回忆革命诗人朱子奇

编　　者：朱维平　朱宁生
责任编辑：田一秀
装帧设计：王颢达
题　　字：贺敬之
出版发行：作家出版社有限公司
社　　址：北京农展馆南里 10 号　　　邮　　编：100125
电话传真：86-10-65067186（发行中心及邮购部）
　　　　　86-10-65004079（总编室）
E-mail:zuojia @ zuojia.net.cn
http://www.zuojiachubanshe.com
印　　刷：河北鹏润印刷有限公司
成品尺寸：170×240
字　　数：295 千
印　　张：20.75
版　　次：2023 年 11 月第 1 版
印　　次：2023 年 11 月第 1 次印刷
ISBN 978-7-5212-2130-5
定　　价：118.00 元